Das Schicksal der Rose
Erwachen des Lichts
Cassandra Seven

AF221848

CASSANDRA SEVEN

DAS *Schicksal* DER *Rose*

ERWACHEN DES LICHTS

3. Auflage

Deutsche Erstausgabe erschien August 2018

Bibliografische Information der Deutschen Nationalbibliothek: Die Deutsche Nationalbibliothek verzeichnet diese Publikation in der Deutschen Nationalbibliografie; detaillierte bibliografische Daten sind im Internet über dnb.dnb.de abrufbar.

Lektorat: Rabea Güttler
Korrektorat: Jasmin Rotert Textwerkstatt

Impressum
Cassandra Seven
c/o Kasanda Farac
Bahnhofstraße 3a
83727 Schliersee

Herrstellung und Verlag: BoD - Books on Demand, Norderstedt
ISBN: 9783752674620

www.cassandra-seven.de

Inhalt

Der Ursprung

NACHDEM DER HERR aus Dunkelheit Licht schuf, das Wasser, die Welten und deren Bewohner, nachdem er ihr Schicksal flocht, ergriff ihn eine Sehnsucht, die er bisher nicht kannte. Gott sah auf seine Schöpfung, die die Vielfalt seiner Emotionen spiegelte. Er liebte sie inbrünstig. Und dennoch war er selbst kein Teil davon, auch jetzt nicht. Seine in ihm herrschende Einsamkeit und der innere Krieg zwischen Licht und Dunkelheit, die aufgrund der Vertreibung nicht dem Licht weichen wollte, hielten Gott zu seinem letzten Willen an.

Er zerbrach.

Er zerbrach, um der Zerrissenheit Platz zu schaffen. Seine Schöpfung sollte nun den Kampf in den Welten austragen, den er selbst nicht mehr zu lösen verstand.

Er zerbrach in zwei Teile.

Zwei Funken.

Licht und Dunkelheit.

Aus diesen Funken wurde jeweils ein göttlicher Mensch geboren, die Gottes Willen als Teil ihrer Seele tragen sollten. Eine Frau, dem Licht entsprungen; ein Mann der Dunkelheit.

Seine letzten Worte, bevor er zerbrach:

„Das Licht soll herrschen, bis die Dunkelheit die Blutlinie durchbricht."

Kapitel 1

Der See der Gefühle

DER SCHWARZE SEE befindet sich in der Mitte des erloschenen Vulkans umringt vom Orden der Rosen. Er ist uns heilig und etwas Besonderes, da er mehr als nur ein See ist. Er spiegelt unsere Emotionen und Erinnerungen, lässt uns auf vergangene Leben zugreifen. Er sammelt jedes gelebte und empfundene Gefühl aller Menschen und ist für uns Rosen ein wichtiges Instrument, um Emotionen zu entdecken und uns in neuen Situationen zurechtzufinden. Während der Ausbildung zur Rose wird er jede Woche begangen, um im Trainingsmodus verschiedene Situationen zu simulieren. Ich weiß nicht, wie das Wasser des Sees es macht, aber es ist jedes Mal eine außergewöhnliche Erfahrung. Die Bilder werden beim Eintauchen real. Man taucht förmlich in die Situation und nimmt dabei die Rolle der beteiligten Personen oder des Beobachters ein.

Meine Ausbildung ist seit rund einem Jahr zu Ende, aber ich tauche immer noch, so oft ich kann, in den See. Ich hoffe, so die vielen offenen Fragen meiner Vergangenheit beantwortet zu bekommen oder einen Hinweis zu finden, warum das alles so geschehen musste.

Als ich dieses Mal eintauche, erscheint vor mir der große Ballsaal. Ich stehe als mein zehnjähriges Ich vor meinem Hüter und beobachte meine Mutter, wie sie mit

Lord Veh tanzt. Doch anstatt sich als Einheit durch den Raum zu bewegen, versucht meine Mutter, sich aus seinem Griff zu lösen, während er über irgendetwas verärgert zu sein scheint. Ich sehe sein wutverzerrtes Gesicht und ihre vor Schreck geweiteten Augen. Mein Vater steht am Eingang des Ballsaals und geht entschlossenen Schrittes auf sie zu.

Eine Explosion ertönt nicht weit entfernt und lässt alles erzittern. Plötzlich strömen die Menschen panisch in alle Richtungen. Nur ich stehe da, zur Salzsäule erstarrt, da ich meinen eigenen Augen nicht traue. Lord Veh greift sich den Arm meiner Mutter und zerrt sie zu sich, versucht, sie zu küssen. Er zischt etwas und mit einem Mal starrt sie zu mir herüber. Angsterfüllt und panisch sieht sie mich mit ihren schönen Augen an, als ich plötzlich weggerissen werde und mein Vater mich auf den Arm nimmt. In seiner freien Hand hält er sein Schwert erhoben, bereit, mich zu verteidigen.

Mein Hüter Sebastian liegt neben uns am Boden, Blut – so viel Blut – sickert aus seiner Kehle und bedeckt den Boden um uns herum. Schockiert sehe ich in seine vor Schreck weit geöffneten, aber nun stumpfen Augen. Er ist tot.

Erst jetzt registriere ich die hereinströmenden Retsen, die einen Menschen nach dem anderen im Saal abschlachten. Es ist ein Blutbad. Ich suche mit den Augen nach meiner Mutter, die in dem Moment vor Lord Veh in die Knie geht. Aus ihrer Brust ragt das Heft eines Dolches. Ich höre meinen Vater schreien und dann, wie er seinen Männern Befehle zubrüllt. Sein Entsetzen spiegelt sich in seinen Augen, sowie auch unbändige Wut. Er läuft mit mir aus dem Saal, übergibt mich dem Heerführer unserer Armee. Ich will ihn nicht loslassen, aber mein Griff ist nicht stark genug. Mein Vater verschwindet in der Menschenmenge und ich sehe mich plötzlich von vielen Soldaten umringt. Sie bringen mich etwas abseits in Sicherheit, danach verschwindet auch der Heerführer wieder Richtung Ballsaal, aus dem noch immer flüchtende Menschen herausstürmen.

Die nächste Erinnerung, die auftaucht, ist die am Sarg meiner Mutter. Ich sehe ihr friedliches Gesicht, ihre langen, hellblonden Haare liegen um sie gebettet. Ich rieche ihren Duft. Sie roch zu Lebzeiten so süß nach Mirabellen, aber jetzt ist er irgendwie anders. Nicht mehr warm, nur noch wie ein kalter Hauch. Ich stehe da und warte darauf, dass sie aus ihrem Schlaf erwacht. Aber sie wacht nicht mehr auf, nie wieder. Ich spüre die Hand meines Vaters auf meiner Schulter. Auch er starrt den Sarg an, in dem meine geliebte Mutter liegt, aber sein Blick ist nicht traurig oder wehmütig. Nein, er ist hasserfüllt, hart und vor allem entschlossen. Er sieht kurz zu mir herunter und sein Blick wird für einen Moment weicher. Er nimmt meine Hand in seine und führt mich von dem aufgebahrten Sarg weg. Weg aus dem Palast, weg von Lichthof und weg von ihm.

„Glaub mir, es ist besser so, mein Schatz", sagt er zu mir, bevor er mich Oxana, der Oberin der Rosen, übergibt, sich umdreht und geht.

Ich tauche auf und bin kein Stück vorangekommen. Irgendetwas irritiert mich an der Szene zutiefst und ich komme einfach nicht darauf, was es sein könnte. Wie hat Veh es geschafft, den Schutz des Hüters meiner Mutter Darius zu umgehen? Mein Vater warf ihm Hochverrat vor und strafte ihn mit dem Tode. Aber half er ihm wirklich, wie es ihm vorgeworfen wurde? Ich kannte Darius gut und er liebte meine Mutter als seine Herrin und war ihr treu ergeben. Wieso hätte er also zugelassen, dass so etwas mit ihr geschieht? Er hätte sie schützen müssen. Ich seufze und schüttle den Kopf über mich selbst. Immer

9

die gleichen Fragen und doch keine Antworten. Tijana sitzt am Ufer des Sees auf einem Felsen und mustert mich besorgt.

„Wie oft willst du dir das noch antun? Warum kannst du die Dinge nicht akzeptieren, wie sie sind?", fragt sie mich offensiv.

Ich seufze, denn diese Diskussion haben wir schon etliche Male ausgetragen.

„Ich akzeptiere die Dinge, wie sie sind, Ty. Aber ich suche nach den Dingen, die mir entgangen sind, die ich nicht verstehe. Ich bin nur noch wenige Tage hier – ich muss jede Gelegenheit dazu nutzen, die ich habe. Irgendetwas stimmt nicht. Ich weiß es, ich weiß nur noch nicht, was es ist … Und es geht mir gut", füge ich hinzu, als ich ihren besorgten Blick sehe. „Ich komme klar mit den Bildern und meinen Emotionen. Ich muss nur den Fehler finden. Hör auf, dir Sorgen zu machen."

„Ich habe deine Erinnerungen gesehen, Leana. Es würde mich zerstören, jedes Mal das Gesicht meiner Mutter zu sehen und zu wissen, dass ich sie nicht retten kann."

Ja, es frisst mich auf, dass ich sie nicht beschützen kann, aber ich habe inzwischen akzeptiert, dass ich es damals einfach nicht konnte. Ich habe meinen Frieden damit gemacht. Aber ich will endlich alles verstehen und dieses Rätsel aus meiner Vergangenheit lösen.

Jede Tochter des Lichts steht unter dem Schutz eines Hüters, eines Mannes, dazu auserwählt, sie zu beschützen. Die Hüter können mit ihrem Willen eine nicht einnehmbare Hülle um die Lichtträger erschaffen und haben zudem eine tiefe innere Verbindung zum Licht, um jegliche Gefahr erkennen und es davor beschützen zu können. Alle zwanzig Jahre wird ein Hüter in einer der vielen Welten geboren. Die Fähigkeiten werden ihm bei der Geburt geschenkt und später wird er vom Priester des Lichts zum Hüter ernannt und auf Lichthof trainiert.

Der Hüter meiner Mutter, dessen Schutz versagt oder nicht gewirkt hat, wurde vor zwei Jahren hingerichtet, nachdem er acht Jahre im Gefängnis wegen Hochverrats gesessen hatte. Ich bin der Überzeugung, dass er unschuldig war, aber alle Bitten an meinen Vater wurden ignoriert. Nicht, dass ich sonst Kontakt zu ihm hätte. Anfangs schrieb ich ihm täglich, dann immer weniger, bis ich nach der Hinrichtung von Darius ganz damit aufgehört habe.

Keine Zeile erreichte mich je von ihm …

Ich schrieb Darius Familie, dass ich sie gern sehen möchte, und habe mich für die Entscheidung meines Vaters entschuldigt. Ich werde Darius Namen wieder reinwaschen, wenn ich weiß, was geschehen ist.

Für meinen Vater gibt es seit jeher nur eine Aufgabe und das ist die Vernichtung der dunklen Armee. Allen voran von Lord Veh. Was ich bisher von den Retsen gesehen habe, entsprach nicht ansatzweise der bösen Vorstellung, die auf Lichthof herrscht. Ich habe wahnsinnig viel Leid und Armut gesehen. Machtlosigkeit in Anbetracht dessen, dass man sich und seine Liebsten nicht schützen konnte. Angst davor, seinen Nächsten an die Dunkelheit zu verlieren. Dagegen muss etwas getan werden. Die Weltengemeinschaft muss handeln – allen voran mein Vater. Und sollte er es nicht können oder nicht wollen, werde ich es tun. Notfalls ohne ihn.

Tijana reißt mich aus meinen Gedanken, als sie mir mein Handtuch reicht und einen vielsagenden Blick schenkt.

„Du solltest dir etwas anziehen, wenn mich nicht alles täuscht, kommt gerade noch jemand hier hoch. Und nach den stampfenden Schritten zu urteilen, ist es ein Mann. Also, wenn du ihn nicht so aufreizend als nackte Wassernymphe empfangen willst, solltest du dich beeilen."

Tijana macht sich schmunzelnd auf den Weg hinunter zum Schloss. Ich trockne mich schnell ab und ziehe meinen Kampfanzug an und lass mich auf einem steilen Felsen nieder. In der Nacht sieht Olympäa atemberaubend aus. Die Stadt der Rosen liegt am Abhang des erloschenen Vulkans und wird von dem riesigen Ordenskomplex wie eine Burg umfasst. Sonst herrscht überall Dunkelheit und Ruhe. Olympäa ist als einziger Ort auf dem Planeten bewohnt. Ich genieße noch die Aussicht, als ich plötzlich nicht mehr alleine bin.

„Oh, entschuldigt bitte!" Die Dunkelheit verhüllt das Gesicht des Mannes, doch seiner Stimme ist die Überraschung anzuhören. „Ich habe niemanden hier oben erwartet. Oxana sagte, Ihr nutzt den Bergsee nicht um diese Zeit. Soll ich gehen, störe ich Euch?"

„Nein, nein, bitte bleibt. Wir nutzen ihn um diese Zeit tatsächlich nicht für unsere Übungsstunden, aber jede Rose kann den See unabhängig davon für sich nutzen", erkläre ich dem Fremden. „Ich wollte nur noch einen Moment lang die Stille genießen, bevor ich mich an den Abstieg mache. Dann seid Ihr für Euch."

„Verfluchter Scheißdreck ... Aua, verdammt!", flucht er plötzlich und im schwachen Licht kann ich erkennen, dass er sich den Fuß an einem spitzen Felsen aufgeschlitzt hat. Ich gehe zu ihm und schaue mir seine Wunde an. In der Seitentasche meines Kampfanzugs trage ich immer etwas Verbandszeug mit. Man weiß ja nie.

Als ich mich anschicke, die Wunde zu versorgen, versucht er, es zu verhindern, wobei er über mich stolpert, sodass wir im nächsten Moment beide am Boden liegen. Ich pruste los und nach einem kurzen Zögern stimmt er mit ein. Als wir uns beide etwas beruhigt haben, reicht er mir die Hand, um mir auf die Füße zu helfen. Doch ich bin schneller und ziehe ihn stattdessen mit mir hoch.

12

„Danke und es tut mir ehrlich leid. Das ist nur ein Kratzer und ich bin so eine Fürsorge nicht gewohnt."
„Schon in Ordnung, es ist ja nichts passiert."
„Trotzdem vielen Dank." Er lächelt mich an. „Ich heiße übrigens Damian."
„Ihr stammt von der Erde, nicht wahr? Ihr solltet die Wunde wenigstens säubern. Der schwarze Felsen des Vulkans kann Wunden durchaus eitern lassen."
„Woher wisst Ihr, dass ich von der Erde bin?", fragt er verwirrt.
„Na ja, Ihr flucht wie ein Erdling", erkläre ich mit einem Augenzwinkern. „Meine besten Freunde sind von der Erde und genauso wenig zurückhaltend wie Ihr!" Ich mustere ihn amüsiert und stelle fest, dass er wahnsinnig attraktiv ist, muskulös und durchtrainiert. Wenigstens das, was ich jetzt noch erkennen kann, denn es ist stockdunkel. Irgendwie erinnert er mich von der Statur an Markus, meinen Hüter, der Sebastian nachfolgte.

Da macht es in meinem Kopf Klick.

Ist das etwa Markus' Bruder Damian?

Der Heerführer Damian?

Was macht er bitte schön schon hier? Sie sollten doch erst morgen eintreffen! Er stellt mit noch weiteren Männern den Begleitschutz für meine Heimreise.

„War das gerade Eure Freundin von der Erde? Die mich im Vorbeigehen ein ‚monströses Trampeltier' genannt hat? Hätte mir denken können, dass sie von der Erde stammt", fügt er lachend hinzu, während er sich mit der Hand durch das dichte Haar fährt.

„Ja, Tijana stammt auch von der Erde. Roxana fand sie in der Bronx, als sie zehn Jahre alt und ganz auf sich allein gestellt war, und nahm sie mit. Sie ist nun eine der Stärksten von uns. Aber das Fluchen und die Ausdrucksweise konnte ihr leider niemand abgewöhnen."

Ich schiebe mich an ihm vorbei, als er plötzlich meine

13

Hand ergreift und mich zu sich umdreht.

„Hey … Ihr habt mir noch nicht verraten, wie Ihr heißt. Wollt Ihr mir nicht noch etwas Gesellschaft leisten?" Die Einladung klingt recht unschuldig. Ja, genau … Ich kann ihm seine Gedanken von der Nase ablesen. Nein, das wäre definitiv keine gute Idee.

Ich entziehe ihm meine Hand. „Nein, Heerführer. Meine Patrouille beginnt in einer Stunde und ich vergesse niemals meine Pflicht." Ich laufe ein Stück weit den Abhang nach unten, bevor ich mich noch einmal zu ihm umdrehe. Trotz der Dunkelheit sehe ich, dass er mir leicht enttäuscht hinterherschaut.

„Gute Nacht! Und stolpert nicht den Abhang hinunter!", rufe ich schmunzelnd. Ich warte nicht auf seine Reaktion, sondern eile in hohem Tempo den Berg hinunter und mache mich auf den Weg zum Schloss.

Schon bald werde ich mich von meinem jetzigen Leben verabschieden müssen. Aber davor werde ich es noch ausgiebig genießen. Morgen steht das Fest der Rosen an und dieses werde ich bis zur letzten Minute auskosten.

Denn in nur drei Tagen werde ich das erste Mal seit dem Mord an meiner Mutter meine Heimat wiedersehen und mein Zuhause Lichthof betreten.

Kapitel 2
Der Abschied

„LEANA, LEANA, WARTE doch mal kurz", ruft mein Hüter hinter mir her.

„Was ist denn, Markus? Du weißt, ich muss mich für die Feier vorbereiten."

„Ich wollte dich nur kurz darüber informieren, dass der Begleitschutz für die Heimreise bereits hier ist. Der König hat meinen Bruder und seine besten vier Männer geschickt."

„Ich bin ihm schon begegnet", sage ich und erinnere mich an Damians Gesichtsausdruck und das fehlende Erkennen in seinem Blick. „Aber wie es scheint, weiß er noch nichts von seinem Glück. Werden sie an der Feier teilnehmen?"

„Ich denke schon. So wie ich meinen Bruder und seine Männer kenne, werden sie sich eine Party mit haufenweise schönen Frauen nicht entgehen lassen." Er zuckt entschuldigend mit den Schultern. Ja, so sah Damian auch aus, als ob er sich nichts entgehen lässt, denke ich und stöhne auf. Das gibt's doch nicht! Ich habe absolut keine Lust, für sie die Abendunterhaltung zu mimen.

„Dann sorg dafür, dass sie heute Abend noch nicht erfahren, wer ich bin. Ich will heute nur eine Rose sein, nicht Leana, Prinzessin des Lichtreiches. BIIIITTTEEEEE!", flehe ich meinen Hüter an.

„Ich werde es versuchen", erklärt er sichtlich amüsiert, macht kehrt und lässt mich stehen. Das Schloss des Ordens wurde extra für das heutige Fest herausgeputzt. Das Fest der Rose findet einmal jährlich statt. In seinem Verlauf werden die fertig ausgebildeten Kriegerinnen geehrt und mit dem Zeichen der Rose gewürdigt. Heute werden auch Gäste dazustoßen, etwas Außergewöhnliches für uns Rosen, denn wir bevorzugen sonst Abgeschiedenheit und Ruhe. Nur wenige wissen vom Orden und von dessen Kriegerinnen, aber diese Wenigen fürchten uns. Auch ich soll heute mein Zeichen erhalten. Zeit, mich in Schale zu werfen. Maja, meine Kammerzofe und enge Vertraute, hat bestimmt etwas für mich herausgesucht. Ich bin aufgeregt, denn ich habe mir für heute Abend etwas vorgenommen, das gänzlich gegen meinen Charakter geht. Zum ersten – und wahrscheinlich letzten – Mal möchte ich, auf Teufel komm raus, mit einem Mann flirten. Nur einmal in meinem Leben möchte ich so sein wie alle anderen Mädchen.

Bisher beschränkt sich mein Wissen auf das, was andere Rosen, vor allem Ty, mit mir geteilt haben. Wir Rosen können Emotionen durch den See erlernen, ohne sie selbst erleben zu müssen. Mit Schrecken erinnere ich mich an das Outing meiner besten Freundin und meines Hüters als Pärchen. Uns Kriegerinnen wurde damals nahegelegt, auch im erotischen Bereich unser Erfahrungswissen aufzustocken, und ich bat Tijana, mir ihre erste sexuelle Erfahrung als Erinnerung zu zeigen. Natürlich war sie sofort Feuer und Flamme …

Rückblickend war das vielleicht keine so gute Idee gewesen. Ich muss blind gewesen sein, dass ich die Anziehung und die Spannung zwischen Markus und Tijana nicht gespürt habe. Als ich also sah, dass Tijana ihr erstes Mal mit Markus erlebt hatte, wollte ich mir im nächsten

Augenblick die Augen auskratzen. Auch heute noch wird mir schlecht, wenn ich daran denke.

Markus ist nicht nur mein Hüter, er ist so etwas wie ein Bruder für mich, der mich mit Argusaugen beobachtet, mich auf Schritt und Tritt verfolgt und sich noch dazu wie mein Vormund benimmt. Er war noch sehr jung, als er zu meinem Hüter berufen wurde. Gerade einmal zwanzig Jahre alt, aber außergewöhnlich stark und besonnen, sodass man ihm zutraute, sich um eine Zehnjährige kümmern zu können. Wie gesagt, wir haben eine sehr innige Beziehung zueinander, vergleichbar wie die von Geschwistern, obwohl ich auch hier nicht wirklich etwas habe, mit dem ich es vergleichen kann. Aber ich liebe ihn und er gehört zu mir und meiner Familie, genauso wie ich zu seiner gehöre.

Genau deshalb hätte ich Tys Erinnerung niemals erleben sollen. Es war, als hätte ich selbst mit Markus geschlafen, und es wurde noch furchtbarer, als er mich am nächsten Tag ständig begleiten musste und die Bilder einfach nicht aus meinem Kopf weichen wollten. Und dieses Biest von Freundin grinste den ganzen Tag über unaufhörlich!

Einfach nur … bäh. Eklig. Es hat gedauert, bis ich ihn wieder ansehen konnte, ohne dunkelrot anzulaufen.

Und obwohl sich meine Erfahrung auf diese einzige – wenn auch einschneidende – Erinnerung beschränkt, sehne ich mich nach so einer Liebe, einer Verbindung wie die ihre. Wobei ich mir durchaus bewusst bin, dass meine Rolle als Lichtträgerin die Suche nach der wahren Liebe nicht unerheblich erschweren wird.

Als Maja mit mir nach fast zwei Stunden fertig ist, muss ich doch ganz schön staunen. Wahnsinn, was man mit dem richtigen Outfit und etwas Make-up machen kann. Ich selbst wäre niemals in der Lage gewesen, mich so

17

herzurichten, dafür habe ich einfach kein Talent. Aus dem Spiegel sieht mir eine hübsche Frau mit großen grünen Augen entgegen. Ihr langes, bronzefarbenes Haar ist zum Teil gewellt frisiert, zum Teil geflochten, und sie trägt ein langes, tiefausgeschnittenes, ärmelloses, weißes Kleid, das ihren Körper wie eine zweite Haut bedeckt. Auf beiden Seiten bis hoch zur Hüfte geschlitzt, ist es atemberaubend und gewagt. Für meinen Geschmack zu gewagt! Nachdem ich Maja und Tijana von meinen Absichten für den heutigen Abend erzählt hatte, habe ich ihnen versprochen, alles anzuziehen, was sie für mich aussuchen würden und – tada! – nun stehe ich da!

„Oh, Maja, das ist nicht dein Ernst! Ich werde den ganzen Abend mein Kleid festhalten müssen, damit nichts verrutscht!", rufe ich entsetzt und versuche, meine Brüste in dem riesigen Ausschnitt zu bändigen. Doch es hilft nichts, es ist einfach zu wenig Stoff und zu viel von … mir.

„Du siehst heiß aus, Leana! Amüsiere dich, das ist dein Abend! Geh, flirte mit einem Mann und feiere. Du hast dir das mehr als verdient. Das wird wahrscheinlich die letzte Gelegenheit sein, bevor der Hofalltag dich überfällt", versucht Maja, mich zu überzeugen. „Wer weiß, ob du so etwas im Palast tragen kannst. Wenn du erstmal wieder zuhause bist, wird dich dein Vater bestimmt nicht mehr so ein Kleid anziehen lassen."

Ihre Worte dringen durch meine Zweifel angesichts der Gewagtheit des Kleides. Hier bin ich nur eine Rose und nicht die Prinzessin des Reichs des Lichts. All das wird sich in zwei Tagen ändern. Ich sollte diese Gelegenheit also nutzen.

Der Hof des Ordens wurde zu einem Freilichtballsaal umgestaltet, sodass wir unter Sternenlicht und im Licht unzähliger Fackeln und Lichterketten feiern. Unter dem

18

Applaus einiger Gäste, die ich von den letzten Jahren her kenne, betrete ich den Hof. Sie wissen um meinen Aufstieg, kennen mich allerdings nur als Rose, nicht als Leana, da ich auf solchen Festen immer inkognito erschienen bin.

Ich sehe mich nach Tijana und Markus um. Die Feierlichkeiten sind bereits voll im Gange und ich habe bei all den Leuten Mühe und Not, die zwei Turteltäubchen auszumachen. Die beiden stehen an einem Tisch gegenüber der Bühne und unterhalten sich angeregt mit einem großen, dunkelhaarigen jungen Mann, den ich auf den ersten Blick erkenne. Es ist der Fremde von gestern Abend. Seine Statur hat wirklich große Ähnlichkeit mit Markus, da haben mich meine Augen also gestern nicht getäuscht. Über zwei Meter groß, mit durchtrainiertem Körper, definierten Muskeln und einem breiten Rücken. Er trägt einen ärmellosen Kampfanzug aus gegerbtem Leder des Lichtheeres, der seine wohlgeformte Figur betont. Die Ähnlichkeit zwischen den Brüdern ist verblüffend, trotz der markanten Unterschiede. Markus ist dunkelblond, hat stahlblaue Augen und ein markantes Gesicht. Wenn er lächelt, überträgt er seine warmherzige Art auf seine Gesprächspartner. Damian dagegen hat eine dunkle Ausstrahlung. Er hat pechschwarze Haare, leuchtende dunkelgrüne Augen und ein anzügliches Lächeln im Gesicht, das jede Frau erröten lassen könnte.

Markus entdeckt mich und lenkt die Blicke der anderen beiden auf mich. Ich gehe auf sie zu und merke, wie mich Damian mit seinen Blicken erst taxiert und dann fast auszieht. Ich verfluche das Kleid, zu dem ich mich habe überreden lassen.

Während sein Blick ungeniert über meinen ganzen Körper wandert, kann ich meinen nicht von seinen Augen abwenden. Etwas an ihnen erscheint mir vertraut. Und dann erkenne ich: Ich bin ihnen bereits einige Male

19

im Traum begegnet. Verflucht! Was hat das bloß zu bedeuten?

Ich werde augenblicklich rot. Markus bemerkt es sofort und auch Tijana fängt augenblicklich an zu grinsen. Als ich bei ihnen ankomme, räuspert sich Markus.

„Bruderherz, das ist die Dame des Abends. Sie wurde gestern im Kreis der Rosen als ihre Anführerin legitimiert. Sie hat als Einzige in den letzten dreihundert Jahren die Prüfungen dafür meistern können. Das ist ... Rose. Rose, das ist mein Bruder Damian. Er ist gestern Abend angekommen und wird der Begleitschutz der Prinzessin sein, wenn sie ihre Heimreise antritt."

Ich nehme die Hand, die Damian mir reicht, und er drückt mir einen zarten Kuss auf den Handrücken.

„Rose ... wie passend. Ein schöner Name für eine wunderschöne Frau. Sind wir uns nicht bereits gestern Abend begegnet?", schmunzelt er, als er mein errötetes Gesicht sieht.

„Vielen Dank. Es freut mich sehr, Euch kennenzulernen, Damian. Wir hatten Eure Ankunft bereits erwartet, jedoch seid Ihr bereits früher hier, als wir dachten. Wie geht es Eurer Wunde?"

„Wir hatten noch einen Auftrag auf dem Weg hierher. Er war wesentlich schneller erledigt als geplant, daher waren wir bereits einen Tag eher hier. Und ich sagte ja bereits, es ist nur ein Kratzer und nicht der Rede wert. Ist die Prinzessin denn heute Abend hier? Ich würde sie gern vor unserer Reise kennenlernen", fragt er nun in die Runde.

Ich schaue verschwörerisch zu Tijana und Markus. „Nein, ich denke nicht", erkläre ich dann lächelnd und Markus verschluckt sich an seinem Cocktail.

Er hustet heftig, bevor er sich zusammenreißt und mir zur Hilfe eilt, nicht ohne mich süffisant anzugrinsen, als Damian gerade einmal nicht hinsah. „Bruder, Prinzessin

Leana ist sehr … zurückgezogen und … meidet solche Feiern. Sie wird sich bestimmt vor der großen Heimreise noch ausruhen wollen. Daher denke ich, dass du sie vor der Abreise nicht zu Gesicht bekommen wirst."

„Schade, aber wie ich sehe, habe ich mehr als angenehme Gesellschaft." Damian lächelt vielsagend zu mir rüber und ich werde, wenn möglich, noch verlegener.

Plötzlich taucht Kristen, Sohn des Lords von Meeran, neben mir auf und legt seine Hand an meine Schulter. Wir kennen uns noch aus Kindertagen und sind uns über die Jahre immer wieder begegnet. Olympäa gehört zum Planetensystem von Lord Heron, Kristens Vater. Er vertritt seinen Vater immer wieder bei wichtigen Veranstaltungen und ist ein großer Unterstützer des Ordens. Mit seinen siebenundzwanzig Jahren ist er schätzungsweise im gleichen Alter wie Damian. Ich meine, mich zu erinnern, dass Markus einmal hat fallen lassen, dass zwischen ihm und seinem Bruder drei Jahre liegen.

„Heerführer Damian, es ist mir eine Freude, Euch hier begrüßen zu können! Wie ich sehe, seid Ihr bereits in angenehmster Gesellschaft", begrüßt Kristen Damian mit kalter Stimme und seltsamen Blick. Ich mustere ihn kurz, um seine Stimmung zu deuten. Normalerweise ist er nicht so abweisend. Ich kenne ihn nur als freundlichen und sehr fröhlichen Menschen. Doch als mein Blick zwischen den beiden Männern hin und her schweift, merke ich, dass die Abneigung auf Gegenseitigkeit beruht. Die beiden wirken so, als ob sie sich nicht ausstehen können.

„Kristen, es freut mich auch, dich wiederzusehen. Ja, ich habe gerade Rose hier kennengelernt", er deutet auf mich, „und muss gestehen, dass ich dem Zauber der Rosen hier kaum widerstehen kann." Letzteres sagt er vielsagend und mit leicht provokativem Unterton. Kristen sieht mich nun fragend an und ich flehe ihn förmlich mit den Augen an, zumindest für heute Abend, meine

Identität nicht preiszugeben. Er begreift schnell und lässt in einer besitzergreifenden Geste seine Hand von meiner Schulter auf meine, leider nackte, Hüfte wandern.

„Rose, ich habe von den letzten Vorkommnissen gehört und bin beunruhigt. Wann verschließt ihr das Tor nach Altra?"

Ich winde mich aus seiner Umarmung, da ich sie heute irgendwie als unangenehm empfinde.

„Gar nicht. Warum sollten wir es verschließen? Die Retsen wollen nichts von uns und sind mit ihrer Armee weit entfernt von dem Tor. Der einzige Vorfall in letzter Zeit war, als ein paar ihrer Schergen eine Patrouille der Lichtarmee verfolgt und sie dann in der Nähe eines Dorfes überfallen haben, dem die Rosen immer wieder Hilfsgüter zukommen lassen. Die Dorfbewohner baten uns um Hilfe und wir haben das Problem gelöst. Leider war es dann schon zu spät für die Soldaten. Die Spießgesellen haben sie wie wilde Tiere angefallen und zur Abschreckung in Stücken aufgeknöpft und in der Landschaft verteilt." Mein Tonfall bleibt nüchtern, während ich das Geschehen beschreibe, doch in meinem Innersten brodelt es.

Damian sieht wütend zu mir. „Wie habt Ihr das Problem gelöst? Habt Ihr sie gefangen genommen?", fragt er in einem herrischen Ton.

„Nein, sie waren nicht besonders ... kooperativ. Daher haben wir sie geköpft und begraben."

„Warst du etwa dabei?", fragt nun Kristen aufgebracht.

„Ich kam hinzu, als es bereits geschehen ist. Die Überreste der Soldaten haben wir zum Armeestützpunkt geschickt", erkläre ich ruhig. Ich musste es einfach mit eigenen Augen sehen.

„Ihr habt sie geköpft? Einfach so?", fragt Damian ungläubig. „Die Retsen sind wahnsinnig stark, selbst meine besten Männer haben Schwierigkeiten, einen zu

22

überwältigen."

„Das mag sein. Aber Ihr wisst offensichtlich nichts über die Stärken der Rosen, Heerführer. Ja, die Retsen sind stark, aber nur weil die Dunkelheit sie mit diesen Fähigkeiten ausgestattet hat. Ihr Verhalten ist ferngesteuert und dementsprechend leicht zu durchschauen." Ich sehe, dass sowohl Damian als auch Kristen von meiner harten Stimme und meiner Direktheit überrascht sind. Egal. Ich hasse es nun mal, wenn Männer sich von unserem Erscheinungsbild täuschen lassen.

„Was meint Ihr mit ferngesteuert?", will Damian wissen.

„Nun ja, die Retsen haben sich nicht bewusst für die Dunkelheit entschieden. Zumindest die meisten von ihnen. Ihr Geist wurde von der Dunkelheit überwältigt und diese bestimmte von da an ihr Handeln. Ihr Volk ist das von Kriegern. Ihre Instinkte sind sehr in diese Richtung ausgeprägt, aber sie sind nicht von sich aus so aggressiv. Sie werden dazu getrieben, ohne es wirklich zu wollen." Ich sehe Damian an, dass er dagegen argumentieren will, aber Markus hält ihn zurück.

„Das ist vielleicht nicht das richtige Thema für heute Abend. Wir wollten doch den Abend genießen, nicht wahr, Rose?", versucht er zu schlichten. Damian nickt einlenkend und ich bin Markus dankbar, dass er mir noch einen Abend gönnen will, der nicht vom bevorstehenden Krieg gezeichnet ist.

„Darf ich Euch Rose für einen kurzen Moment entführen?", fragt Kristen in die Runde und dann an mich gewandt: „Kommst du, bitte?" Er zieht mich mit sich, ohne meine Antwort abzuwarten, bis wir uns alleine gegenüberstehen.

„Du siehst atemberaubend aus! Und Glückwunsch zum Aufstieg, du hast uns alle damit überrascht! Warum hast du nicht erzählt, dass du in der Auswahl warst? Ich muss leider noch ein paar Gäste begrüßen, aber Leana, bitte lass dich nicht von Damian einwickeln!", bittet er mich eindringlich. „Der Kerl verschlingt mehr Frauen zum Frühstück als manch anderer in einem Jahr. Pass bitte auf dich auf!"

„Natürlich, klar. Geh ruhig!", sage ich.

„Versprichst du mir nachher noch ein bisschen deiner Zeit?"

Ich nicke ihm zu und er entfernt sich von mir. Augenblicklich steht Tijana vor mir. Mit einem vielsagenden Blick.

„Wir müssen los, Oxana erwartet uns auf der Bühne. Bist du soweit?", fragt sie amüsiert und hakt sich bei mir ein. Einige Schritte später flüstert sie mir zu: „Das Kleid ist der Wahnsinn! Wurde Zeit, dass du dich dem Kleidungsstil einer Rose anpasst!", erklärt sie kichernd. „Markus' Bruder sieht wahnsinnig gut aus und verschlingt dich förmlich mit den Augen. Pass nur auf, dass du das Spiel hier nicht übertreibst. Die Heimreise wird lang und bis wir aufbrechen, solltest du klargestellt haben, wer du bist."

Ich grinse verschmitzt zurück.

„Mach dir keine Sorgen, ich werde es schon nicht übertreiben. Und ich werde ihm im passenden Moment sagen, wer ich bin. Aber … heute Abend bin ich Rose!"

Wir prusten beide los.

Oberin Oxana erwartet uns bereits bei der Bühne. Sie wurde von der Versammlung der Rosen als Oberin gewählt und vertritt als solche den Orden als Ansprechpartnerin gegenüber Dritten und sorgt dafür, dass die Regeln des Ordens durchgesetzt werden. Gemeinsam mit den anderen Absolventinnen betreten Ty und ich nach ihr die Bühne.

„Meine lieben Gäste", beginnt Oxana mit ihrer Ansprache, „geliebte Schwestern und Anwärterinnen. Ich

24

freue mich sehr, Euch heute Abend begrüßen zu dürfen. Nach nun mehr als drei Jahrhunderten haben wir unter unseren Absolventinnen eine Auserwählte dabei, die die letzte Prüfung zur Anführerin gemeistert hat. Ich freue mich, heute Abend den Absolventinnen und dieser besonderen Rose das Zeichen der Rose übergeben zu dürfen. Bitte tretet hervor."

Ich sehe nervös auf die untenstehende Menge. Jetzt ist es so weit. Schon oft habe ich gesehen, wie die Rosen vor mir ihr Zeichen erhalten haben. Nun bin ich dran.

Oxana ruft die erste von uns auf. Diese verneigt sich vor ihr und hält inne, damit Oxana ihr Schulterblatt berühren kann. Und dann passiert es: Ein Funke, geboren aus Oxanas Hand, berührt ihre Haut und zeichnet in glitzernden Linien eine blühende blaue Rose mit den allsehenden Augen einer Raubkatze auf ihre Haut. Ein Zeichen, das in all den Welten nur wir Rosen tragen dürfen. Insgesamt sind wir an diesem Abend achtzehn Absolventinnen. Tijana empfängt ihr Zeichen vor mir. Wegen meines besonderen Status' bin ich die Letzte in der Reihe. Gebannt sehe ich zu, wie sich das Zeichen der Rose bei Tijana auf dem Fußgelenk einbrennt.

„Rose, komm zu mir", ruft Oxana mir zwinkernd zu. „Du bist nun die Auserwählte der Rosen. Dein Zeichen wird sich etwas von dem der anderen unterscheiden. Wohin soll es?"

Ich deute auf meinen rechten Oberschenkel. Dann fühle ich es. Es brennt ganz leicht auf meiner Haut und ich spüre eine Verbundenheit mit den anderen Rosen wie noch nie zuvor. Die blühende Rose kommt zum Vorschein. Jedoch zeichnet sich dort, wo die anderen Absolventinnen nur die allsehenden Augen der Raubkatze tragen, bei mir ihr ganzes fauchendes Gesicht ab. Das Zeichen der Anführerin …

Wow.

25

Ich verneige mich vor Oberin Oxana, die mich, den Regeln zum Trotz, umarmt und mir leise zuflüstert: „Ich bin so wahnsinnig stolz auf dich, Leana." Sie drückt mir einen Kuss auf die Stirn, tritt zurück und wendet sich den anderen Gästen und Schwestern zu.

Wie auf ein geheimes Zeichen hin knien sich alle Rosen außer uns Absolventinnen hin und neigen ihren Kopf. Es herrscht gänsehautbringende Stille. Ich sehe hinunter auf die Menge und fühle mich von Ehrfurcht erfüllt und gleichzeitig unendlich traurig. In zwei Tagen werde ich den Orden und meine Schwestern verlassen, vielleicht für immer. Wer weiß, wann und ob ich sie je wiedersehen werde. Meine Augen füllen sich mit Tränen und ich hebe meine Hand zu den Monden am Himmel als Zeichen meines Respekts für meine Schwestern. Sie erheben sich und wiederholen die Geste. Jetzt laufen mir tatsächlich Tränen übers Gesicht.

„Tragt die Werte, die Leidenschaft und die Kraft der Rosen in euch. Tretet für diese ein und gebt sie weiter an eure Familien. Damit die Hoffnung, der Mut und die Stärke zur Wahrheit und der Gerechtigkeit weiterwachsen kann", appelliert Oxana und damit verlassen wir alle unter tosendem Applaus die Bühne.

Markus kommt uns mit Damian im Schlepptau entgegen und umarmt uns überschwänglich.

„Ich bin so wahnsinnig stolz auf euch zwei!"

Tijana krallt sich bei ihm fest und zieht ihn mit sich.

„Komm, tanze mit mir, mein Liebster!", säuselt sie und zwinkert mir und Damian zu. Der dreht sich mir zu.

„Darf ich bitten?", fragt er grinsend.

Oh, diese Augen ...

Ich schnappe nach Luft und hauche: „Gern." Ich hasse mich im gleichen Moment für meine Schwäche, die mir gänzlich unbekannt ist.

Auf der Tanzfläche tanzen viele Paare eng

26

umschlungen. Die Musik ist gerade langsam und sinnlich. Die Sängerin haucht die Melodie mehr, als dass sie sie singt, und ich bin versunken in diese grünen Augen, die sich in meine bohren. Damian lächelt mich herausfordernd an. Seine Hände legen sich um meine Hüfte und ich merke, wie sich mein Körper anspannt. Seine Hände sind rau und warm. Seine Berührung ist jedoch weich und sanft, als ob er einen Schmetterling berühren würde. Wir bewegen uns zur Musik und während meine Hände weiterhin um seinen Nacken geschlungen sind, spüre ich, wie seine linke Hand von meiner Hüfte langsam und streichelnd Richtung Oberschenkel wandert und wie er mit seinem Daumen ganz zart, erst die Rose und dann das Gesicht der Raubkatze berührt. Ich zucke zusammen.

„War es schmerzhaft?", fragt er besorgt und zieht seine Hand zurück. Es überrascht mich, dass ich mir wünsche, er würde sie wieder zurücklegen.

„Ähm …" Oh nein, totaler Sprachverlust! Reiß dich zusammen! „Äh … nein. War eher ein Kribbeln", kriege ich gerade noch so heraus.

Boah, bekomme deinen Herzschlag endlich in den Griff und fang an zu denken, Leana, schimpfe ich innerlich selbst mit mir.

Statt wieder mein Zeichen zu berühren, hebt er seine Hand zu meinem Gesicht und umfasst eine Haarsträhne, die sich gelöst hat. Ich spüre, wie meine Wangen, diese Verräter, noch heißer werden. Als Rose sollte ich meine Emotionen besser kontrollieren, aber im Moment bin ich einfach überwältigt. Sein intensiver Blick fesselt mich. Unweigerlich tauchen die Bilder der leidenschaftlichen Nacht zwischen Tijana und Markus vor meinem inneren Auge auf. Nur, dass ich mir statt Markus' stahlblaue Augen grüne vorstelle, die mich leidenschaftlich ansehen. Ohne mein Zutun tauscht mein Gehirn die Bilder aus und stellt sich Damian und mich vor. Wie wir uns küssen und liebkosen. Die Körper nackt und eng umschlungen. Schwitzend und keuchend ...

Stopp ... STOPP ...

Verflucht.

Damian sieht mich immer noch gebannt an, registriert jede meiner Regungen und lächelt, als er bemerkt, dass ich eine Gänsehaut habe.

„Ist Euch kalt?", fragt er unschuldig, obwohl er genau weiß, dass sie eine körperliche Reaktion auf seine Hände an meinem Körper ist.

„Nein, ich ... es tut mir leid ... Ich muss gehen. Ich muss noch einige Schwestern begrüßen, die sonst nicht im Orden leben", stottere ich daher und löse mich aus seinem Griff. Er schüttelt verwirrt den Kopf und der leidenschaftliche Blick verschwindet aus seinen Augen. Stattdessen sehe ich Enttäuschung aufblitzen.

„Habe ich etwas falsch gemacht?", fragt er ganz offen.

Ja, verdammt, lass die Finger von mir! Oder doch nicht?

Du bist verdammt nochmal eine Rose, reiß dich zusammen, Leana! Kontrolliere deine Emotionen. Er ist der Heerführer deines Reiches. Und er weiß nicht, wer du wirklich bist. Das werde ich niemals erklären können. Und wie soll das in Zukunft funktionieren? Antwort: gar nicht. Und überhaupt: Er will dich nur für diese Nacht.

Ich sehe es in seinem Blick. Er glaubt, mich in zwei Tagen hier zurücklassen zu können. Wäre ich einfach nur Rose, würden wir uns nie wiedersehen.

„Nein, ganz und gar nicht", beantworte ich seine Frage. „Es tut mir leid, Damian. Es ist nur ... Ich habe Verpflichtungen, die ich viel zu lange habe schleifen lassen. Wir sehen uns bestimmt später noch einmal."

Okay, das klang überzeugend.

Ich muss zu Oxana. Ihre Gesellschaft ist immer so

beruhigend. Ich muss mit ihr darüber reden. Würde ich mit Tijana reden, würde ich mich nur in Damians Armen liegen sehen – oder schlimmer, dort tatsächlich enden. Ich lasse Damian mitten auf der Tanzfläche stehen und fühle dabei förmlich seinen fragenden Blick in meinem Rücken.

Während ich Ausschau nach Oxana halte, begegne ich vielen meiner Schwestern, die mir gratulieren wollen. Ich verabschiede mich jetzt schon von ihnen, viele werden morgen bereits abreisen und in ihre Heimat zurückkehren. Mein Heimweg wird erst übermorgen stattfinden, was mir ganz recht ist. So kann ich morgen noch zum Trainieren nutzen, da ich nicht weiß, wann und wie ich das zuhause werde schaffen können.

Endlich finde ich Oxana in einer Gruppe Feiernder. Als ich auf sie zukomme, sieht sie mich durchdringend an. „Was ist mit dir?", fragt sie direkt und leicht amüsiert.

„Ich weiß nicht. Ich denke, ich bin vielleicht etwas melancholisch. Wegen der vielen Abschiede ... Vielleicht auch wegen des Aufbruchs übermorgen. Ich fühle mich seltsam."

„Leana, du bist verwirrt wegen des Heerführers. Ich habe euch zusammen gesehen, eure Aura war ..." Sie beendete ihren Satz nicht, sondern fragte stattdessen: „Du interessierst dich für ihn?"

Erwischt! Verdammt.

„Na ja ... Die Anziehung ist wohl unübersehbar, was? Es fühlt sich ... unausweichlich an", gestehe ich ihr. „Was ist das? Ist das normal?", frage ich verwirrt.

Oxana sieht mich prüfend an. „So, wie du es beschreibst ... Ich denke, das wirst du selbst herausfinden müssen."

Na, wenigstens scheint sie sich köstlich zu amüsieren.

„Komm schon, misch dich unter die Partygäste. Es

29

wollen dich viele sprechen und noch mehr wollen sich von dir verabschieden. Mein Gott, ich kann gar nicht glauben, dass so viel Zeit vergangen ist, seitdem du bei uns angekommen bist. Du warst ein unschuldiges kleines Mädchen und jetzt sieh dich an! Du meine Güte! Aber komm", fordert sie mich auf, „bevor ich hier auch noch in Melancholie versinke!" Sie nimmt mich am Arm und zieht mich mit sich.

Der Abend zieht an mir vorbei und ich merke, wie ich müde werde. Ich finde Tijana und verabschiede mich für die Nacht von ihr. So ganz ist mein Plan nicht aufgegangen, da Markus mich bereits den gesamten Abend von weitem beobachtet und mir durch seine finsteren Blicke jedem interessierten, männlichen Wesen gegenüber verdorben hat. Und sein Bruder war kein Deut besser. Eine weitere Ähnlichkeit zwischen den Brüdern: Sie können mich zur Weißglut treiben. Im Moment stehen sie mit Kristen zusammen und unterhalten sich, von der früheren Animosität keine Spur. Soll einer mal die Männer verstehen. Irgendwie bin ich erleichtert, Kristen für heute entfliehen zu können. Ich winke Markus zu und signalisiere, dass ich ins Bett gehe. Er nickt, dass er verstanden hat, und dreht sich wieder seinem Bruder zu. Kristen hat sich bei Markus' Nicken umgedreht und lächelt mich nun vielsagend an. Nun dreht sich auch Damian um und folgt Kristens Blick und plötzlich sehe ich mich von beiden intensiv gemustert. Kristen winkt mir lächelnd zu, während Damian mich mit seinem Blick fesselt. Wieder sehe ich Enttäuschung in ihm aufblitzen. Ich winke beiden zu und drehe mich dann entschlossen um. Als ich Richtung Schloss gehe, spüre ich förmlich, wie sich die Blicke der beiden in meinen Rücken bohren.

Ich muss den Kopf frei kriegen. Tijana kann ich bestimmt davon überzeugen, morgen früh mit mir zu trainieren. Vor allem, wenn sie ein bisschen vor Damian und seinen Männern angeben kann. Ich schmunzle und lasse mich, angekommen in meinem Zimmer, ins Bett fallen und schlafe augenblicklich ein.

In dieser Nacht schlafe ich sehr unruhig. Seit dem Tod meiner Mutter träumte ich immer wieder von diesen intensiven grünen Augen, wie auch diese Nacht. Nur das diesmal das Gesicht dazu sichtbar war. Damians. Was das zu bedeuten hat?

Ich bin ein wenig nervös und mache mir Gedanken, was mich zuhause erwartet.

Mein „Zuhause", welches ich seit Jahren nicht mehr gesehen habe. Lichthof wurde von Gott selbst als sein Heim geschaffen, hier erschuf er die ersten Tiere und Menschen. Es unterscheidet sich merklich von allen anderen Planeten dieser Welt. Er besteht nur aus einer Halbkugel, über dem die Magie des Herrn sich für alle Zeit erstreckt. Der weiße Palast bildet das Zentrum und drumherum bilden sich die Stätten der Menschen. Die Natur wurde vom Herrn in dieses Gebilde integriert, sodass man viele Tiere im Einklang mit den Menschen leben sieht. Dieser Ort strahlt pure Magie und Macht aus. Von hier aus führen die Tore zu den anderen Planeten, wo die Menschen sich verbreitet haben. Diese werden wir auch für unseren Heimweg nutzen.

Als ich mich am Morgen auf den Weg mache, erwartet mich Markus überraschenderweise vor meiner Suite.

„Guten Morgen", sage ich ziemlich perplex. Er ist normalerweise kein Frühaufsteher. „Wer hat dich denn aus dem Bett geschmissen?"

„Du."

„Wie bitte?"

„Du bist aufgewühlt wegen der Abreise morgen, oder?" Wie kann er das wissen? „Wie kommst du darauf?"

„Hattest du letzte Nacht Albträume?", fragt er vorsichtig.

„Es ist nur … du weißt, dass wir beide eine besondere Verbindung haben. Wenn du ängstlich bist, spüre ich das. Es passiert nicht oft – das letzte Mal war das bei deiner Ankunft hier."

Also daher weht der Wind. Ich straffe meine Schultern. „Es ist alles in Ordnung. Ich muss mich einfach sortieren. Sobald wir aufbrechen, werde ich meine Gefühle wieder im Griff haben. Keine Sorge, Okay?"

„Okay. Aber wenn du reden willst, sag Bescheid. Ich bin immer für dich da." Er nimmt mich kurz in die Arme.

„Danke", murmele ich und gebe ihm einen Kuss auf die Wange, bevor ich einen Schritt zurückmache. Ich muss mich zusammenreißen. Es geht nicht, dass ich so emotional bin. Das muss ich jetzt während des Trainings loswerden. Markus sollte sich wegen mir nicht sorgen.

Wir laufen in Richtung Trainingsgelände, als sich uns Ty anschließt.

„Guten Morgen, Süße!", begrüßt sie mich. „Wenn ich deinen Blick von gestern Abend richtig gedeutet habe, musst du jetzt dringend Dampf ablassen, was?" Sie grinst frech.

Ja, da liegt sie verdammt richtig!

„Komm schon, Ty", ich ziehe sie mit mir, als ich meinen Schritt beschleunige, „ich brauche eine würdige Gegnerin!"

Auf dem Trainingsgelände angekommen, entdecke ich Damian mit seinen Männern bereits beim Schwerttraining. Ich stupse Ty an und nicke grinsend in Richtung der Männer. „Zeit für eine Demonstration. Was meinst du?"

Sie sieht mich erstaunt an und zeigt mir dann ihr durchtriebenstes Lächeln. „Aber so was von, Schwester!"

Wir positionieren uns so, dass die Männer alle einen

guten Blick auf uns haben, und beginnen mit unserem „Aufwärmprogramm", das aus einem gemächlichen Schlagabtausch mit dem Schwert besteht. Die Männer unterbrechen ihr Training und beobachten uns mit verschränkten Armen. Einige grinsen abfällig, als ob sie gerade zwei alten Frauen beim Stricken zusehen würden. Na, wartet es ab. Inzwischen haben wir auch die ganze Aufmerksamkeit von Damian. Ich zwinkere Ty zu und wir lassen beide im selben Moment das Schwert sinken und bleiben stehen. Ich konzentriere mich auf die Luft um uns herum, kann bereits das Flirren der Luft ausmachen. Fühle, wie mein Körper schwerelos zu werden scheint, als ich meinen Geist leere. Die Luft um uns vibriert und ich weiß, dass die Luft um mich herum für die, die mich von weiter weg betrachten, wie die Schwingen eines Adlers aussieht. Ich erhebe mich langsam in die Luft, Ty folgt mir unmittelbar.

Ihr Gesichtsausdruck ist hart, ihr Blick fixiert mich und ich sehe, wie sie mich mustert, und versucht, meine Gedanken zu lesen und meinen ersten Schritt vorauszusehen. Sie kennt mich und meinen Kampfstil, sie weiß, wie sie mich zu nehmen hat und was auf sie zukommt. Dennoch versuche ich jedes Mal, sie zu überraschen. Aus den Augenwinkeln bemerke ich, dass die Männer nun komplett ihre Übungen eingestellt haben und nun wie gebannt zu uns hinauf starren.

Ich sehe, wie Damian mit finsterer Miene zu Markus stiefelt.

„Das kann doch unmöglich sein", höre ich ihn trotz der Entfernung sagen. „Wie zum Teufel machen Sie das?" Seine Männer dagegen wirken wie erstarrt. Einige starren uns mit großen Augen an, andere blicken erwartungsvoll mit verschränkten Armen zu uns herauf. Scheinbar ist noch immer nicht überall bekannt, dass die

33

Rosen die Gabe besitzen, die Elemente zu beherrschen. Ich höre, wie einer der Männer, ich glaube, sein Name ist Julien, einem anderen zuflüstert:

„Hundert Denar auf die Dunkelhaarige mit dem kurzen Bob. Sie sieht aus, als ob sie nur mit ihrem Blick ein Schwein aufspießen kann." Er lacht laut und stößt seinen Freund den Ellenbogen in die Rippen.

Ich lache ebenfalls und sehe Tijana grinsen. Anscheinend ist ihr die Wette auch nicht entgangen.

„Die andere ist nicht umsonst die Anführerin geworden", hält der andere Mann dagegen. „Die Wette gilt."

Immer, wenn ich mich konzentrieren muss, spiele ich in meinem Kopf dieselbe Melodie ab. Sie ähnelt dem Pochen meines Herzens, ruhig und dennoch kraftvoll. Ich konzentriere mich auf Tijana, studiere ihre körperlichen Schwächen, die ich so gut kenne wie meine eigenen, so wie ihre Stellung und beginne mich zu bewegen. Innerhalb eines Takts bin ich bereits bei ihr und greife sie an. Ich hole aus und unsere Schwerter kreuzen sich. Ihr Blick ist fest, doch ich kann den Schalk darin aufblitzen sehen. Sie hat den Schlag vorausgesehen. Was sie aber nicht erwartet hat, ist, dass ich nun von unten aushole. Damit bringe ich sie komplett aus dem Konzept. Sie tritt einen Schritt zurück und presst ihre Lippen zusammen, sodass sie nur noch als Strich zu erkennen sind.

Oh, oh. Jetzt ist sie sauer. Ich grinse sie herausfordernd an, was sie, wie ich weiß, nur noch wütender macht.

Tijana hebt ihre Hand und versucht, mich mit einem Luftschub zum Straucheln zu bekommen, während sie gleichzeitig auf mich zustürmt. Hinter mir ertönt ein leiser Fluch. Ich glaube, es kam von Damian. Ich lasse mich davon jedoch nicht ablenken, sondern festige den Griff um meinen Schwertknauf. Ich halte das Schwert horizontal vor mich, lege die Schwertspitze in meine freie Hand und errichte einen Schutzwall um mich. Tijana prallt dagegen, als wäre die Wand aus Glas und nicht aus Luft gemacht. Ich nutze den kurzen Moment der Ablenkung, hole mit meinem Schwert kraftvoll aus, löse in dem Moment den Schutzschild, als sich unsere Schwerter treffen und sich verkeilen. Mein Schwung gibt mir den Vorteil, sodass ich Ty in einen Sturzflug zwinge und mit ihr gen Boden stürze. Sie versucht, unter mir wegzukommen, kann sich jedoch kaum aus meinem Griff lösen. Ich hole einen Dolch aus meinem linken Ärmel und halte ihn an ihre Kehle. Unter mir höre ich ein entsetztes Keuchen. Kurz bevor wir auf dem Boden aufzutreffen drohen, halte ich abrupt inne. Ty stoppt im selben Moment, sodass wir nur eine Handbreit über dem Boden schweben. Sie verzieht das Gesicht und richtet sich dann fluchend auf. Ich mache es ihr nach und wir stellen uns wieder gegenüber auf. Sie sieht leicht mitgenommen aus, wischt sich ihren Schweiß von der Stirn und funkelt mich böse an.

„Das war …" Das Wort unfair liegt, unschwer zu sehen, auf ihren Lippen, aber dann sagt sie doch nur schnaufend: „… ein guter Kampf. Die Runde geht an dich, Leana."

Inzwischen haben uns die Krieger erreicht und stehen im Halbkreis und in angespannter Haltung um uns herum. Damian richtet das Wort an uns.

„Wie habt Ihr das gemacht? So etwas habe ich noch nie gesehen und ich habe schon so manch einen Kampf beobachtet."

„Wir sind nicht wie Eure Krieger … mein Heerführer", entgegnet Tijana in einem Ton, der an Frechheit grenzt. „Wir Rosen beherrschen die Elemente. Was dachtet Ihr denn? Umsonst sind hier nicht die begabtesten Frauen des Reichs versammelt. Diese Technik und das Wissen darum können nur sehr wenige erlernen."

„Aber … wie?" Damian scheint noch immer nicht dem trauen zu wollen, was er mit eigenen Augen gesehen hat.

„Es erfordert eine überdurchschnittliche Empathie", erkläre ich. „Die Wahrnehmung einer Rose muss extrem ausgeprägt sein, sonst kann sie die Elemente nicht steuern."

„Das bedeutet, dass nicht jeder das erlernen kann. Sehr interessant ..." Die Verwirrung ist aus Damians Blick verschwunden und kaltem Kalkül gewichen. „Könntet Ihr mir zeigen, wie Eure Kräfte in einem richtigen Kampf eingesetzt würden? Ich bin wirklich neugierig, wie stark das einen Kampf beeinflussen kann."

„Damian ...", versucht Markus seinen Bruder zu warnen, aber da ist Tijana schon vorgetreten.

„Rose wird Euch das bestimmt gern demonstrieren. Nachdem sie die Stärkste von uns ist, kann sie Euch am besten eine Kostprobe unserer Kräfte geben."

Ich sehe die Vorfreude in ihrem Gesicht aufblitzen und kann mir ein eigenes herausforderndes Lächeln nicht verkneifen.

„Gern, mein Heerführer. Seid Ihr bereit?" Ich brenne darauf, ihn zum Schwitzen zu bringen.

Ty und Damians Krieger machen uns Platz und auch Markus scheint es aufgegeben zu haben, seinen Bruder von dem Kampf abzuhalten.

Der hat inzwischen Kampfhaltung angenommen. Von seinem Stand kann ich erkennen, dass er damit rechnet, dass der Angriff wie bei Tijana aus der Luft erfolgen wird. Anders als Ty kann er sich nicht in die Luft erheben, daher hält er sein Schwert so, dass er nach oben hin parieren könnte. Er ist ein erfahrener Krieger, ein Meister seines Fachs – er muss es sein, um in so jung Jahren schon Heerführer zu sein. Ich könnte nicht einmal sagen, ob ich seine Verteidigung durchdringen könnte, wenn ich auf diese Weise angreifen würde – vor allem nicht so schnell, wie ich gern möchte. Daher werde ich eine andere Angriffstaktik anwenden und ihn daran erinnern, dass Luft nicht das einzige Element ist, dass wir Rosen zu beherrschen wissen.

Ich gehe in Angriffsposition und stoße ohne Umschweife mein Schwert vor mich in den Boden. Die Eruption, die in seine Richtung erfolgt, überrascht ihn sichtlich. Er schwankt, fängt sich aber gleich wieder. Ich hebe meine Hand und eine schnelle Druckwelle bringt ihn nun wirklich zu Fall. Ich erhebe mich in rasanter Geschwindigkeit in die Lüfte und stürze mich gleich darauf auf den am Boden liegenden Heerführer. Er versucht noch, sich zur Seite wegzurollen, erstarrt jedoch, als sich ein Dolch direkt neben seinem linken Ohr in die Erde bohrt. Ich bleibe rittlings auf ihm sitzen und halte ihm ganz dicht mein Schwert an die Kehle.

„Reicht das als Demonstration, Heerführer?", wispere ich ihm ins Ohr.

Er schnaubt und sein Blick bekommt einen leicht brennenden Ausdruck, als ich mich zurücklehne. „Ja, meine Teure, durchaus. Ich werde mich in Zukunft hüten, eine Rose gegen mich aufzubringen." Ich meine, einen gewissen Respekt aus seiner Stimme herauszuhören. Doch der Eindruck verfliegt, als er mir verheißungsvoll zuflüstert: „Ich würde Euch dennoch gerne ein paar meiner besonderen Fähigkeiten … demonstrieren."

Oh Mann, dieser Kerl ist echt unmöglich!

Ich erröte augenblicklich und beeile mich, wieder auf die Füße zu kommen. Ich wende mich um, um Damian aufzuhelfen, doch er ist wieder auf den Beinen.

Sein Blick richtet sich auf seine Männer, die in eine Schockstarre gefallen zu sein scheinen. Er setzt einen eisernen Blick auf. „Genug gegafft, Männer!", herrscht er sie an.

„Zurück ans Training."

In der plötzlichen Betriebsamkeit wendet er sich noch einmal an mich, murmelt ein knappes „Danke" und zieht sich dann mit seinen Männern ans andere Ende des Trainingsplatzes zurück.

„Ich habe versucht, dich zu warnen", höre ich Markus murmeln, während sich Tijana zu mir gesellt und mir zuflüstert: „Oh, oh … Jetzt hast du sein Ego angekratzt und gleichzeitig dafür gesorgt, dass er die nächste Nacht nur davon träumen wird, wie du auf ihm sitzt."

Ich verdrehe genervt die Augen und boxe ihr in die Seite. „Komm schon, Ty. Ich bin noch nicht fertig mit dir."

Nach dem Training wird es Zeit, meine Sachen zu packen. Maja ist seit einer Woche dabei, alles zusammenzusuchen, inzwischen hat sie die Hektik voll eingenommen.

In meiner Suite angekommen, nehme ich das gerahmte Bild meiner Eltern, das sie an ihrem Hochzeitstag zeigt, an mich und verstaue es in der Tasche, die ich persönlich mit auf die Reise mitnehme. Alle anderen Sachen sind in Kisten verstaut, die in den nächsten Tagen abgeholt werden.

Wir benötigen zwei Tage für meine Heimreise, da wir nicht den direkten Weg zum Palast des Lichts nehmen werden. Wir nutzen die Tore, die die einzelnen Welten miteinander verbinden. Auf den jeweiligen Planeten sind die Tore nur wenige Kilometer voneinander entfernt, sodass wir von Welt zu Welt springen, bis wir mein Zuhause erreichen. Auf diesem Weg hofft Markus, keine Aufmerksamkeit der Retsen auf uns zu ziehen. Sie wissen, dass ich bald wieder zum Palast zurückkehren werde. Wir gehen davon aus, dass sie mich auf einem der Kriegsschiffe erwarten und diese angreifen werden.

In Gedanken versunken setze ich mich ans offene Fenster und sehe mir den Sonnenuntergang mit seinen goldbraunen und rötlichen Malereien am Himmel ein letztes Mal von hier aus an. Die zwei Sonnen sind eine

Besonderheit dieser Welt. Ich bemerke nicht, dass Oxana mein Zimmer betritt, und zucke zusammen, als sie meine Schulter berührt.

„Dass ich dich mal erschrecken kann, kommt auch selten vor. Wo bist du mit deinen Gedanken?"

„In der Vergangenheit, im Jetzt und in der Zukunft!", erwidere ich leise.

Was ich nicht zugebe, ist, dass sich zwischen die Bilder von weit entfernten Planeten, die vor meinem Auge vorbeiziehen, auch immer wieder die schönen Augen Damians schummeln.

Ich schüttele den Kopf, um die Erinnerung an sie zu vertreiben, um mich gebührend von Oxana zu verabschieden.

Danach lege ich mich in mein Bett, doch meine Gedanken ruhen nicht. Irgendwann schlafe ich doch ein und werde wider Erwarten von keinem grünen Augenpaar in meine Träume verfolgt.

Kapitel 3
Heimreise

MEINE SACHEN SIND gepackt und ich bin zum Aufbruch bereit. Es ist noch sehr früh am Morgen. Die Sterne sind noch am Firmament zu sehen, doch wird ihr Strahlen mehr und mehr von der Morgenröte gedämpft. Ich sehe mich noch einmal mit Wehmut in meiner Suite um, lege dann meinen Umhang um und die Kapuze tief ins Gesicht. Meine kleine Umhängetasche, die ich für unsere Reise gepackt habe, liegt auf meinem Schreibtisch. Ich hänge sie mir über meine Schulter. Das war es also … Ich werde es vermissen.

Genug jetzt! Die anderen warten bereits vor dem Tor auf mich!

Ich verlasse leise meine Suite und gehe den Korridor entlang. Tijana wartet bereits mit Markus vor dem Eingangstor.

„Guten Morgen, na, bist du bereit? Hast du alles für die Reise?", fragt Markus fürsorglich. Ich lächle ihn an und seufze.

„Ich denke schon. Los, machen wir uns auf den Weg. Steht Damian mit seinen Männern bereit?"

„Ja, wir warten nur noch auf Maja. Sie müsste auch gleich zu uns stoßen."

Maja würde mich niemals allein reisen lassen. Obwohl

sie nur sieben Jahre älter ist als ich, kennt ihre Fürsorglichkeit keine Grenzen. Manchmal fühlt es sich regelrecht mütterlich an. Ein Gefühl, das ich nah am Herz trage.

„Hier bin ich, bitte entschuldigt, aber ich musste noch die letzten Anweisungen über den Abtransport unserer Sachen geben."

Im Eilschritt stößt Maja zu uns. Selbstverständlich hat sie sich dagegen entschieden, für die beschwerliche Reise bequemere Kleidung auszuwählen. Selbst jetzt muss sie korrekt gekleidet und ihrem Stand entsprechend aussehen. Ich hingegen trage den knappen Kampfanzug der Rosen, der aus einem mit besonders robusten und sehr leichten Metall verstärkten Body mit ausgestellten Rock und einem Umhang mit einer weiten Kapuze besteht. Die Stiefel sowie der gesamte Anzug ist mit intelligenten Elementen versehen, sodass sie bei Kälte wärmen und bei übermäßiger Hitze kühlen sowie bei eintretenden Schäden sich selbst reparieren. Etwas Lichthof-Technologie, worauf die Rosen nicht verzichten möchten.

„Zumindest hast du flache Schuhe angezogen", zieht Tijana sie auf.

„Wir sollten aufbrechen, meine Damen. Der Begleitschutz wartet bereits vor den Toren", weist Markus uns ernst zurecht.

Wir brechen gemeinsam zu der Gruppe auf. Schade, dass ich mich nun zu erkennen geben muss. Wobei ... Ich lass meinen Blick über unsere kleine Truppe schweifen. Zu meiner Linken Markus, Tijana auf meiner rechten Seite. Maja geht voraus. Fast könnte man meinen, wir seien die Leibwächter von Maja.

Ich sehe Markus an und bedeute ihm, stehenzubleiben.

„Was ist?", fragt er besorgt.

„Markus, was hältst du davon, wenn wir Maja als mich ausgeben? Sie erwarten eine Prinzessin und nicht ... na ja, mich! Sie kann die Rolle viel besser spielen als ich. Und es wäre ein gutes Ablenkungsmanöver für den Notfall." Ich sehe ihn eindringlich. „Ich möchte einfach noch ein paar Tage lang ich sein."

„Leana ..." Ich merke, dass er ansetzt, nein zu sagen. „Bitte, überlege doch nur mal kurz!", unterbreche ich ihn. „War es nicht eh deine Idee, eine Doppelgängerin mitzunehmen? Maja sieht zwar nicht aus wie ich, aber niemand hat die Prinzessin seit mehr als zehn Jahren gesehen. Sie werden nicht wissen, dass sie nicht ich ist. Gut, sie ist etwas älter als ich, aber das sieht man doch kaum. Bitte", flehe ich.

Er schaut zu Maja hinüber, die ebenfalls stehengeblieben ist und uns kritisch beäugt. Wir sehen sie nun beide eindringlich an, was ihr zunehmend unangenehmer wird. „Was ist denn? Bitte keinen Kommentar zu meiner Reisebekleidung. Einer muss das Gesicht des Palasts auf dieser Reise schließlich angemessen repräsentieren. Ich ziehe mich auf keinen Fall mehr um!"

Markus wirft mir einen Blick zu und ich kann förmlich hören, wie er in Gedanken das Für und Wider abwägt. „Wir fragen sie zuerst. Es könnte gefährlich werden, das sollte ihr klar sein. Aber wenn sie dazu bereit ist, bin ich einverstanden. Unter einer Bedingung: Du sagst es Damian, sobald wir im Palast angekommen sind. Und falls etwas passiert, hat diese Scharade sofort ein Ende. Verstanden?" Sein Befehlston, den er nur benutzt, wenn er klarstellen möchte, dass er als Hüter das Sagen hat, wärmt mein Herz. Meistens erscheint dieser Ton nur dann, wenn er um meine Sicherheit bangt.

„Maja, bitte komm doch kurz zu uns."

Sie verzieht das Gesicht, weil sie schon ahnt, dass ich etwas mit ihr vorhabe.

Wir erklären ihr meine Bitte und sie wiegelt sofort ab.

42

„Nein, nein, das könnt ihr vergessen. Mich als Prinzessin ausgeben! Das geht doch nicht! Das grenzt doch an Wahnsinn und ich weiß nicht, an was noch! Außerdem sehe ich nicht aus wie du", redet sie sich in Rage. „Maja, es weiß doch keiner, wie ich aussehe! Es wäre zudem ein gutes Ablenkungsmanöver im Notfall ..." Als sich ihre Augen merklich weiten, füge ich rasch hinzu: „Aber es kann dir gar nichts passieren. Wir passen auf dich auf und ich verspreche, dass ich sofort eingreifen werde, sollte die Situation eskalieren."

„Ich weiß nicht, Leana. Ich finde es nicht richtig."

„Bitte", flehe ich sie inbrünstig an. „Ich weiß, dass ich viel von dir verlange, aber ..."

„Und du bist damit einverstanden, Markus? Ist das nicht zu gefährlich für sie?"

„Wir lösen es sofort auf, sollte Gefahr drohen", erwidert er mit eisernem Blick. „Und du gehorchst, sollte es eskalieren, verstanden?", fügt er an mich gerichtet mit eisiger Stimme hinzu.

„Ja, ich verspreche es", erwidere ich mit leiser Stimme. Als ob ich auch nur eine Chance hätte, mich Markus entgegenzustellen! Er kann mich mit seinen Kräften in ein Kraftfeld sperren, gegen das ich selbst mit den Kräften als Anführerin der Rosen nichts ausrichten kann. Es wäre hoffnungslos.

„Na gut, ich mach mit. Was soll ich tun?", fragt Maja zerknirscht.

„Du musst die anderen begrüßen und danach einfach du selbst sein. Sie erwarten, dass ich so bin wie du: ernsthaft, leise und korrekt." Ich kann mir ein Lächeln nicht verkneifen und kassiere dafür gleich einen finsteren Blick von ihr, der es in sich hat.

„Aha. Alles klar", kommt nur noch von Maja zurück, dann dreht sie sich schnaubend um und steuert auf das Tor zu.

43

Markus läuft auch los, nur Tijana hält mich kurz zurück.

„Tust du es wegen Damian? Um herauszufinden, was das zwischen euch ist?", fragt sie leise und beäugt mich kritisch.

„Eine bessere Gelegenheit finde ich dafür nicht mehr. Er muss aus meinem Kopf, und zwar schnell."

Ich drehe mich um und versuche, Markus einzuholen. Sie bleibt noch kurz stehen und ich sehe aus dem Augenwinkel, wie sie den Kopf schüttelt und sich dann mit einem süffisanten Lächeln auf den Lippen in Bewegung setzt.

Und es ist wahr. Die Gedanken an ihn müssen verschwinden und je besser ich ihn kenne, desto leichter müsste es mir fallen. Hoffe ich zumindest.

Die Männer sehen uns kommen und nehmen Haltung an. Wegen der hochgezogenen Kapuze meines Umhangs können sie mein Gesicht nicht erkennen, aber ihre Blicke sind eh nicht auf mich gerichtet. Wir bleiben direkt vor Damian stehen, wir anderen einen Schritt hinter Maja, die ihre Schultern zurücknimmt und ihre Kapuze zurückwirft. Hinter Damian haben sich seine Männer in einer Linie aufgestellt. Er verneigt sich vor Maja und ich erwische ihn bei dem Versuch, aus den Augenwinkeln mein Gesicht zu erkennen.

„Guten Morgen, meine Herrin. Mein Name ist Damian, meine Männer und ich werden Euer Geleitschutz für die Heimreise sein. Es ist uns eine Ehre, Eure Hoheit."

Maja reicht ihm ihre Hand. „Guten Morgen, mein Heerführer. Ich danke Euch für Euren Geleitschutz. Es tut mir aufrichtig leid, dass ich mich Euch noch nicht vorgestellt habe. Aber ich musste einige Dinge vor meiner Abreise hier in die Wege leiten. Bitte stellt mir doch auch Eure Männer vor."

44

„Gern, Eure Hoheit. Zu meiner Rechten Julien und Noah. Zu meiner Linken Mat und Christian. Sie sind nicht nur meine besten vier Männer, sondern auch alle Kommandanten einzelner Legionen. Wir werden Euch sicher nach Hause bringen."

„Davon bin ich überzeugt", antwortet Maja höflich. „Es freut mich sehr, Euch kennenzulernen, meine Herren. Meine Begleitung hier ist Markus, den Ihr ja bereits kennt, und ... Rose, die Anführerin der Rosen, sowie ihre rechte Hand Tijana. Die Rosen waren so freundlich, sich ebenfalls meinem Geleitschutz anzuschließen, da wir uns sehr verbunden fühlen. Ich hoffe, das macht Euch keine Umstände?"

„Natürlich nicht, Eure Hoheit. Es ist uns eine Ehre." Er lächelt, als er es sagt, doch mit einem finsteren Blick in meine Richtung ergänzt er leise: „Auch wenn es nicht nötig gewesen wäre."

Meine Anwesenheit ist offensichtlich unerwünscht. Was für eine gute Voraussetzung für meine Heimreise.

Kaum ist die offizielle Begrüßung vorüber, zieht Damian Markus zur Seite, angeblich, um die Reiseroute zu besprechen. Doch es ist offensichtlich, dass sie schon bald sehr erhitzt über mich und Tijana diskutieren. Letztendlich winken sie uns zu sich.

„Unsere Route hat sich geändert", erklärt Damian und vermeidet dabei geflissentlich Blickkontakt mit mir. „Ich habe heute Morgen die Meldung bekommen, dass in der Nähe von Teron ein Kriegsschiff der Retsen gesichtet worden ist. Daher werden wir alternativ die Erde ansteuern und Lichthof über dieses Tor betreten. Unser erster Rastpunkt wird Lord Herons Schloss auf Meeran sein. Ich habe unsere Ankunft mit seinem Sohn Kristen besprochen. Wir werden voraussichtlich heute Nachmittag dort aufschlagen. Nun kommt, wir sollten hier nicht weiter verweilen."

Und so beginnen wir mit unserem Marsch Richtung Übergang zu Meeran. Auf Olympia existieren zwei Tore. Eins führt zu Meeran, Lord Herons System, und eins führt zu Altra, einem Planeten, der direkt dem Reich des Lichts unterstellt ist. Er verfügt über einen direkten Zugang zu unserem Planeten, grenzt jedoch zudem an das Reich der Retsen an. Daher befinden sich momentan der Militärstützpunkt und der Schutzwall gegen die Dunkelheit auf Altra. Das ist auch der Grund, warum wir nicht auf diesem Wege versuchen werden, nach Lichthof zu gelangen.

Bis wir das Tor erreichen, müssen wir rund achtzehn Kilometer zurücklegen. Wir gehen zu Fuß. Ein Konvoi mit zwei Fahrzeugen hätte bloß Aufmerksamkeit erregt. Wanderer dagegen sind hier alltäglich, daher werden wir, falls die Wege ausspioniert werden sollten, nicht sonderlich auffallen. Mit Pausen werden wir das Tor wahrscheinlich kurz nach Mittag erreichen. Auf der anderen Seite angekommen, benötigen wir dann noch rund zwei Stunden bis zum Schloss von Lord Heron.

Auf dem Weg bewundere ich nochmal die außergewöhnliche Struktur Olympäas. Nur ein rund zwanzig Kilometer breiter Streifen ist auf dem riesigen Planeten bewohnbar. Doch dieser Streifen ist ein tropisches Paradies, wohingegen der Rest karges Ödland ist. Die zwei Sonnen, die Olympäas umkreisen, erzeugen eine solche Hitze, dass der Planet für weiteres Leben unbewohnbar ist. Das bisschen, das nutzbar ist, nimmt der Orden für sich ein. An der westlichen Grenze dieses Streifens, entgegengesetzt dem Tor nach Altra, ist das Tor, das nach Meeran führt.

„Wie lange beabsichtigt Ihr, Gäste der Prinzessin auf Lichthof zu sein?", unterbricht Damian meine Gedanken. Ich war so mit meiner Umgebung beschäftigt

46

gewesen, dass ich nicht bemerkt habe, dass er sich hatte zurückfallen lassen, um neben mir zu gehen.

„Ich weiß nicht. Das wird die Zeit zeigen", gebe ich gedankenverloren wieder. Er zieht die Augenbrauen hoch. Ich schenke ihm mein schönstes Lächeln, woraufhin er mich verwirrt ansieht.

„Aus Euch werde ich nicht schlau", sagt er nur, bevor er seinen Schritt beschleunigt und zu Maja aufschließt.

Nach rund zweieinhalb Stunden durch tiefes Regenwaldgebiet kommen wir an einen Fluss, der nicht weit von uns entfernt als Wasserfall ins tiefer gelegene Flussbett stürzt. Wir legen eine kurze Rast ein. Der Weg bis hierhin verging schnell, die Männer haben hochkonzentriert jede Bewegung in unserer Nähe mit Argusaugen beobachtet. Ihr Verhalten hat auch mich körperlich in Alarmbereitschaft versetzt, doch die Anspannung macht mich auf Dauer nervös.

Maja stöhnt auf. „Gott, was habe ich mir bloß dabei gedacht?", jammert sie, als sie uns außer Hörweite der Krieger glaubt. Augenblicklich entspannen Markus, Tijana und ich uns und wir müssen lachen.

„Oh, Missy hier hätte wohl gern den Shuttleservice genutzt", zieht Tijana sie auf. Dafür kassiert sie sofort einen bösen Blick von Maja. Von unserem Lachen abgelenkt, sehen Damian und seine Männer verwundert zu uns herüber. Ich stoße Tijana an und flüstere ihr grinsend zu: „So kannst du doch nicht mit Ihrer Majestät reden, Ty!" Und sie bricht in schallendes Gelächter aus.

„Los, ich brauche jetzt dringend eine Abkühlung!", meint Ty. „Die Hitze wird zunehmend unangenehmer."

Und schon streifen wir uns unsere Taschen und Reisemäntel ab und ziehen die Schuhe aus. Das Einzige, was wir anbehalten, ist unser Kampfanzug, der recht knapp geschnitten ist und sich den äußerlichen Gegebenheiten anpasst – er kann sowohl wärmen, als auch kühlen.

Inzwischen sichern Christian und Mat unseren Rastplatz zu beiden Seiten ab, während der Rest der Gruppe am Ufer sitzt und sich über den Proviant hermacht. Ich beobachte, wie Markus Maja sehr zuvorkommend ihren Proviant überreicht. Ich muss lächeln, da es womöglich das erste Mal ist, dass Markus sich so dienerhaft verhält. Ich glaube, er macht es, um unser kleines Schauspiel so gut wie möglich aufrechtzuerhalten, denn vor mir hat er sich noch nie so steif verhalten. Tijana hat eine Stelle im Fluss gefunden, die etwas tiefer erscheint.

„Hier ist es gut, na los, du feiges Huhn, wer eher im Wasser ist!" Und damit nimmt sie Anlauf und springt ins kühle Nass. Mein Blick huscht zurück zu Markus und Damian, die uns sichtlich amüsiert beobachten. Hastig springe ich hinter Ty her und tauche in das herrlich kühle Wasser. Ich genieße die Aussicht auf das bunte Leben, das sich hier tummelt. Als ich wieder hochkomme, steht Markus am Uferrand und hält Ausschau nach uns. Er kann halt doch nicht ganz aus seiner Haut und wird zu keinem Zeitpunkt vergessen, wer wirklich sein Mündel ist. Ich winke ihm zu und will damit signalisieren, dass alles in Ordnung ist.

Ich sehe, wie Damian uns sehr interessiert und mit fragendem Blick beobachtet. Ich tauche nochmal unter, und als ich hochkomme, merke ich, dass sich die Atmosphäre leicht verändert hat. Eine gewisse Spannung liegt in der Luft und ich sehe mich nach Tijana um. Auch sie scheint es zu spüren und fixiert mich mit einem Blick.

„Könnten Retsen sein", stellt sie fest, als die Atmosphäre einen leicht aggressiven Hauch bekommt. Ich nicke. Sie müssen noch weit weg sein, aber Zorn und Dunkelheit haben eine große Reichweite. Sie verpesten die Luft sehr schnell.

Markus fällt unsere angespannte Haltung sofort auf,

als wir schnell aus dem Wasser steigen.

„Was ist? Spürt ihr etwas?", fragt er besorgt. Die anderen horchen sofort auf.

„Retsen … noch ziemlich weit weg. Es sind nur ein paar Mann. Vielleicht ein Erkundungstrupp."

Bei meinen Worten tritt Damian an uns heran. „Woher wisst Ihr das?" Doch bevor ich antworten kann, winkt er ab.

„Vergesst, dass ich gefragt habe. Wie weit entfernt sind sie? Wie viele?"

„Die Dunkelheit verändert die Luft, es macht sie drückender, stickiger. Die Aggressivität lässt sie leicht vibrieren. Je mehr Träger hier sind, desto mehr vibriert die Luft. Nach dem, was ich fühle, würde ich drei Männer schätzen. Sie kommen aus der Richtung des Tors. Ich denke, dass wir in etwa einer Stunde auf sie treffen werden."

„Markus, Noah, Mat: zur Prinzessin! Augen auf, es kommen drei Mann aus Richtung Westen! Tijana und Rose, Ihr solltet bei der Gruppe bleiben. Julien, Christian, ihr beiden kommt mit mir, wir kümmern uns um die drei."

„Oh, bitte, lasst Euer Testosteron stecken, Heerführer!", faucht Tijana gereizt. Diplomatie ist noch nie ihre Stärke gewesen. „Die drei könnte ich auch allein aufhalten und für Rose wäre es sogar ein Kinderspiel. Die Frage ist eher, ob wir es auch wirklich sollten. Sobald sie nicht zurückkommen, werden die restlichen Retsen wissen, welche Route die Prinzessin genommen hat."

„Das ist ein berechtigter Einwand", wirft Markus ein. „Was sagst du, Bruder?"

Damian überlegt einen Moment, dann nickt er. „Ich bin auch dafür, unterzutauchen. Es wäre wohl am besten, sie würden nicht auf uns aufmerksam gemacht werden."

„Wir könnten ihnen den Weg versperren. Also, Rose

49

und ich könnten das. Schließlich ist hier das Territorium der Rosen. Sie werden nicht hinterfragen, dass wir ihr Eindringen nicht auf sich beruhen lassen. Während ihr unbemerkt vorbeizieht, lenken wir sie so gut wie möglich ab", schlägt Tijana vor. Bei ihren Worten verfinstert sich Markus Miene.

„Kommt nicht infrage!", sagt er dann auch prompt.

„Ein Ablenkungsmanöver wäre tatsächlich eine große Hilfe", erwidert Damian nachdenklich. „Was sagst du dazu, Rose?"

Alle Blicke ruhen auf mir. Der Vorschlag ist tatsächlich vernünftig, die Gruppe um die „Prinzessin" würde unentdeckt bleiben und die Eindringlinge würden ausgeschaltet werden. Alles in mir schreit danach, Ty zuzustimmen. Andererseits habe ich Markus versprochen, mich ihm nicht zu widersetzen.

Da immer noch alle auf eine Antwort von mir warten, entscheide ich mich schließlich für ein Kompromiss.

„Normalerweise wäre ich dafür, die Retsen sofort auszuschalten. Aber in Anbetracht dessen, dass wir auf keinen Fall die Sicherheit der … der Prinzessin aufs Spiel setzen können, habe ich noch einen anderen Vorschlag. Und zwar, dass wir abwarten, bis Hilfe vom Orden eintrifft. Die Rosen wissen bestimmt bereits, dass Retsen Olympäa betreten haben. Oxana wird eine Wache geschickt haben. Unklar ist, wann beide Gruppen hier eintreffen werden. Die Wächterinnen sind mit den Rebikes schneller als wir unterwegs, brauchen aber bestimmt noch eine halbe Stunde bis hierher. Dem Gefühl der Dunkelheit nach zu urteilen werden die Retsen uns dann schon sehr nahe sein. Wir sollten uns daher einen Unterschlupf suchen und uns bereithalten, im Notfall einzugreifen. Obwohl ich davon ausgehe, dass die Rosen es auch ohne uns geregelt bekommen. Und so müssten wir uns nicht trennen."

50

Ich ernte zustimmendes Nicken, auch wenn die Männer nicht wirklich zufrieden aussehen. Es juckt ihnen in den Fingern, selbst einzugreifen. Ich kann das gut nachvollziehen. Es ist nicht meine Art, anderen beim Kämpfen zuzusehen.

Nur Tijana lässt ihrem Unmut freien Lauf. „Also wirklich! Ich glaub es nicht, dass du das den anderen Rosen überlassen willst!"

„Es sind nur drei Mann", sage ich leise zu ihr.

„Eben! Es wäre noch nicht einmal eine Herausforderung, Le…Rose! Einen Unterschlupf vor drei Retsen suchen! Wirklich?" Sie schaut mich ungläubig an. Als ich nichts darauf erwidere, stampft sie mit dem Fuß auf dem Boden auf. „Nicht mit mir! Ich werde mich der Wache anschließen!"

„Das wirst du nicht", wirft Maja ein.

„Und ob! Du kannst es mir nicht verbieten …" Zu spät erkennt Ty, dass Maja ihr als angebliche Prinzessin tatsächlich verbieten könnte, sich in den Kampf zu schmeißen. Hastig versucht sie, zurückzurudern: „Ich meine, ich bin es nicht, nach der sie suchen, Majestät. Und außerdem brauche ich jetzt unbedingt etwas zum Dampfablassen!"

Damit dreht sie sich aufgebracht um und stapft Richtung Waldlichtung, um auf die Wache – oder die Retsen – zu warten.

Maja, Markus und ich tauschen eilig Blicke aus, dann werfe ich verstohlen welche zur Rest der Gruppe. Außer Damian, der misstrauisch von mir zu Maja und zu seinem Bruder schaut, scheint keinem der Männer etwas aufgefallen zu sein.

„Wir sollten uns umsehen. Wir brauchen ein Versteck", schlägt Noah vor und sieht fragend hinter Tijana her.

„Lasst sie gehen", winke ich ab. „Wir können sie ja doch nicht davon abhalten, sich ins Getümmel zu schmeißen." Ich deute zum Wasserfall. „Dahinter befindet sich eine Höhle. Sie ist von außen nicht erkennbar. Es gibt einen gut versteckten Pfad in der Felswand."

„Woher wisst Ihr das?", fragt Damian. Von meiner Reise, als ich in Olympäa angekommen bin. Doch das sage ich nicht. Stattdessen mahne ich zur Eile. „Wir sollten uns beeilen, wenn wir unbemerkt bleiben wollen", schlage ich vor und alle, sogar Damian, setzen sich in Bewegung.

Ich führe die Gruppe über den schmalen Pfad an der Felswand entlang in die Höhle. Markus unterstützt Maja, die wegen ihrer Garderobe Probleme mit dem Abstieg hat. Wir schweigen alle. Die angespannte Stimmung ist für mich sehr belastend. Sie löst Gänsehaut bei mir aus. Ich versuche, mich mit Tijana zu verständigen.

„Ty, bitte, hör auf damit. Dein Unmut hilft uns hier gerade herzlich wenig." Markus und Maja kennen unsere kleinen Gespräche auf Entfernung, doch für die anderen muss es ziemlich befremdlich sein, dass ich plötzlich mit jemandem rede, der weit und breit nicht zu sehen ist. Ich ignoriere die verwirrten Blicke und sehe in Gedanken Ty vor mir. „Wen hat Oxana geschickt? Ist es Sara mit Files?"

„Ja, sie haben mich gerade kontaktiert", ertönt schließlich Tijanas Antwort. „Noch sind sie nicht da, aber sie müssten gleich zu sehen sein. Die Retsen sind schnell unterwegs. Ich denke, dass die zwei gerade rechtzeitig ankommen werden. Wir positionieren uns dann vor der Waldlichtung. Du verpasst eine Menge Spaß", stichelt sie.

Ich sehe Markus an, der schon ungeduldig auf Neuigkeiten wartet.

Ich erkläre kurz die Situation. Damian und seine Männer hören aufmerksam zu, dann stellen sich zwei von ihnen am Eingang auf, um ihn zu sichern, und zwei bewachen Maja. Damian kommt auf mich zu.

„Ist das eine Art Standleitung?", will er wissen. „Muss sie sprechen, damit Ihr sie hört, oder könnt Ihr auch ihre Gedanken verfolgen?"

„Nur, wenn sie es mir erlaubt. Dann kann ich sehen, was passiert. Durch ihre Augen", ergänze ich.

Er nickt nur. Die Stimmung ist noch immer angespannt. Auch bei den Rosen und Tijana, wie mir unsere mentale Verbindung verrät. Inzwischen sind auch die anderen beiden Frauen in Reichweite und ich halte kurz Rücksprache mit ihnen.

Dabei entgeht mir nicht, dass Files, die gerade mal fünfzehn Jahre alt ist, ängstlich der Begegnung entgegensieht. Sie ist seit nun drei Jahren in Ausbildung, wurde aber erst vor kurzem zum Wächterdienst eingeteilt. Dies dürfte ihr erster Kontakt mit feindlichen Kämpfern sein. Sara ist ihre Patin und begleitet sie während ihrer Ausbildung, bietet Rat und Unterstützung. Doch die Furcht vor dem Kommenden kann auch sie ihrem Schützling nicht nehmen.

Die Luft wird zunehmend stickiger. Die Aggression, die von den Retsen ausgeht, verpestet sie. Sie müssen nun direkt vor der Waldlichtung stehen. Ich konzentriere mich auf die Verbindung zu Ty, von den drei Frauen ist sie es, bei der mir das am einfachsten gelingt, da wir so viel Übung darin haben.

Da! Die Retsen haben die Wächterinnen bemerkt. Sie formieren sich.

Tijana und Sara gehen voraus und stellen sich ihnen in den Weg. Ich informiere die Männer und Maja.

„Legt die Waffen nieder. Sofort!", fordert Tijana die Retsen bestimmt auf. Ein verzerrtes Gelächter ist zuerst einmal die einzige Antwort. Und dann: „Dummes Gör! Geht uns aus dem Weg, bevor wir uns mit euch unseren

Spaß gönnen!", knurrt einer der Retsen. Durch Tijanas Augen sehe ich sie. Sie tragen durchgetragene Kampfanzüge, die mit getrocknetem Blut und Dreck verschmiert sind. Sie sehen aus, als hätten sie eine lange Schlacht hinter sich und wären auf der Flucht.

„Das ist meine letzte Aufforderung, Retse! Nimm sie besser an, sonst steckt mein Schwert bald dort, wo du sonst dein Glück gesucht hast!", fordert Tijana.

„Ha, ha, ha! Komm, du kleines Miststück, und zeig, was du draufhast!"

„Keiner nennt mich Miststück!", zischt sie und schon fliegt er gegen einen dicken Baumstamm. Sara und Files nehmen sich die beiden anderen vor und schon Sekunden später legen sie den dreien Handfesseln an und drücken sie auf den Boden. Tijana greift sich den Rädelsführer und nagelt ihn mit ihrem Schwert an einem Baumstamm fest.

„Ein falsches Wort und du darfst dir beim Verbluten zusehen!", warnt sie ihn.

Daraufhin spuckt er ihr ins Gesicht und nutzt die Chance, die ihr angewiderter Ausdruck ihm ermöglicht und befreit sich aus ihrem Griff. Er dreht sich geschickt um und drückt Tijana mit einem groben Ruck an den Baumstamm. Mit einer Hand hält er sie an ihrer Kehle fest, mit der anderen zieht er einen Dolch aus seinem Ärmel und beginnt, leicht damit über ihr Gesicht zu streichen.

„Du widerliches Schwein", stößt Tijana hervor, die nun umhüllt von Dunkelheit kaum in der Lage ist, sich zu wehren.

Ich drehe mich augenblicklich zu Markus um. „Der Anführer hat Tijana überwältigt. Files und Sara fixieren die zwei anderen am Boden. Wir müssen eingreifen!"

„Schick deine Männer, Bruder!"

Damian schüttelt den Kopf. „Die Retsen sollten meine Männer besser nicht sehen, sonst wäre all das hier

54

umsonst gewesen und sie wüssten, dass wir die Prinzessin auf diesem Weg nach Hause führen. Es wäre besser, wenn Ihr ihn erledigt, Rose."

„Nein!", ruft Markus sofort vehement. „Sie rührt sich nicht von der Stelle! Dann gehe ich allein!"

„Markus, sei vernünftig. Rose zu schicken ist vernünftig", sagt Damian eindringlich. „Sie werden daraus keine Schlüsse über unsere Reiseroute ziehen."

„Markus!" Ich eile zu ihm und ziehe sein Gesicht zu mir herunter. „Du begleitest mich und bleibst im Hintergrund, damit sie dich nicht sehen. Hab Vertrauen! Du weißt, was ich kann! Und im Notfall bist du da. Und Damian und seine Männer."

„Du hast es versprochen!", grollt er bestimmt und irgendwie trotzig.

„Ja, und ich werde mich gleich wieder daranhalten, wenn das hier überstanden ist. Es wird mir schon nichts geschehen, wenn du bei mir bist. Ich bin stärker als er und sobald Tijana frei ist, kann sie mich unterstützen." Langsam werde ich ungeduldig. Über die Verbindung mit Tijana sehe ich, dass sie immer noch in der Gewalt des Rädelsführers ist, der sie zunehmend bedrängt. Er wiegt sich in Sicherheit, lässt sich Zeit. Ein Vorteil, den wir nutzen sollten.

Markus seufzt ergeben, legt eine Hand auf meine Schulter und schiebt mich Richtung Ausgang. Da wird er von Damian am Arm zurückgehalten.

„Bruder, du bist für Prinzessin Leana verantwortlich, du gehst nirgendwo hin. Ich werde Rose begleiten, wenn du derart um ihre Sicherheit besorgt bist. Auch wenn ich den Grund dafür nicht ganz nachvollziehen kann, nachdem ich bereits einen Vorgeschmack ihrer Kräfte bekommen habe."

„Ich erfülle meine Pflicht, Damian. Und jetzt lass mich

los!", zischt er seinem Bruder zornig entgegen, der ihn verständnislos mustert. Damian lässt seinen Arm sinken und sieht uns hinterher, wie wir hinter dem tosenden Wasser verschwinden.

Markus und ich vereinbaren, dass ich allein die Aufmerksamkeit des Kriegers auf mich lenke, während Markus versucht, den Retsen von hinten zu überwältigen. Ich schleiche mich soweit es geht an und richte mich dann zu meiner vollen Größe auf.

Files und Sara entdecken mich zuerst. Der Retse, der Tijana am Baum festhält und versucht, sie in Schach zu halten, sieht auf.

„Rose, verdammt, na endlich!", ruft Tijana erstickt auf.

Der Retse lacht auf: „Die wird dir auch nicht helfen können, Täubchen!",und leckt ihr über die Schläfe. Angewidert dreht Tijana ihr Gesicht weg. Meine Konzentration gilt dem Erdboden, ich möchte eine kleine Erschütterung erzeugen, die Tijana eine Chance verschaffen soll, sich frei zu machen. Doch zuerst muss er die Klinge von ihrem Gesicht wegbewegen.

„Letzte Warnung, Retse! Lass sie sofort frei und ergib dich!", rufe ich. „Tijana, halte dich bereit, ich lasse den Erdboden unter dem Widerling erzittern", schicke ich gedanklich hinterher. Sie nickt und konzentriert sich, um ihre Gelegenheit nicht zu verpassen. In dem Moment, in dem sich der Schuft etwas in meine Richtung dreht, um mir zu antworten, beginnt sich der Boden unter ihm und Tijana zu bewegen. Überrumpelt verliert der Retse seinen Halt. Tijana löst sich aus seinem Griff und duckt sich weg von ihm. Ich schnelle nach vorne, nehme ihn in die Mangel und halte ihm mein Schwert an die Kehle. Er erstarrt augenblicklich. Tijana stellt sich vor ihn und richtet ihr Schwert auf seine Brust.

„Du hättest auf sie hören sollen!", knurrt sie.

„Das Licht", stammelt er vor sich hin. „Ich kann dich spüren, Licht."

„Was faselst du da?", will Tijana von ihm wissen. Er verfällt in wahnsinniges Gelächter. „Eine Rose ... hahahaha!"

Ich wechsle einen fragenden Blick mit Tijana. Kann es sein, dass er spürt, wer ich bin? Wie ist das möglich? Normalerweise kann das nur jemand, der direkt von der Dunkelheit beeinflusst wurde. Ich versuche, in ihn hinein zu fühlen, und spüre augenblicklich den schwarzen Schleier, der seine Gedanken und Handlungen steuert.

„Ty, er wurde von der Dunkelheit selbst geschickt. Er weiß, wer ich bin. Ich kann die Beeinflussung aufheben, aber die anderen sollten es erfahren. Vielleicht können wir vorher noch mehr aus ihm herausbekommen."

Meine Augen suchen nach Markus und ich winke ihn zu uns heran. Er kommt sofort auf uns zugelaufen.

„Was ist los?", fragt er verwirrt. „Ich dachte, sie sollen nicht wissen ..."

„Die Katze ist aus dem Sack!", unterbricht Tijana ihn trocken. Ich schüttle den Kopf, während ich den Retsen vor mir Handfesseln anlege.

„Ich habe bislang noch nie einen getroffen, der direkt von der Dunkelheit beeinflusst worden ist. Ich kann den Bann aufheben, vielleicht können wir herausfinden, was er vorhat und welche Pläne er für die Retsen hat."

Markus nickt und ordert Tijana, Damian und seine Männer zu holen. Während sie davoneilt, fesseln wir mit Saras und Files' Hilfe die Retsen aneinander.

Kurz darauf kommt Tijana mit Maja und den Männern im Schlepptau zurück. Oh, oh ... Damian sieht ziemlich wütend aus.

„Was. Ist. Hier. Los?", zischt er uns an. Seine Augen sind dunkel und seine Miene finster. „Warum verlassen wir unser Versteck, wenn sie", er zeigt auf die

57

Gefangenen, „offensichtlich noch nicht ausgeschaltet sind?"

„Sie wissen, dass das Licht hier ist. Ich will herausfinden, was sie sonst noch wissen", antworte ich ihm gelassen, obwohl er mich ein wenig einschüchtert.

„Woher?", knurrt er zurück und beäugt die Retsen. Der Anführer der Gruppe bricht in schallendes Gelächter aus. Seine Miene ist dabei total verzerrt.

„Erkennt das Licht selbst dann nicht, wenn es vor ihm steht ... Hahahahaha ... Und man sagt, Ihr wärt ein kluger Mann, Damian, der Heerführer! Hahahahaha ... Ihr enttäuscht mich!"

„Wer seid Ihr?", will Damian mit zusammengekniffenen Augen wissen.

„Vielleicht Ihr, vielleicht er, vielleicht auch die Rosenprinzessin", gibt der Andere wirr wieder, wobei sich seine Augen unnatürlich verdrehen. Ich spüre, wie die Dunkelheit seinen Verstand vernebelt. Verdammt! Wenn ich jetzt nichts tue, wird es zu spät sein!

„Wir werden bald nichts mehr aus ihnen herausbekommen", gehe ich dazwischen. „Die Dunkelheit löscht bereits sein Gedächtnis, sie werden bald nichts anderes als hohle Gefäße sein. Ich muss eingreifen!" Ich lege beide Hände um die Wangen des Retsen und presse meine Daumen fest an seine Stirn. Er windet sich unter meinen Griff und gibt dabei schrille Töne von sich.

Ich schließe meine Augen und dringe in seinen Kopf ein, sehe viele Bilder, viele Erinnerungen. Auch solche an glücklichere Tage, Kindheit, Freundschaften. Sie ziehen rasend schnell an meinem inneren Auge vorbei und ich versuche, sie für ihn festzuhalten, flute seinen Kopf mit positiven Gefühlen, lasse das Licht in sein Herz und spüre, wie sich seine Haltung verändert. Die Dunkelheit lässt ab von ihm und verschwindet schließlich ganz. Sein Gesicht wirkt nicht mehr verzogen, die Grimasse fällt

58

weg. Sein Ausdruck wird weicher und wirkt auf einmal wieder wie der eines einfachen Mannes. Ich lasse von ihm ab, gehe weiter zu den anderen beiden und versuche dasselbe. Die Männer wirken danach ausgelaugt und verwirrt. Als wären sie nach einer langen Krankheit aus dem Schlaf erwacht. Ich atme erleichtert auf und bemerke erst jetzt die fassungslosen Gesichter der anderen um mich herum.

Ich sehe mir die Retsen vor mir noch einmal genauer an. Sie wirken verwirrt.

„Wisst ihr, wo ihr seid? An was könnt ihr euch noch erinnern?", frage ich sie.

„Ich weiß nicht. Nichts ... Doch, ich erinnere mich. Wir waren im Dorf und wollten die Eindringlinge vertreiben, wir haben uns bewaffnet, sind ihnen begegnet und dann ... Nichts. Aber ... viel Blut ist geflossen", erzählt der Anführer stockend und schon laufen ihm Tränen übers Gesicht.

„Schon gut", versuche ich ihn zu trösten. „Bitte, ich möchte Euch nicht unnötig mit dem, was geschehen ist, konfrontieren, aber wir versuchen, die Dunkelheit aufzuhalten. Vielleicht können eure Erinnerungsfetzen uns helfen, das sinnlose Blutvergießen aufzuhalten."

„Wer seid Ihr?", fragt einer der anderen Retsen.

„Das Licht, aber bitte behaltet dieses Geheimnis für Euch", raune ich in die Gedanken der drei.

Die Retsen schauen eine Sekunde lang verwirrt drein, nicken mir dann jedoch zu. Ich gehe auf den Anführer zu und versuche nun, die dunklen Bilder in seinem Kopf zu entschlüsseln. Ich kämpfe gegen die Kälte an, die diese Bilder in mir auslösen.

Ein Schlachtfeld ...

Damian und mein Vater vor mir am Boden liegend ... tot ... Ein Meer an Leichen um mich herum. Ein Schwert, das sich in meine Brust bohrt, und vor mir das

Nichts …

Erschrocken weiche ich zurück. Panik umfasst mich und lässt mich erstarren. Das war nicht meine Zukunft, versuche ich mir einzureden. Es war nur eine Botschaft der Dunkelheit, wie sie mein Ende sieht. Und doch kann ich nicht umhin zu denken, dass ich gerade einen Ausblick auf eine mögliche Zukunft von mir erhascht habe. Tränen bilden sich und ich komme nicht gegen sie an, sie laufen meine Wangen hinunter. Eine Hand berührt mich an der Schulter. Markus dreht mich zu sich herum und schließt mich behutsam in seine Arme. Ich schluchze auf, die Bilder haben sich in mein Gedächtnis eingebrannt und zerreißen mein Herz. Er streichelt sanft über meinen Kopf und Rücken, wie man es bei einem kleinen Kind tun würde, und ich merke, wie ich ruhiger werde und die Panik schwindet.

„Schhh … atme. Du bist nicht allein", flüstert Markus mir ins Ohr, wie damals, als ich zehn war und er mich nach einem Albtraum tröstete. Ich schaffe es, meine Gedanken zu sortieren und mich einigermaßen zu beruhigen. Dieser Überschwang an Gefühlen ist mir neu, ich komme normalerweise gut zurecht, aber seit einigen Tagen habe ich das nicht mehr so unter Kontrolle.

Ich löse mich aus Markus' Griff. „Danke", flüstere ich ihm zu. Er sieht mich immer noch ganz besorgt an.

„Was hast du gesehen?", fragt er mich leise.

Ich teile die Vision mit ihm. Sein Ausdruck wird hart und ich bemerke, wie sein Kiefer mahlt, so sehr erfüllt es ihn mit Wut.

Damian kommt auf uns zu und man sieht ihm an, dass er Antworten erwartet, und zwar die richtigen.

„Nun, möchte mich jemand aufklären, was dieses Theater soll?", fordert er hart. „Markus?"

Ich drehe mich zu ihm um und erwidere seinen Blick.

„Es tut mir leid, ich war nicht ehrlich zu Euch. Ich

wollte nur … Es sollte nur eine weitere Sicherheitsmaßnahme sein, aber nun macht das ganze keinen Sinn mehr. Ich bin Prinzessin Leana und es tut mir aufrichtig leid, Euch getäuscht zu haben." Er starrt mich an, und als ich meinen Blick zu seinen Männern wandern lasse, sehen sie ehrlich schockiert aus. Ich wende mich wieder Damian zu. Er hat die Augen geschlossen und atmet tief ein und aus. Als er sie wieder öffnet, sehe ich, wie sehr er sich bemüht, seine Wut zu kontrollieren.

„Rose … Prinzessin Leana, ich weiß ehrlichgesagt nicht, was ich dazu sagen soll." Er schnaubt und fährt sich mit den Händen übers Gesicht. „Es … erklärt einiges. Wer ist das?" Er zeigt auf Maja, die daraufhin einen roten Kopf bekommt und fast beleidigt antwortet: „Mein Name ist Maja, ich bin Prinzessin Leanas Vertraute."

„Lasst mich sehen, was mein Bruder sah", herrscht Damian mich an. Ich zucke zusammen, sein Ton ist eisig und bestimmend. Nicht, dass ich es ihm verwehren könnte. Er hat es verdient, dass ich ehrlich zu ihm bin. Ich stelle mich vor ihn, sodass sich unsere Körper beinahe berühren, und lege eine Hand auf seine Brust. Mir entgeht nicht, wie sein Körper auf meine Berührung reagiert. Er spannt sich unmerklich an. Und mich erfasst ein unbekanntes Kribbeln im Bauch.

Ich sehe ihm in die Augen und übertrage meine Vision in seine Gedanken. Ich kann die Bilder förmlich in seinen Augen tanzen sehen und auch er erstarrt beim Anblick seiner Leiche und dem Schwert in meiner Brust. Sein Blick stellt sich scharf, ist nun wieder auf mich gerichtet und ich will meine Hand runternehmen. Er greift danach und presst sie wieder an seine Brust. Mein Körper rückt automatisch näher an ihn heran.

„Das wird nie geschehen. Bis zum letzten Atemzug werde ich euch beschützen", raunt er und bei den Worten setzt für eine Sekunde mein Herz aus. Ich sage nicht das Offensichtliche: Dass laut meiner Version genau das passieren wird.

Sara und ich beschließen, dass die Retsen von ihr und Files zu Oxana gebracht werden sollen. Sie brauchen medizinische Hilfe und ein paar Tage Ruhe. Die Dunkelheit hat lange ihr Handeln bestimmt und sie müssen sich davon erholen.

Als wir anderen unseren Weg zum Tor fortsetzen, ist Damian sehr schweigsam. Die Stimmung zwischen uns ist eisig und ich fühle mich schlecht, ihn so lange angelogen zu haben.

Aber vor allem gehen mir die geretteten Männer nicht aus dem Kopf. Ich bin immer davon ausgegangen, dass die Retsen selbstbestimmt für die Dunkelheit kämpfen. Doch das, was ich gesehen habe, ebenso wie die Wandlung der Retsen, nachdem der Bann der Dunkelheit gebrochen war, ist erschreckend. Sie sind nicht unsere Feinde, sondern vielmehr willenlose Marionetten, unfähig, sich zu wehren. Ich muss meinem Vater umgehend davon berichten. Es muss einen Weg geben, die Retsen zu befreien.

Wir werden die Nacht in Lord Herons Schloss Mir verbringen. Obwohl mir Kristen in letzter Zeit zu aufdringlich wurde, waren er und sein Vater über die Jahre sehr gut zu mir. Sie besuchten mich immer wieder in Olympäa und ich durfte hin und wieder auch Gast auf Mir sein, wenn ich auf geheimer Mission für die Rosen war. Der Lord war über die Jahre mein engster Vertrauter und Kristen ein wahrer Freund. Ich freue mich auf ein Wiedersehen.

Wir kommen am Tor an. Es wurde in ein Felsgebirge integriert und ist auf den ersten Blick nicht erkennbar. Nur die silbrig glänzende Eintauchfläche des Portals verrät den Übergang nach Meeran.

Damian schickt seine vier Männer als Erstes hindurch. Markus folgt unmittelbar nach ihnen mit Maja und Tijana. Als ich einen Schritt aufs Tor zugehe, hält Damian mich zurück.

„Keine Spielchen mehr, verstanden?"

Ich nicke, denn mehr bekomme ich gerade vor Überraschung nicht zusammen. Er nimmt mich an der Hand und wir übertreten gemeinsam die Schwelle. Auf der anderen Seite angekommen, warten die anderen bereits darauf, die restliche Strecke zu meistern. Tijanas Blick fällt auf meine Hand, die Damian immer noch nicht losgelassen hat. Sie zieht eine Augenbraue hoch, sagt aber nichts.

Damian zieht mich mit sich und gibt seinen Männern dabei Anweisungen zu unserer Route. Ich wehre mich nicht gegen die Berührung. Sie fühlt sich schön an, wenn auch ungewohnt. Ungewohnt gut.

Erst als Markus mich zu sich ruft, damit auch er sich vergewissern kann, dass ich den Schritt durchs Portal gut überstanden habe, lässt Damian mich los – nicht ohne seinen Bruder einen Blick zuzuwerfen, den ich nicht deuten kann und den dieser mit einem schiefen Grinsen quittiert.

Wir gehen weiter und erreichen nach rund zwei Stunden, in denen wir kaum ein Wort gewechselt haben, unser Ziel.

Mir, das Schloss des Systemlords Heron. Maja seufzt erleichtert und beschwert sich dann lauthals darüber, wessen Idee es war, die Strecke zu laufen, anstatt sich von Lord Heron abholen zu lassen. „Ist ja nicht so, als wüsste er nicht, dass wir kommen."

„Maja, darum geht es doch gerade, dass niemand sonst mitbekommt, wer hier ankommt. Glaubst du nicht, dass seine Eskorte mehr als auffällig gewesen wäre?", fragt

63

Tijana und wendet sich dann mir zu: „Sie wird doch nicht die ganze Reise über so jammern, oder? Ich weiß nicht, ob ich das aushalten würde."

Maja, die den letzten Teil natürlich auch gehört hat, belässt es bei einem bösen Blick.

„Tijana muss dringend was essen, sie wird unausstehlich, wenn sie hungrig ist", neckt Markus sie und deutet nach vorne. „Außerdem haben wir es für heute ja fast geschafft."

Am Schlosstor angekommen, empfängt uns bereits Lord Heron mit seinem Sohn.

„Leana, mein Kind! Schön, dass ihr es unbeschadet bis hierhergeschafft habt!" Er drückt mich fest an sich. Kristen lächelt verwegen und nachdem ich aus der Umarmung seines Vaters entlassen werde, werde ich direkt in seine gezogen.

„Ich habe mir Sorgen gemacht. Ihr solltet doch viel früher eintreffen. Ist alles in Ordnung?"

„Für einen vollständigen Bericht ist später noch Zeit." Lord Heron klopft seinem Sohn auf die Schulter. „Kommt doch bitte herein, macht Euch frisch. Wir haben bereits für Euch aufdecken lassen, wenn Ihr so freundlich wärt, uns beim Abendessen Gesellschaft zu leisten."

Kristen küsst Tijana und Maja auf die Wange und begrüßt Markus, Damian und seine Männer mit einem etwas förmlichen Händeschütteln. Währenddessen lässt er mich nicht eine Sekunde aus seinem Arm und ich komme nicht umhin zu bemerken, dass mir Damians Hand lieber gewesen wäre.

„Nun erzähl schon!", drängt Kristen mich, als wir ins Schloss gingen. „Wie war deine Abschlussprüfung? Wir hatten auf dem Fest der Rosen ja gar keine Zeit zu sprechen. Damian und seine Männer haben mich den ganzen

64

Abend mit den Reisevorbereitungen in Beschlag genommen. Wir hatten nicht einmal Zeit für den Tanz, den du mir versprochen hast!"

Hatte ich das? Ich kann mich nur schwach daran erinnern. Das Gefühl von Damians Händen auf meiner Hüfte überlagert so gut wie alle Erinnerungen an diese Nacht.

In Gedanken versunken reagiere ich nicht schnell genug, als Kristen mich an sich drückt und mich auf die Stirn küsst. Ich lächle ihn an und versuche mit einem Blick in die Runde zu kaschieren, dass ich aus seiner Umarmung heraustrete. Irgendwie hatten meine Reisegefährten es in den letzten Minuten geschafft, mich allein mit Kristen zu lassen. Selbst Damian schien nicht zu befürchten, dass mir in Mir etwas zustoßen könnte. Vielleicht wollte er auch einfach nur weg von Kristen – oder mir.

Der Sohn des Lords führt mich bis zu einer hohen Tür, hinter der ich meine Suite vermute, und lässt mich dann allein. Ich sehe ihm nach, wie er den Korridor hinunterschlendert, bevor ich die Suite betrete und die Tür hinter mir schließe.

Maja ist schon da und ich werde – von wegen ausruhen! – sofort unsanft ins Bad geschoben, mit dem dezenten Hinweis: „Husch, husch, bei dir habe ich noch einiges an Arbeit vor mir."

Ich verdrehe die Augen und ergebe mich.

„Schon gut, aber ich werde meinen Kampfanzug tragen müssen, mehr habe ich nicht dabei", erinnere ich sie.

Sie setzt ein diabolisches Grinsen auf.

„Kristen hat eine Auswahl an Kleidern heraufbringen lassen. Heute Abend bist du Prinzessin Leana – keine wilde Rose, die unbemerkt durchs Land wandern muss. Hier am Hof und am Tisch von Lord Heron wird man erwarten, dass du dementsprechend gekleidet bist." Sie schafft es nicht ganz, die Schadenfreude aus ihrer Stimme herauszuhalten. Sie weiß, ich hasse es, wie ein Püppchen gekleidet zu werden.

Kristen hat sich wirklich Mühe gegeben und auch tatsächlich meinen Geschmack getroffen. Maja überlässt mir die Auswahl zwischen einem ärmellosen Kleid in zartrosa mit langer Schleppe und wunderschönen Perlen am Bustier, aber dafür mit freizügigem Ausschnitt und einem eisblauen Kleid, hochgeschlitzt und mehr als aufreizend.

Ich entscheide mich für das Rosafarbene, es wird Lord Heron gefallen. Er sieht mich gern in schönen Kleidern und meines Standes würdig, wie er nicht müde wurde zu ergänzen. Ich glaube, er wäre entsetzt, wenn er wüsste, wie wenig ich diesem Idealbild tatsächlich entspreche. Aber er hat etwas sehr Väterliches an sich. Ich bin gerne in seiner Nähe, genieße die Wärme und Freude, die er zu jeder Zeit ausstrahlt. Es erinnert mich an lang vergangene Tage mit meinem Vater.

Als Maja und ich später gemeinsam den Speisesaal betreten, kommt Lord Heron auf mich zu und nimmt mich in Empfang.

„Ich sehe schon, mein Sohn hat meinen Geschmack geerbt", erklärt er mit einem Augenzwinkern. „Ihr seht wunderschön aus! Ich bin der glücklichste Mann, da ich das Licht persönlich an meiner Tafel empfangen darf. Darf ich Euch an meine Seite bitten? Aber keine Sorge: Kristen sitzt direkt neben Euch, damit ich alter Mann Euch nicht allzu langweile", ergänzt er schmunzelnd.

„Lord Heron", tadele ich ihn lächelnd, „in keiner Sekunde Eures Lebens wärt Ihr ein langweiliger alter Mann. Ich fühle mich geehrt, an Eurer Seite zu sitzen."

Während er mich zur Tafel geleitet, bewundere ich den Saal, in dem wir uns befinden. Das Schloss ist schon sehr alt, über tausend Jahre, hat mir Kristen einmal erzählt,

66

aber immer gepflegt und modernisiert worden. Die hohe Decke mit den vielen Kronleuchtern, dazu die vielen Säulen, die eine Art Seitengang im halbkreisrunden Saal bilden. Auf den Säulen thronen wunderschöne, aus Stein geschlagene, weibliche Figuren – Göttinnen, die den Saal allein mit ihrer Präsenz zu beschützen scheinen. Auf der rechten Seite ergießt sich eine Fensterfront, die perfekt in den Halbkreis eingearbeitet wurde und dabei einen Ausblick auf den Park ermöglicht.

„Das Schloss ist wunderschön und dieser Saal ist traumhaft", sage ich zu Lord Heron.

„Es steckt eine Menge Arbeit darin, aber es liegt mir sehr viel daran, da meine Vorfahren, wie Ihr wisst, bereits hier speisten und tanzten. Ich habe Euch vermisst, Leana. Wie ich höre, seid Ihr zur Anführerin der Rosen aufgestiegen? Weiß Euer Vater inzwischen davon? Ihr wisst, ich habe immer unterstützt, dass Ihr diesen Weg geht, auch wenn ich Euch davon abgeraten hätte, es zu verheimlichen."

„Ich weiß, dass es vielleicht nicht klug ist, ihn vor vollendete Tatsachen zu stellen. Aber Ihr wisst auch, dass er mir nie geschrieben hat, und ehrlicherweise habe ich nicht die Worte finden können, um ihm das zu erklären."

„Wann habt Ihr das letzte Mal von ihm gehört?"

„Von ihm persönlich nicht ein einziges Mal, seit ich Lichthof verlassen habe. Bis auf die jährlichen Geburtstagskarten, die sein Sekretär mir schickt. Dieser hat Maja ansonsten geschrieben, wenn es etwas Wichtiges gab."

„Das ist nicht rechtens, Leana. Ein Vater sollte seiner Tochter schreiben. Ihr seid eine Familie … Ich habe jedoch das Gefühl, dass sich Euer Vater vollkommen in den Krieg mit den Retsen verbissen hat. Er überlässt dem Rat die Entscheidungen für das Reich und die Systeme. Zudem sind sich Damian und Euer Vater nicht einig, was die Positionierung und den Einsatz der Streitkräfte

67

angeht. König Leander hat es auf die vollständige Vernichtung der Retsen abgesehen. Er wird von seinem Hass gesteuert und jedes Gespräch darüber verliert sich im Sand", seufzt Lord Heron. Er klingt verzweifelt. Es scheint, dass ich nicht alles weiß, was in Lichthof passiert. Mein Blick fällt auf Damian. Ich muss mehr erfahren. Dieser Krieg muss ein Ende haben. Die Retsen sind ein unschuldiges Volk, welches durch die Gehirnwäsche der Dunkelheit vollkommen ferngesteuert wird. Seine Vernichtung wäre eine Katastrophe und Völkermord. Es ist einfach falsch! Aber wie soll ich Vater davon überzeugen können? Wenn er selbst für seinen engsten Vertrauten und Freund nicht mehr zugänglich ist. Bis die Inthronisierung stattfindet, vergeht viel zu viel Zeit. Ich muss sofort handeln und das stoppen. Aber wie?

Ich zermartere mir meinen Kopf und bemerke plötzlich, dass Lord Heron mich von der Seite beobachtet und offensichtlich auf eine Antwort wartet.

„Bitte entschuldigt! Das lässt mir keine Ruhe! Der Krieg ... Ich muss dafür so schnell wie möglich eine Lösung finden. Wir sind auf dem Weg hierher auf Retsen gestoßen. Sie waren beeinflusst. Die Schwärze hatte sie vollkommen in der Hand und ich nehme an, dass es bei den meisten ihrer Landsleute ebenso ist. Ich muss etwas unternehmen. Mit jedem Retsen, den das Heer meines Vaters umbringt, stirbt ein Unschuldiger. Sie werden getrieben von der Dunkelheit, sie wissen nicht, was ihnen widerfährt oder was sie tun."

Meine Aufgabe erscheint mir mit einem Mal unmöglich.

„Wenn es stimmt, was Ihr sagt ... Wenn Ihr tatsächlich wisst, wie man die Retsen von der Dunkelheit befreien kann, dann müssen wir handeln. Leana, ihr müsst mit Eurem Vater sprechen. Haltet dieses Blutvergießen auf!

68

Ich stehe Euch bei, mit allen Mitteln, die ich habe!", erklärt Lord Heron leidenschaftlich.
„Vater, belagerst du Leana bereits mit solch schweren Themen?" Kristen gesellt sich zu uns. „Wolltest du ihr nicht einen angenehmen Abend machen?"
„In schweren Tagen darf man nicht zu lange warten. Wenn Prinzessin Leana wieder im Schloss ist, wird sie einige Probleme zu lösen haben. Ich möchte ihr Augenmerk nur schon auf das Wesentliche lenken."
Einige Probleme? Was habe ich denn noch verpasst?
„Bitte, erzählt mir, was momentan im Schloss vorgeht!", bitte ich die beiden und wir begeben uns zur Tafel, wo der Rest meiner Reisegefährten mit Ausnahme von Maja, die sich aufgrund der Reisestrapazen entschuldigt hatte, bereits Platz genommen hat.

Lord Heron und Kristen erzählen mir den ganzen Abend von den Vorkommnissen auf Lichthof und den großen Planetensystemen. Was ich zu hören bekomme, schockiert mich zutiefst. Ich wusste, dass mein Vater auf den Krieg fixiert ist, aber dass er darüber hinaus das Reich des Lichts komplett an den Rat übergeben hat, überrascht mich. Lord Heron erzählt mir von seinen Mühen, vernünftige Gesetze und Entscheidungen auf den Weg zu bringen. Die Lords regieren wohl fast selbständig ihre Systeme, da vom Rat kaum ein Gesetz durchgesetzt wird. Es wird immer klarer, dass dieser sinnlose Krieg enden muss, doch der König ist ständig abwesend, die Ratsmitglieder sind zerstritten, ein Teil von ihnen gierig nach noch mehr Macht. Das Reich des Lichts ist seinem Verfall überlassen worden und die Dunkelheit nährt sich vom Leid der Bevölkerung. In manchen Systemen herrschen Hungersnöte. Die Verteilung der Güter wird nicht mehr richtig überwacht ...
Je mehr ich höre, desto wütender werde ich. Warum

überlässt Vater nicht Damian die Verteidigung des Reiches und kümmert sich stattdessen um seine Untertanen? Ist er wirklich schon so blind für das Leid anderer geworden?

Lord Heron sieht meine verzweifelte Wut und hält inne. Sein Blick ist getrübt. „Bitte, entschuldigt! Das ist viel für den Anfang. Ich hätte mich zurückhalten müssen, mir war nicht klar, dass Ihr derart im Dunkeln seid."

Und ist das nicht der Witz des Jahrtausends?

Ich sehe ihn an und möchte ihm seine Traurigkeit nehmen. Ich lege eine Hand an seine Wange. Er lächelt mich an. „Ihr seid Eurer Mutter sehr ähnlich ..."

Die Erinnerung schmerzt, obwohl ich ihm dankbar für seine Worte bin.

Kristen räuspert sich und fragt mich über unsere Reiseroute aus. Ich wende mich ihm zu und versuche, meinen Unmut über die Situation des Reiches wenigstens für einen Moment abzuschütteln. Ich muss gestehen, dass ich mich freue, die Erde wiederzusehen, wenn auch nur für kurze Zeit. Sie ist einer der Planeten, die am meisten Leben beinhalten, und einer der reichsten Systeme. Dabei sind die meisten Menschen unwissend, was unsere Existenz oder die Tore, die unsere Welten verbindet, angeht. Lord Heron schützt die Erde wie seinen Augapfel, verständlicherweise. Die Erde besitzt hohe Bodenschätze und ist eine Schönheit mit reichhaltigen und unterschiedlichen Landschaften.

Der Torübergang auf der Erde wird sich als nicht schwer erweisen. Die Portale liegen lediglich ein paar Meter voneinander entfernt mitten in einem Urwald. Bisher haben die Menschen sie noch nicht entdeckt, aber das ist nur eine Frage der Zeit. Sie haben schon frühere Werke des Reichs des Lichts gefunden, zum Beispiel die Pyramiden in der Wüste, die einst Stützpunkte der Wächter waren. Noch beobachten wir ihre Entwicklung,

70

die noch sehr unstetig und in den Anfängen steckt, aber das wird sich bald ändern. Es ist faszinierend, mit anzusehen, wie sie eigene Technologien entwickeln. Es wird gesagt, dass es nicht mehr lange dauern wird, bis wir uns ihnen offenbaren können, um sie offiziell in unser Reich aufzunehmen. Wenn wir diese Tore passiert haben, sind wir bereits auf Lichthof. Unser Tor wurde unmittelbar vor der Stadt gebaut, unweit vom Palast entfernt. Und wie ich Damian und Markus verstanden habe, wird dort unser Empfangskomitee auf uns warten. Mein Blick wandert zu meinen Reisegefährten, die von unserem Gespräch bisher nichts mitbekommen haben. Tijana und Markus unterhalten sich angeregt miteinander und Damian redet mit Noah über die Gruppe Retsen, die wir nach Olympäa geschickt haben. Sie sind so vertieft in ihr Gespräch, dass sie nicht bemerken, dass zuerst ich und kurz darauf der gesamte Tisch verstummt, um ihrer Unterhaltung zu folgen.

„Wie soll das gehen, Noah?", fragt Damian gerade. „Ich meine, ich habe ja gesehen, was sie kann, aber wie will sie das auf ein ganzes Heer ausweiten? Ein Krieg ist unvermeidbar, die Retsen sind inzwischen hunderttausend Mann stark und dank der Dunkelheit wird der Nachschub nicht enden."

„Frag sie wenigstens", erwidert Noah energisch. „Der Plan von König Leander wird in einem Blutbad enden! Wenn es eine andere Lösung gibt, dann müssen wir sie ergreifen."

Nachdem seine Worte verklungen sind, senkt sich Stille über den Tisch. Sie blicken auf und bemerken unsere Blicke. Kristen räuspert sich.

„Damian, wollt Ihr uns nicht erklären, worüber ihr so hitzig diskutiert? Vielleicht können wir helfen."

„Nein", ist Damians schroffe Antwort. Doch er scheint

71

selbst zu merken, wie unhöflich das klingt, denn er fügt nach kurzem Zögern hinzu: „Entschuldigt unsere Lautstärke, Lord Heron. Wir sollten die Angelegenheiten des Reiches nicht hier bei Tisch besprechen." Er strafft die Schultern und richtet seinen Blick auf Tijana, die ihm gegenübersitzt. Anscheinend ist die Diskussion für ihn beendet.

Noah schüttelt verständnislos den Kopf und seufzt. Tijana sieht Damian mit zusammen gekniffenen Augen an. „Nun fragt sie schon!", zischt sie ihn an. Er wirkt etwas überrascht.

„Um was geht es denn?", frage ich an Ty gewandt. Offensichtlich hat sie mehr von dem Gespräch mitbekommen als ich.

„Nein. Es ist kein Thema für hier!", wiegelt Damian verärgert ab, meine Frage ignorierend.

„Wenn Ihr sie nicht fragt, lasse ich sie wissen, wovon Euer Gespräch handelte. Spuckt es schon aus, Damian! Wir können über eine Lösung nachdenken. Vielleicht kann sie Euch helfen. Ein Blutvergießen vermeiden. Verdammt, sie ist nicht bloß eine Prinzessin, sie ist auch eine Rose!"

Obwohl ich ihr in dem Punkt voll und ganz zustimme, gefällt es mir gar nicht, dass sie sich so in Rage redet. Ich kenne sie zu gut, das kann nur schlimm enden. „Bitte Ty, beruhige dich. Kontrolliere deine Emotionen, du bist doch sonst nicht so aufbrausend", versuche ich, sie zu beruhigen. Sie senkt den Blick und lässt von Damian ab.

Dafür sieht er sich nun plötzlich meinem fragenden Blick ausgesetzt.

„Noah", gibt er endlich klein bei, „klär doch die Gesellschaft auf, worum es ging."

Der Krieger sieht nervös von seinem Heerführer zu mir.

„Eure Majestät", sagt er schließlich, „ich hatte mich

72

nur gefragt ... nun ... das, was Ihr heute mit den Retsen gemacht habt, wäre das auch auf eine ganze Gruppe ausdehnbar? Ist so etwas möglich?"

Aller Blicke richten sich auf mich und ich fange an zu schwitzen. „Keine Ahnung!", will ich rufen. „Ich habe das doch auch noch nie zuvor getan!"

Stattdessen wäge ich meine Worte sorgsam ab. „Ich weiß nicht, ich habe es noch nie versucht. Ich habe heute den direkten Kontakt gebraucht, um sie zu erlösen. Ob es auch ohne geht, müsste man ausprobieren."

Sofort rasen meine Gedanken durch den Kopf, auf der Suche nach der besten Möglichkeit, so vielen Retsen wie möglich zu helfen. Und somit auch unserem Heer, das so weniger Verluste zu erleiden hätte. „Ich bin gerne bereit, es zu versuchen."

Jedoch brauche ich Übung. „Vielleicht auf Altra ...?", schlage ich vor.

„Auf keinen Fall!", erwidern Markus, Damian und Kristen gleichzeitig. Schön, dass sie sich wenigstens in dieser einen Sache einig sind.

„Was spricht dagegen?", will ich wissen.

„Ich werde nicht zulassen, dass du dich zwischen dem Heer und hunderttausend Retsen bewegst und irgendetwas versuchst", donnert Markus drauflos. „Vorher sperre ich dich im Palast ein!"

„Leana, das ist viel zu gefährlich", stimmt Kristen ihm zu, wenn auch auf eine etwas ruhigere Art als mein Hüter. „Lord Veh hat sich auf Altra verschanzt und brütet mithilfe der Dunkelheit seine Armee aus."

Lord Veh ist auf Altra? Warum erfahre ich erst jetzt davon? Was verschweigen die werten Herren noch vor mir? Auf diese Gelegenheit warte ich doch nun schon seit Jahren!

Die Bilder, wie meine Mutter qualvoll durch seine Klinge starb, um mich zu schützen, schießen mir in den

73

Kopf und ich kann kaum an mich halten. Meine Emotionen wüten und ich bemerke, wie die Luft sich verändert.

„Lord Veh", flüstere ich, mehr schaffe ich nicht durch die angestauten Gefühle, die ich zu beherrschen versuche.

Damian deutet meine Sprachlosigkeit falsch.

„Prinzessin, er wird Euch niemals zu nahe kommen", verspricht er. „Dafür bürge ich mit meinem Leben." Seine Stimme ist fast zärtlich. Ich sehe ihn an und versuche, mich zu beruhigen, es gelingt mir jedoch nicht.

Als sich unsere Blicke treffen, erkennt Damian seinen Fehler. Er sieht es mir an! Dass ich keine Angst vor Lord Veh habe, sondern regelrecht danach lechze, ihn in die Finger zu bekommen. Es fühlt sich an, als würden meine Augen, mein Gesicht brennen, als würde ich jeden Moment Feuer fangen.

Damians Augenbrauen senken sich. „Prinzessin Leana?"

Ty reagiert augenblicklich. Sie springt auf und zieht mich ebenfalls aus meinem Stuhl hoch. Im Gehen fragt sie nach dem Übungsraum im Schloss. Die Männer starren uns alle verwirrt an. Nur Markus löst sich aus seiner Starre und antwortet ihr. Er kennt uns und weiß, dass wir, dass alle Rosen, emotionale Pulverfässer sind, wenn wir die Kontrolle verlieren.

Ich war noch nie so froh, dass meine Freundin auch ohne ein Wort von mir weiß, was in mir vorgeht. Was ich jetzt brauche, ist Ablenkung und eine gezielte Steuerung meiner Energie. Und die Vorstellung, wie ich Lord Veh, diese Ausgeburt der Hölle, in die Dunkelheit stoßen werde.

Ich habe mich in eine Nische eines bodentiefen Fensters verkrochen. Tijana ist bereits zu Bett gegangen, nachdem ich ihr beim Training alles abverlangt habe. Aber

74

das haben wir irgendwie beide gebraucht. Mein Schweiß trocknet noch auf meinem Kampfanzug und meine Haare hängen mir offen über die Schultern. Ich lehne meine Stirn ans Fenster und suche im klaren Sternenhimmel nach einer Erleuchtung, die all das löst, was hier vor sich geht.

Seufzend fahre ich mir durch die Haare und bemerke erst jetzt, dass Damian mit verschränkten Armen mir gegenüber an der Wand lehnt. Wieder jemand, der es geschafft hat, sich anzuschleichen! Was geht denn nur in mir vor, dass ich so blind für meine Umgebung bin?

Schweigend setzt er sich mir gegenüber in die Nische, zieht die Beine an und lehnt seine Arme auf. Sein Blick richtet sich auf den Sternenhimmel. Wir schweigen zusammen und ich beobachte ihn und seine schönen Gesichtszüge.

„Die Nacht hat was Tröstendes, nicht wahr?"

Er schaut zu mir und erwischt mich dabei, wie ich ihn anstarre. „Ja", beeile ich, mich zu sagen. „Die Sterne sind wunderschön."

„Das sind sie, aber nichts im Vergleich zu Eurem Anblick", flüstert er andächtig und sieht mir in die Augen.

Ich erröte augenblicklich und sehe wieder zum Fenster hinaus, um nicht mehr Emotionen zu verraten.

„Was ist das zwischen dir und Kristen?", fragt er ganz offen. Es fällt mir nur am Rande auf, dass er mich plötzlich vertraut anspricht, nicht das ich etwas dagegen hätte. Ganz im Gegenteil, ich bin froh, dass er mich anscheinend als etwas anderes sieht als nur seine Prinzessin. Doch seine Frage irritiert mich, denn für mich sind Kristen und ich klar Freunde. Ich wusste nicht, dass es hier Interpretationsspielraum gibt.

„Warum fragst du?", frage ich argwöhnisch.

„Ich habe euch beobachtet und ihr wirkt sehr vertraut miteinander. Er duzt dich."

„Das tust du doch auch."

Er runzelt die Stirn und erklärt nüchtern: „Aber du wirkst bei seinen Berührungen nicht sehr glücklich."

Anders als bei deinen?

Ich sehe ihn überrascht an, so eine gute Auffassungsgabe hätte ich ihm nicht zugetraut. Vielleicht ist es die Stille um uns herum oder die zeitweilige Waffenruhe, die zwischen uns zu herrschen scheint, aber ich entscheide mich, ihm die Wahrheit zu sagen.

„Bin ich derzeit auch nicht. Ich habe das Gefühl, dass Kristens Berührungen irgendwie eine neue Bedeutung gewonnen haben – zumindest für ihn. Ich fühle mich damit nicht sehr wohl."

„Es ist doch offensichtlich, was sie zu bedeuten haben!", schnaubt er verächtlich und sieht zum Fenster hinaus.

„Das da wäre?"

„Dass du ihm gehörst."

Mein Mund klappt auf. „Ich gehöre NICHT IHM. Was soll denn das überhaupt bedeuten?!"

Kristen und ich sind Vertraute, waren vielleicht einmal sogar Freunde, aber definitiv kein Paar!

Damian legt seinen Kopf schief und sieht mich an. Er mustert meine Züge immer und immer wieder. Ich kann den Ausdruck auf seinem Gesicht nicht deuten.

„Hmm … dann habe ich mich wohl getäuscht. Ihr seid nicht versprochen? Ich meine, für uns alle hat es heute Nachmittag so gewirkt, als ob Lord Heron seine künftige Schwiegertochter am Hof empfängt. Kristen hat Kleider für dich ausgesucht und kann seine verdammten Hände nicht eine Sekunde von dir lassen. Ich habe nur eins und eins zusammengezählt – ist dir wirklich nicht aufgefallen, dass der Kerl bis in die Haarspitzen in dich verliebt ist und meint, einen Besitzanspruch an dir geltend machen zu müssen?" Er zieht fragend eine Augenbraue hoch,

76

doch ich kann ihn nur weiter schockiert anstarren. Meine Güte, alles, was er sagt, klingt wahr, doch so habe ich es wirklich noch nie gesehen.

„Okay, es ist dir also noch nicht aufgefallen. Mach den Mund zu, sonst komme ich noch auf seltsame Gedanken."

Ich klappe augenblicklich meinen Mund zu und er bricht in Gelächter aus.

„Wenn du wirklich nicht so fühlst wie er, solltest du das klarstellen. Ich übernehme das gern für dich", fügt er rasch hinzu. Ich verdrehe die Augen und schüttle den Kopf.

Kristen ist in mich verliebt? Ich kenne ihn schon so lange und habe nie einen Gedanken daran verschwendet, ob mehr aus uns werden könnte. Ich meine, er ist eine ausgezeichnete Partie und ein vom Grund auf warmherziger und intelligenter Mann, zudem sieht er wahnsinnig gut aus. Er ist hochgewachsen, durchtrainiert, hat kurze schwarze Haare, ebenso dunkle, warme Augen und trägt immer einen sehr gepflegten Dreitagebart. Die Frauen auf Mir und Meeran stehen wahrscheinlich Schlange, auch wenn er mir gegenüber nie eine Frau erwähnt hat. Aber so wie Markus sehe ich auch in ihm eher einen großen Bruder, nicht einen möglichen Partner.

Damian seufzt theatralisch – wohl über meine Naivität – und sieht mich dann wieder mit diesem musternden Blick an. Offenbar ist die Fragestunde noch nicht beendet.

„Was ist vorhin passiert? Deine Reaktion auf die Erwähnung von Lord Veh war ... besorgniserregend", beendet er vorsichtig den Satz.

Ich schnaube und merke, wie meine Gesichtszüge bei dem Gedanken an diesen Mann, dessen Gefangennahme ich mehr herbeisehne als alles andere auf dieser Welt, erstarren.

77

„Ich werde nicht zulassen, dass du versuchst, dich mit ihm zu messen." Offenbar hat er meinen Gesichtsausdruck richtig interpretiert. „Das Risiko gehe ich nicht ein. Auch wenn du ihm gewachsen wärst."

Damian schüttelt den Kopf und seine spürbare Sorge um mich nimmt mir den Wind aus den Segeln. Zuvor wäre ich bei solch bestimmenden Worten aufgefahren, jetzt blicke ich zu Boden und meine Augen füllen sich mit Tränen. Ich muss schlucken, um sie zu zwingen, mich nicht zu verraten. Wie ein wildes Feuer breiten sich Verzweiflung und Enttäuschung in mir aus.

Und plötzlich spüre ich seine Hände, die vorsichtig mein Gesicht umschließen. Eine Hand nimmt eine Strähne und streicht sie aus meinem Gesicht. Lautlos hatte er sich aufgerichtet, kniet nun vor mir. Es ist, als wäre mit seiner sanften Berührung die Zeit stehengeblieben. Ich verliere mich in seinem festen Blick und seinen zärtlichen Händen. Er streicht über meine Wange und ich bemerke zu spät, dass die verräterischen Tränen nun doch den Weg über mein Gesicht gefunden haben.

„Ich werde es nicht zulassen!", raunt er energisch, packt mich fester und zieht mich zu sich hinauf. Seine Lippen sind nur noch einen Hauch von meinen entfernt. Er fährt zärtlich mit seiner Nase an meiner entlang, streichelt mit dem Daumen sanft über meine Wange und wischt die warmen Tränen fort. Gänsehaut breitet sich überall aus und mein Körper vibriert förmlich. Meine Hand vergräbt sich wie von alleine in seinem kurzen Haar und ich möchte nun endlich seine Lippen auf meinen spüren. Meine freie Hand streichelt sanft über seine feinen Bartstoppeln, dann ziehe ich Damian die letzten Millimeter an mich. Seine schönen, warmen Lippen liegen auf meinen. Sein Kuss ist zärtlich und einfühlsam und irgendwie ehrfürchtig. Seine Zunge leckt über meine Unterlippe und ich gewähre ihr Einlass. Unser Kuss wird

78

schnell leidenschaftlicher. Eine Hand gräbt sich in mein Haar, während die andere meine Seite entlang streichelt. Ich zittere unter seiner Berührung. Hitze breitet sich in mir aus und ich verlange nach mehr. Ein mir unbekanntes Gefühl macht sich in meinem Bauch breit.

Da hört er plötzlich auf. Wir atmen beide schwer und er lehnt seine Stirn an meine. So verharren wir eine Weile, bis er mir zuerst einen sanften Kuss auf die Lippen und dann auf die Stirn haucht. Dann seufzt er laut und verdreht die Augen. Ein Grinsen stiehlt sich auf sein Gesicht. Er lässt mich los, steht auf und verlässt kopfschüttelnd und ohne ein weiteres Wort den Raum. Ich bleibe verwirrt zurück. Was sollte das denn?

Ich versuche, mich zu sammeln, kann aber nur an seine Hände und seine Lippen denken.

Ich finde mich vor meinem Bett wieder. Ich kann mich nicht daran erinnern, mich überhaupt bewegt zu haben. Mit einem unbekannten Kribbeln im Bauch und einem Lächeln im Gesicht falle ich auf mein Bett und in einen traumlosen Schlaf.

Am nächsten Morgen erwache ich sehr früh. Noch immer kann ich nicht einschätzen, was das zwischen Damian und mir gewesen ist. Hat er nur seine Neugier befriedigen wollen? Oder hatte er aus dem Bauch heraus gehandelt und zu spät gemerkt, wen er vor sich hatte? Er verunsichert mich zutiefst, dabei brauche ich gerade alle Kraft für das Bevorstehende.

Schon heute Abend werde ich im Palast sein und meinen Vater wiedersehen. Der Weg vom Schloss Mir bis zum Tor zur Erde wäre ein Fußweg von sechs Stunden. Kristen hat gestern Abend vorgeschlagen, einen Versorgungsschacht zu nutzen, der fast die komplette Strecke abdeckt. Danach wäre nur noch ein kleiner Fußmarsch von etwa zwanzig Minuten ohne Deckung

79

zurückzulegen. Der Versorgungsschacht ist unterirdisch und absolut abgesichert. Und das Beste: Wir müssten nicht zu Fuß gehen. Statt sechs Stunden, wären wir mit dem Versorgungswagen nur ungefähr eine Stunde unterwegs.

Eine Stunde ... genug Zeit, um herauszufinden, was zwischen Damian und mir vorgeht. Um meine Gedanken zu sortieren.

Markus holt mich und Maja ab. Nachdem er mich mit lautem Klopfen geweckt hat, wartet er vor meinem Zimmer auf uns. Als ich mit meiner Tasche in der Hand vor die Tür trete, sieht er mich stirnrunzelnd an.

„Was ist mit dir?", fragt er besorgt.

„Was soll mit mir sein?" Weiß er es?

„Du ... siehst anders aus. Ist was mit dir?", bohrt er weiter.

„Nicht, dass ich wüsste. Führt dieses Gespräch irgendwo hin oder können wir jetzt los? Ich meine, es ist fünf Uhr morgens – natürlich sehe ich heute zerknautschter aus als sonst."

„Nein, das ist es nicht. Ach, ich weiß auch nicht, vergiss es!" Sagt er und sieht mich immer noch mit gerunzelter Stirn an.

„Markus, spuck's schon aus! Was ist denn?" Ich will alles, nur nicht über letzte Nacht sprechen, aber so langsam macht mich der Kerl echt wütend.

„Du siehst so ... zerbrechlich aus. Keine Ahnung, wie ich es ausdrücken soll."

Was?

„Hast du gestern zu tief in dein Weinglas geschaut?", frage ich aufgebracht.

Zerbrechlich. So hat mich wohl noch nie jemand beschrieben, vor allem nicht Markus, der mehr als einmal als mein Trainingspartner herhalten musste. Ich sehe ihn verärgert und mit erhobenen Augenbrauen an.

80

Wir machen uns schweigend auf den Weg, wobei ich ununterbrochen seine heimlichen Blicke von der Seite spüre.

Tijana schließt sich uns im Speisesaal an und auch von ihr ernte ich fragende Blicke. Wawws zum Henker ist denn heute los?

Ty ist wenigstens schlau genug, mich nicht direkt darauf anzusprechen. „Was ist mit ihr?", fragt sie stattdessen Markus.

Was wollen sie überhaupt? Ich bin doch hier, ich bin anwesend. Und dann darf ich mir diesen Unsinn anhören.

„Nichts, lass sie." Markus schiebt sich betont nonchalant zwischen Tijana und mich, will damit wohl, als Puffer dienen. Er kennt sie zu gut und weiß, dass sie mich zum Explodieren bringen kann.

Ich will ihn gerade in seiner Annahme bestätigen, als Damian und seine Männer erscheinen. Unmittelbar hinter ihnen folgt Kristen und steuert geradewegs auf mich zu.

„Guten Morgen, Prinzessin! Hast du gut geschlafen? Du siehst müde aus." Und zum ersten Mal fällt es mir auf: Sein besorgter Blick – zu besorgt für einen Freund –, die Zärtlichkeit in seiner Stimme.

Mein Blick sucht Damian. Bis auf eine hochgezogene Augenbraue ist sein Gesichtsausdruck betont neutral.

Dass nach dem Morgen, den ich hatte, Damians Annahme auch noch richtig war, gibt mir den Rest.

„Nicht du auch noch!", maule ich Kristen an. „Ich habe gut geschlafen. Mir geht es gut. Alles ist gut. Gut." Ich atme tief ein. „Aber es tut mir leid, gestern Abend so abrupt gegangen zu sein. Bitte richte das auch deinem Vater aus. Ich finde eine Gelegenheit, mich zu revanchieren, wenn wir auf Lichthof sind."

„Es gibt nichts zu verzeihen!", ruft da sein Vater aus,

der gerade durch die Tür und in bester Laune auf mich zukommt. „Ich wollte mich noch von Euch verabschieden. Wir sehen uns nächste Woche auf dem Lichtball, der Euch zu Ehren gehalten wird. Versprecht mir doch einen Tanz, seht es als Geschenk für einen alten Mann an", fügt er lächelnd hinzu.

Seine fröhlichen Worte lüften die gedrückte Stimmung der Gruppe und ich schenke ihm mein schönstes Lächeln. „Natürlich. So viele Ihr möchtet", verspreche ich, dankbar für jedes andere Thema.

„Ihr nehmt den Versorgungstunnel?", wendet sich Lord Heron an Damian.

„Ja, Lord Heron. Die beste Chance, unerkannt zu bleiben. Und vor allem deutlich schneller voranzukommen."

Sein Blick wandert zu mir. Kristen legt seinen Arm um meine Taille und zieht mich zu sich. Ja, ja, signalisiere ich Damian stumm, jetzt fällt es mir ja auch auf!

„Kommt, wir sollten aufbrechen", ruft Kristen den Männern zu und zieht mich mit sich. Markus, Tijana und Maja folgen uns augenblicklich. Ich drehe mich nochmal um und sehe wie Damian seinen Männern, die auf seinen Befehl gewartet haben, zunickt, wonach auch sie sich in Bewegung setzen. Damian bildet mit ernster Miene das Schlusslicht.

Am unterirdischen Versorgungszug angelangt ist bereits alles vorbereitet. Ein Fahrer sowie zehn Wachen, die den Eingang zum Schloss absichern, empfangen uns. Wir steigen in den Begleitwagen ein, der normalerweise von den Arbeitern, die Güter ins Schloss befördern, genutzt wird. Kristen hat endlich seine Hände von mir genommen, um noch ein paar Dinge mit dem Fahrer zu klären. Erleichtert seufze ich auf und wundere mich dann über mich selbst. Ja, seine Aufmerksamkeit hat mich in letzter Zeit etwas genervt, aber so sehr hat es mich noch nie gestört. Ist sein Verhalten wirklich anders als sonst oder hat Markus womöglich recht und es liegt wirklich an mir? Mir gegenüber kann ich ja zugeben, dass ich heute nicht in der besten Stimmung bin.

Plötzlich taucht Damian neben mir auf. Sein Gesichtsausdruck ist nicht länger neutral, sondern regelrecht mürrisch.

„Ich dachte schon, ich muss ihn mit einer Zange von dir entfernen. Ich weiß, du magst es nicht hören, aber geht es dir wirklich gut?" Er streicht mir über die Wange. Und nimmt mir damit den Atem.

„Wirklich, es geht mir gut", antworte ich, so gut ich kann, denn meine Stimme hört sich selbst für mich ziemlich dünn an.

„Damian", ruft Kristen ihn zu sich und taxiert uns mit einem Blick, den ich nicht deuten kann.

„Die Jagd auf die Prinzessin ist also eröffnet, was?", zieht mich Tijana auf, nachdem Damian außer Hörweite ist. Sie deutet auf den Platz zwischen sich und Markus und ich lasse mich darauf fallen.

„Ich weiß nicht, was du meinst", antworte ich und versuche, mir nicht anmerken zu lassen, dass ich mir auch schon darüber den Kopf zerbreche. Das ist definitiv nicht der richtige Ort oder die richtige Zeit, um darüber zu sprechen. Noah und Mat sitzen uns gegenüber und werfen sich schon seltsame Blicke zu.

Ty fasst mich an der Hand und ich höre ihre Stimme in meinem Kopf hallen. „Ist gestern nach dem Training noch was gewesen?"

Ich teile meine Erinnerung mit ihr und sie sieht mich erstaunt an.

„Alle Achtung! Kein Wunder, dass du heute so einen seltsamen Gesichtsausdruck draufhast. Hast du dich in ihn verliebt?"

Habe ich das? Nein. Keine Ahnung. Es fühlt sich schön

an, aber bin deshalb gleich verliebt?

„Keine Ahnung, ehrlich. Ich kenne ihn doch gar nicht und überhaupt: Ich darf das nicht leichtfertig angehen."

„Leana, lass es einfach auf dich zukommen. Und es sieht ganz danach aus, als ob Kristen auch endlich Lunte gerochen hat. Zumindest geht er ja mal ganz schön ran."

„Hab mich also nicht getäuscht, was das angeht. Er kam mir heute so anders vor."

„Nur HEUTE?" In meinem Kopf höre ich sie lachen. „Dir ist also wirklich nie aufgefallen, wie Kristen dir immer schmachtende Blicke zugeworfen hat? Du bist wirklich total … unschuldig."

„Das klingt wie eine Beleidigung. Versuch du doch mal, jemanden kennenzulernen, mit dem da" – hier richtet sich mein Blick auf Markus – „an deiner Seite."

Und da bricht Tijana in ein echtes schallendes Lachen aus. Sämtliche Anwesenden starren uns verwirrt an. Markus schüttelt nur den Kopf.

„Lasst es! Ihr macht mich damit wahnsinnig", murrt er uns an.

„Entschuldigung", flüstere ich ihm zu und versuche, mein Grinsen zu unterdrücken.

Tijana lacht weiterhin, so sehr, dass ihr die Tränen kommen.

Danach verläuft die Fahrt ruhig. Nach einer Weile fängt Kristen an, mir zu erzählen, was mich in den ersten Wochen erwarten wird. Er berichtet von den Vorbereitungen für den Lichtball und dass wirklich alle wichtigen Persönlichkeiten des Reichs dort sein werden. Sie seien neugierig auf ihre Prinzessin.

Sie werden überrascht sein, von dem, was sie vorfinden werden, davon bin ich überzeugt.

Kristen wirkt auf einmal etwas verlegen und sieht mich wieder mit diesem undefinierbaren Blick an. „Leana, eigentlich wollte ich dich erst bei meiner Ankunft auf

84

Lichthof fragen, aber warum nicht die Gelegenheit nutzen, wo wir doch so gut wie ungestört sind ..."
Ich hebe die Augenbrauen. Wir sind wohl kaum allein. Wir sitzen mit fast zwei Dutzend Personen in einem Waggon. Was er wohl möchte? Ich bete, dass die nächsten Minuten nicht unangenehm werden.

„Der Ball findet ja in einer Woche statt und ich wäre gern dein Begleiter. Gewährst du mir diese Ehre?", fragt er und zum ersten Mal sehe ich, wie süß er ist, wenn er verlegen ist. Er blinzelt mich an, auf seinen leicht rosigen Wangen haben sich Grübchen vom schüchternen Lächeln gebildet.

Ich lächle ihn an, vermute aber, dass es eher eine Grimasse wird. Irgendwie ist mir die Bitte unangenehm. Nach dem Kuss mit Damian fühle ich mich ihm komischerweise auf irgendeine Art verbunden, wobei ich auch dieses Gefühl nicht genau beschreiben kann.

Da mischt sich plötzlich Markus ein.

„Kristen, entschuldige, ich wollte nicht lauschen. Aber ich glaube nicht, dass Prinzessin Leana hier vom Protokoll abweichen darf." Wir beide blicken ihn verwirrt an und ich für meinen Teil bin wahnsinnig erleichtert über seinen Einwand.

„Die Prinzessin darf bis zu ihrer Heirat nur von ihrem Hüter, dem König oder dem Heerführer auf offizielle Anlässe begleitet werden", antwortet Markus auf die nicht ausgesprochene Frage.

Mein Blick findet Damian, auf dessen Gesicht sich ein kleines zufriedenes Grinsen geschlichen hat. Diese Regel war ihm anscheinend bekannt. Er amüsiert sich köstlich auf Kristens Kosten, der leicht säuerlich aussieht.

„Es tut mir leid", versuche ich, ihn zu trösten, was ihn prompt dazu verleitet, meine Hand zu ergreifen und sie auf seinem Schoß zu ziehen. Damians Grinsen erlischt.

Zutiefst verwirrt über die intime Geste, starre ich auf

den Boden. Nein, das fühlt sich nicht richtig an. Er ist mein Freund, mein Vertrauter, aber nicht das, was er offensichtlich gerne wäre: mein Geliebter. Ich entziehe ihm meine Hand und sehe ihn traurig an.

„Kristen, ich ...", setze ich an, aber er lässt mich nicht weitersprechen.

„Keine Sorge, ich verstehe schon. Ich begnüge mich einfach mit ein paar Tänzen ... fürs Erste." Und dann zwinkert er mir zu.

Offensichtlich hat er es nicht verstanden. Aber genauso offensichtlich ist, dass es wohl gar nicht mehr nur um mich geht. Kristen und Damian mustern sich gegenseitig. Und wenn ich die Blicke richtig deute, haben sie sich gerade den Krieg erklärt. Ich hoffe inständig, dass die Fahrt sich nicht mehr lange hinzieht.

Bei unserer Ankunft in der Lagerhalle, die als Eingang zum Versorgungstunnel dient und sich am nächsten zum Portal befindet, verabschieden wir uns vorerst von Kristen und seinen Männern. Ich spüre seinen traurigen Blick immer noch wie eine Berührung und muss mich schütteln, um das Gefühl loszuwerden.

Wir sind deutlich schneller an unserem Ziel angelangt als geplant. Noch heute Abend werde ich das erste Mal seit einer Ewigkeit Lichthof betreten. Ich schwelge in meinen Erinnerungen, die alle hell und warm erscheinen. Ich erinnere mich an die vielen Blumen, den Park, den weißen Palast und meine Mutter. Vor allem meine Mutter, mit ihrem süßen Mirabellengeruch. Ich sehe sie, wie sie lächelt, wie sie lacht und wie ihre schönen warmen Augen mich voller Liebe ansehen. Ich sehe ... wie er ihr das Schwert in die Brust rammt.

Hör auf, Leana! Komm schon.

„Leana, Leana! Wo bist du denn schon wieder?" Markus steht vor mir und schüttelt mich. Anscheinend bin ich kurz weggetreten.

„Schon gut, ich bin da", erwidere ich etwas atemlos. Die besorgten Blicke der anderen versuche, ich zu ignorieren.

Kurz darauf stehen wir vor dem Tor und können es problemlos passieren. Wir treten über auf die Erde und ich kann nicht fassen, wie schön dieser kleine Ausschnitt dieser wunderbaren Welt ist. Außer uns ist keine Menschenseele zu sehen, die Tore sind weitestgehend ungenutzt. Das Tor zum Lichthof liegt nur wenige Meter entfernt. Bislang hat Lichthof das Wissen über die höhere technologische Entwicklung sowie das Leben auf den anderen Planeten vor den Erdenbewohnern zurückgehalten. Nur die Familien, die ursprünglich vom Herren selbst ausgesandt wurden und später von der Lichtträgerin, wissen von der Existenz und dem Fortschritt. Die Tore werden von den Familien überwacht und besonders auserkorene Menschen werden in dieses Wissen eingeweiht.

Wir müssen warten, bis Damian es aktiviert hat, da das Tor vor Jahren dauerhaft abgestellt wurde. Ich genieße die saubere Luft, das satte Grün der Pflanzen und Bäume, das laute Kreischen und Zwitschern der vielen bunten Vögel und Tiere.

„Das Paradies, hmm?", meint Noah neben mir schmunzelnd. „Nur leider schaffen es die Menschen hier, auch das schönste Fleckchen dieses Planeten zu vernichten."

Ich erwidere nichts, denn er hat recht. Die Bevölkerung und die Technologie der Menschheit hier auf der Erde explodieren förmlich. So wie auf vielen anderen Planeten mit menschlicher Bevölkerung wird auch hier irgendwann die Natur dem Fortschritt weichen müssen.

„Wir müssen nur noch warten, bis sich das Tor aufgeladen hat", trommelt Damian uns zusammen. „Wir sollten etwas Abstand gewinnen."

87

Wir ziehen uns weiter in den Urwald zurück und warten auf den Energieblitz, der ins Tor einschlagen sollte, um es zu öffnen. Tijana nutzt die Chance, um mich beiseitezuziehen.

„Was ist mit dir, Leana? Du bist so abwesend in letzter Zeit. Vorhin hast du nur vor dich her gestarrt, richtig gruselig."

„Ich weiß es nicht, ich bin irgendwie gefangen in meinen Erinnerungen. Wahrscheinlich verarbeite ich gerade, dass ich tatsächlich nach Hause zurückkehre." Und meine Mutter nicht mehr dort ist, füge ich in Gedanken hinzu.

In dem Moment schlägt laut krachend der Energieblitz aufs Tor und schreckt uns alle auf. Alle bis auf Damian. Er scheint, seitdem wir Meeran – und Kristen – hinter uns gelassen haben, wieder zur Ruhe gekommen zu sein. Zumindest wirkt er nicht mehr so geladen.

Ich zögere kurz vor dem Portal, atme tief ein und balle meine Hand zur Faust. Dann übertrete ich mit den anderen das Tor. Und was mich dort erwartet, lässt mich erzittern und zwingt mich in die Knie …

Kapitel 4
Heimreise ... oder?

ICH STEHE VOR den Toren der Palaststadt Lichthof und muss unentwegt blinzeln. Das, was vor mir liegt, sieht noch so aus, wie ich es in Erinnerung habe. Nur, dass es wirkt, als würde man alles durch eine verrußte Glasscheibe sehen. Die Mauern, die früher in einem strahlenden Weiß leuchteten, wirken matt und dreckig grau. Die Natur wirkt wie nach einer langen Hitzeperiode ausgetrocknet und braun. Kein sattes und schönes Grün, keine vollen Baumkronen, alles irgendwie tot. Was ist hier passiert? Täuschen mich meine kindlichen Erinnerungen oder was zur Hölle ist hier geschehen?

„Was ...", bringe ich nur heraus. Mein Entsetzen spiegelt sich auch in Markus' und Majas Gesicht wider. Gut, ich bin also nicht die Einzige, die wie vor den Kopf geschlagen ist. Irgendetwas muss während meiner Abwesenheit geschehen sein.

Markus hilft mir auf die Beine und mustert mich besorgt. Dann erst erkenne ich mein Empfangskomitee, das ein paar Schritte vom Portal entfernt wartet. Das muss der Sekretär meines Vaters sein. Seine ganze Erscheinung ruft in mir eine mir bis dahin unbekannte Abscheu hervor. Er wirkt so falsch und ... glatt. Warum umgibt sich mein Vater mit solch einem Menschen?

Wo ist mein Vater überhaupt? Wollte er mich nach all den Jahren nicht als Erstes in seine Arme schließen? Bin ich ihm so gleichgültig geworden? Er hat dir nie geschrieben, erinnere ich mich. Was sagt dir das?

Das kleine Empfangskomitee bestehend aus dem Sekretär meines Vaters sowie einigen Dienern und Soldaten verneigt sich und der Glatte setzt gerade an, zu sprechen, wohl um mich willkommen zu heißen, als ich ihm das Wort abschneide. „Wo ist mein Vater?"

„Eure Majestät, wunderschöne und liebreizende Prinzessin Leana. Ich bedaure zutiefst, Euer Vater, der große König Leander, ist noch aufgehalten worden. Er wird sich heute Abend zum Dinner zu Euch gesellen. Willkommen zurück! Wir haben Eure Abwesenheit aufs Schmerzlichste vermisst. Bitte kommt, folgt mir in den Palast. Ihr müsst müde von den Reisestrapazen sein. Bitte, bitte, folgt mir. Die Dienerinnen werden sich um Euer ... Gepäck kümmern." Er deutet etwas ungehalten auf meinen einfachen Beutel und schon kommen die Damen, die lächelnd hinter ihm gewartet haben, auf uns zu und nehmen uns unsere Taschen ab.

Mein Blick fällt auf den Boden unter mir, er hat sich verändert. Unter meinen Füßen sieht die Erde nicht mehr blass aus. Es ist, als wäre sie wiederbelebt worden. Fasziniert bücke ich mich und berühre den Boden. Eine Stimme flüstert. „Das Licht ist hier ..."

Und es trifft mich wie ein Blitzschlag. Alles hier – Bäume, Pflanzen, Tiere, ja selbst die Mauern der Stadt – lechzen förmlich nach mir, nach meiner Energie. Ich spüre es in meinem Kern, ein stetiger Druck.

„Komm zu uns. Schnell", ruft die unbekannte Stimme nach mir und ich spüre eine Anziehung, so stark, dass ich dem Ruf sofort folgen muss. Ich rufe meine Energie auf und erschaffe meine unsichtbaren Schwingen. Ich

90

erhebe mich in die Luft – ich muss dem Ruf augenblicklich folgen. Ich kann gar nicht anders. Die Anziehung ist überirdisch. Ich fliege auf die Stadt zu. Hinter mir bemerke ich Tijana, die mir folgt. Buchstäblich in Windeseile finde ich mich auf einem Plateau wieder. Säulen aus Marmor umringen einen leuchtenden Kristall. Die Anziehung geht von ihm aus. Erst jetzt fällt mir auf, dass ich gar nicht weiß, wie ich hierhergefunden habe. Ich war hier noch nie. Das Plateau ist komplett offen, es gibt keine Außenmauern, Fensterfronten oder sonstiges Bauwerk, das diesen Ort schützen könnte. Ich sehe mich um und entdecke Tijana, die versucht, auf dem Plateau zu landen, jedoch scheint es ihr aus irgendeinem Grund nicht zu gelingen. Ich trete zwischen die Säulen – ich muss wissen, warum er mich gerufen hat – und berühre den Kristall. Und dann bin ich …

Wo?

Was ist das hier?

Ich bin in einem weißen Raum und nichts außer mir existiert hier.

„Hallo?"

„Meine Leana", ruft eine mir bekannte Stimme.

Das kann … nicht sein.

„Mama?"

„Nicht ganz. Ich bin das, was sie hinterlassen hat. Ich bin ein Teil ihres Bewusstseins und das vieler deiner Vorfahrinnen. Ich bin die Erleuchtung des Lichts." Noch immer werden die Worte von der Stimme meiner Mutter an mein Ohr getragen. Aber ich sehe niemanden.

„Ich verstehe nicht …"

„Das wirst du mit der Zeit. Wir haben es vermisst. Das Licht war lange nicht mehr hier", seufzt es. Dieses Etwas, das wie meine Mutter klingt.

„Kannst du mir helfen? Weißt du, was hier auf Lichthof passiert ist? Wieso sieht hier alles so trostlos aus?"

91

„Die Energie dieses Planeten ist vom Licht abhängig. Du bist das Licht. Wenn du gehst, wird er schwächer. Und du warst lange weg", flüstert es.

„Was kann ich tun?" Und selbst ich höre meine Verzweiflung heraus.

„Bleib mit dem Kristall verbunden. Ich werde dir helfen, die Heilung zu beschleunigen. Währenddessen können wir einige Erinnerungen tauschen", haucht es.

Und es zeigt mir Bilder: von mir, von meiner Geburt und von den vielen schönen Momenten mit meiner Mutter, aber auch andere Bilder aus längst vergangenen Zeiten ...

Nach einiger Zeit – ich weiß nicht, wie lange ich an diesem fremden Ort gewesen bin – stehe ich plötzlich wieder vor dem Kristall. In meinem Kopf hämmert es, als hätte ihn jemand zum Boxtraining benutzt. Mein Körper fühlt sich schwach an und extrem steif. Wie lange war ich mit dem Kristall verbunden?

Ich schaue mich um. Da kommt ein Mann auf mich zu, ganz in Weiß gekleidet. An seiner langen Robe erkenne ich ihn. Der Hohepriester!

Er trägt ein Tablett vor sich mit einer großen Karaffe und Essen auf einem Teller. Er bleibt vor mir stehen und lächelt mich an.

„Hallo. Euer Gespräch war sehr intensiv. Ihr wart drei Tage hier. Ihr müsst am Verhungern und Verdursten sein. Bitte." Er streckt mir das Tablett entgegen.

Drei Tage?! Tage?! Was ...?

Doch ich bin tatsächlich am Verhungern und habe einen riesen Durst, meine Fragen müssen warten.

„Danke!", krächze ich. Mein Hals tut weh, meine Kehle ist trocken. Ich kippe das Wasser runter und verschlinge die mitgebrachten Speisen, ohne wirklich etwas davon zu schmecken.

Der Hohepriester beobachtet mich schmunzelnd. Nachdem der erste Hunger gestillt ist, sehe ich wieder auf.

„Mein Name ist Thomas", stellt er sich vor. „Ich bin hier der Hohepriester der Erleuchtung. Ich beobachte und bewache den Kristall. Er teilt sich mir mit, wenn er mit dem Licht in Kontakt treten will. Aber in Eurem Fall hat es mich offenbar nicht gebraucht. Das Verlangen nach Euch war so groß, dass es Euch direkt hierhergeführt hat. Möchtet Ihr sehen, was Ihr vollbracht habt?"

Ich bin verwirrt und sehe ihn fragend an. Was kann ich schon Großes vollbracht haben? Noch dazu, wo ich anscheinend in einer Art Wachkoma drei Tage verschlafen habe?

Thomas reicht mir seinen Arm und ich hake mich bei ihm unter. Ich fühle mich schwach auf den Beinen. Er führt mich zum Rand des Plateaus und ich sehe in der Dämmerung gleich die Veränderung. Der Ausblick ist überwältigend. Es ist, als wäre Lichthof auferstanden. Die Natur sprießt und blüht in vollster Pracht. Die Vögel zwitschern dem Abendrot entgegen. Der Palast erstrahlt in einem leuchtenden Weiß und wirkt wieder so mächtig und majestätisch, wie ich ihn mir immer in meiner Erinnerung vorgestellt habe.

Ich kann nicht glauben, dass ich das gewesen ein soll. Beziehungsweise der Kristall mit meiner Hilfe. Es ist unglaublich!

„Wie?", ist alles, was ich herausbekomme.

„Wir finden unsere Zeit, zu sprechen, aber vorerst müsst Ihr Euch ausruhen und zu Kräften kommen. Sie haben eine Menge Energie ziehen müssen, um das hier zu vollbringen."

„Sie?"

Er lächelt. „Später", verspricht er. „Eure Freundin und Euer Hüter sind die ganze Zeit um diese Stätte herumgetigert und fanden keine Ruhe. Sie haben sich große Sorgen um Euch gemacht. Ihr solltet sie davon erlösen."

Seine Ruhe fühlt sich so schön an, er wirkt mir so vertraut. Er hebt die Hand und am Rand des Plateaus erscheint eine geschwungene Treppe. Nur wenige Augenblicke später erscheint Tijana. Und nur eine Sekunde später Markus.

„Oh Gott, du siehst aus wie der Tod!" Meine Freundin, so schonungslos ehrlich wie immer. Ich liebe sie, aber in dem Moment möchte ich nur in mein Bett.

Sie führen mich diese und viele weitere Treppen nach unten, während ich gegen den Schlaf ankämpfe. Ich bin ihnen dankbar, dass sie keine Fragen stellen. Unten angekommen finde ich mich in der Nähe des Thronsaals wieder. Ich erkenne ihn von früher. Und gegenüber an die Wand gelehnt steht Damian mit sorgenvoller Miene. Ich frage mich, ob er wohl die ganzen drei Tage dort gewartet hat.

Ein Blick in meine müden Augen und er hebt mich auf seine Arme. Sie fühlen sich schön warm und stark an. Ich lehne mich an seine muskulöse Brust und meine Nase vergräbt sich in der Kuhle zwischen Hals und Schulter. Sein leicht herber Geruch, seine Schritte, sein Herzschlag und die Hitze, die von ihm ausgeht, wiegen mich in den Schlaf.

Als ich das nächste Mal meine Augen öffne, liege ich in einem riesigen Himmelbett. Es ist wunderschön und weich, aber ich fühle mich total verkatert. Sämtliche Knochen, Muskeln und Nerven tun mir weh.

„Oh Mist", stöhne ich, als ich versuche, mich aufzusetzen. Selbst dafür fehlt mir die Kraft. Ich versuche es nochmal, als auf einmal die Tür aufgeht und Maja hereinkommt. Sie lächelt mich an.

„Na endlich! Ich dachte schon, du willst den Ball verschlafen!"

Was? Wie lange habe ich denn nun schon wieder geschlafen?

Sie reißt die Vorhänge auf und öffnet die bodentiefen Fenster. Ich muss blinzeln, denn das Licht blendet mich. Draußen ist es wunderschön. Die Sonne scheint und die Vögel zwitschern im Hofgarten. Ich atme tief die frische Luft ein und meine Kopfschmerzen verschwinden langsam.

„Wie lange habe ich geschlafen? Welcher Tag ist heute?"

Mein Magen meldet sich mit einem tiefen Grummeln zu Wort. Maja sieht mich mit großen Augen an und wir prusten beide los.

„Ich lasse dir wohl zuerst einmal ein riesen Frühstück heraufbringen und dann bringen wir dich auf Vordermann. Heute ist Donnerstag. Übermorgen findet der Ball zu deinen Ehren statt und du siehst einfach schrecklich aus. Bitte entschuldige meine Direktheit, aber mit einer Vogelscheuche könnte ich gerade mehr anfangen."

Ich grinse schwach. Wenn ich was auf mein Äußeres geben würde, träfen mich ihre Worte sicherlich, aber so …

Okay, also war ich fünf Tage lang nicht wirklich geistig anwesend. Puh.

Das Letzte, woran ich mich erinnere, ist Damian, der mich in seine Arme gehoben hat. Dann muss ich weggetreten sein. Sehr charmant.

„Dein Vater musste nach Altra aufbrechen, er wird aber zum Ball wieder hier sein." Maja setzt sich an mein Bett und hält meine Hand. Sie sieht mich mitfühlend an.

Vater ist nicht hier. Schon wieder nicht. Ich schlucke, aber der Kloß in meinem Hals bewegt sich nicht.

„Hat er nach mir gefragt? Ich meine, war er hier?"

95

Sie sieht mich traurig an. „Nein, leider. Er hat seinen Schleimer hergeschickt, um nach dir zu fragen. Der König sei sehr eingespannt und versuche, so oft wie möglich das Heer auf den Krieg in Altra vorzubereiten, heißt es. Aber er würde für dich Zeit finden, wurde mir ausgerichtet."

Krieg.

Der Krieg, den ich nicht führen will und den ich verhindern muss.

Maja stellt sich vor mich und zieht an meiner Hand. „Na los, Schlafmütze. Auf, auf! Wir haben noch eine Menge zu tun und wir wollen doch nicht, dass dein grummelnder Magen bis nach Altra zu hören ist."

Ich schwöre, der Wille ist da, aber mein Körper schmerzt bei jeder Bewegung. Ich muss Maja bremsen, damit ich nicht einfach auf der Nase lande, wenn sie mich so hinter sich herzieht. Im Badezimmer stellt sie mich unter die große Dusche. Ich ziehe mich aus und werfe ihr mein Nachthemd einfach ins Gesicht – und muss über ihre Grimasse lachen. Ich drehe das Wasser auf und spüre bereits, wie sich meine Glieder langsam erholen. Das warme Wasser entspannt mich und weckt meine Lebensgeister. Nachdem ich gewaschen bin und Maja mich in einen schönen weichen Bademantel gesteckt hat, gehen wir in das Hauptzimmer meiner Suite. Dort wurde für mich ein riesiges Frühstücksbuffet mit sämtlichen Köstlichkeiten aufgetischt. Ich stürme darauf zu und greife beherzt zu. Maja steht am Rand und sieht mir zu. Ich höre sie leise „Ihre Manieren hat sie im Schlaf vergessen" jammern, aber sie schüttelt dabei nur schmunzelnd den Kopf. Gelächter hinter mir lässt mich herumfahren, wobei ich mich verschlucke und husten muss, während der Nachschub auf meinem Teller bedrohlich schwankt. Markus und Tijana sitzen an einem großen Esstisch und amüsieren sich anscheinend köstlich über mich.

„Halded dij Klapbe!", kommt bei dem Versuch raus, mich mit vollem Mund empört zu zeigen. Meine Güte, ist das gut! Aber mein Mund ist so voll, dass mir ein Teil meines Essens wieder aus dem Mund fällt. Maja schüttelt entsetzt den Kopf und rückt mir einen Stuhl zurecht. Die Aufforderung ist klar: Ich soll mich setzen. Dabei würde ich mich am liebsten aufs Buffet legen. So gut hat mir schon lange kein Essen mehr geschmeckt.

„Komm schon, Süße, setz dich. Wir wollen nicht, dass du uns gleich wieder umkippst. Ich hole dir dann auch gerne noch Nachschub", erklärt sich Tijana lachend bereit.

Ich setze mich murrend hin und verschlinge weiter in Rekordzeit mein Essen. Markus und Tijana erzählen mir währenddessen von den Veränderungen, die ich in meinem Delirium nicht mitbekommen habe.

„Wahnsinn. Ich meine, ich wusste, dass deine Kräfte groß sind, Leana, aber das? Das ist der absolute Wahnsinn! Wir konnten dem Planeten förmlich beim Wachsen und Sprießen zusehen. Innerhalb von drei Tagen haben sich die Landschaft und die Tierwelt komplett regeneriert. Selbst die Leute hier schienen immer fröhlicher und offener zu werden. Und überall kann ich deine Aura spüren", erzählt Tijana ehrfürchtig.

„Damian hat sich große Sorgen gemacht", wirft Markus ein. „So wie wir alle. Aber er war die Tage echt nicht zu gebrauchen. Ich glaube fast, du hast meinem kleinen Bruder das Herz gestohlen", sagt er mit einem dreckigen Grinsen im Gesicht und sieht mich erwartungsvoll an. Was soll ich dazu sagen?

Ich ihm das Herz gestohlen? Wohl kaum! Aber er meins!

Doch statt seiner stummen Frage zu antworten, stopfe ich mir lieber noch einen Bissen in den Mund. Ich

97

muss mir erst selbst darüber im Klaren werden, wohin das führen könnte. Bisher hatte ich nicht das Gefühl, dass Damian es als etwas Ernsteres sah als einen Flirt. Mann, ich muss mir gerade über so vieles klarwerden. Der bevorstehende Krieg, mein abwesender Vater, meine wachsenden Kräfte, der Rat ... Wann soll ich da noch Zeit finden, mir über meine Gefühle für Damian Gedanken zu machen?

Als mein großer Hunger vorerst gestillt ist und Maja mich als wieder vorzeigbar erachtet hat, nimmt Markus mich mit, um mich dem Rat vorzustellen.

Ich weiß ja schon von Lord Heron, dass einige Ratsmitglieder ihre eigenen Interessen vor dem Wohl aller stellen und der Rat an sich sehr zerstritten ist. Unter anderem auch, weil ihnen jegliche Entscheidungsfreiheit eingeräumt worden ist, damit mein Vater seine Zeit für die Kriegsvorbereitungen verwenden kann.

Der Rat besteht aus fünf Mitgliedern. Lord Heron, der engste Vertraute meines Vaters, ist einer davon. Lady Eris ist Vater sehr zugetan und unterstützt Lord Heron in seinen Bemühungen. Lord Cian soll ein Schmeichler sein, der sich hinter denjenigen stellt, der seine Interessen gerade am besten vertritt. Die Brüder Eros und Esos versuchen, sich weitestgehend Vorteile zu verschaffen. Sie sind sich mit Vater spinnefeind, da sie seine Rechtmäßigkeit anzweifeln und versuchen, so oft wie möglich seiner Pläne zu sabotieren. Zumindest haben mir Lord Heron und Kristen den Rat so beschrieben. Ich bin gespannt, was mich auf meiner ersten Ratssitzung erwartet.

Als wir eintreten, höre ich sie bereits lautstark diskutieren. Es geht um die Lieferung von benötigten Lebensmitteln. Lord Heron und Lady Eris versuchen, die anderen davon zu überzeugen, wie wichtig ein hoher Lagerbestand für das Heer auf Altra sei. Die Brüder dagegen halten es für wichtiger, die Vorräte an ihr System weiterzugeben, da sich auf einigen Planeten bereits große Engpässe für die Bevölkerung ergeben hätten.

Sie bemerken uns nicht. Ich höre aufmerksam zu, während Markus mit dem Hintergrund verschmilzt. Ich lehne mich an die Wand neben ihn und verfolge die hitzige Diskussion.

„Wir können die Bevölkerung nicht zu Gunsten des Heeres hungern lassen. Das ist der ideale Nährboden für die Dunkelheit. Wir wollen doch dafür sorgen, dass nicht noch mehr Völker sich auflehnen", bringt Eros – oder ist es Esos? – vor.

„König Leander hat die Vorräte des Heeres mehr als aufgefüllt. Wir müssen die Rationen besser verteilen!", ergänzt sein Bruder.

„Ich stimme euch zu", werfe ich ein. „Wenn das, was ihr sagt, stimmt."

Sämtliche Köpfe wenden sich mir zu. Lord Heron lächelt mich an. Lady Eris und die Brüder Eros und Esos beäugen mich kritisch. Lord Cians Blick ist ausdruckslos.

„Willkommen, Prinzessin Leana!" Lord Heron nimmt mich in Empfang. „Bitte nehmt doch in unserer beschaulichen Runde Platz."

Lady Eris macht einen Knicks vor mir und reicht mir die Hand.

„Ihr habt die Schönheit Eurer Mutter! Es freut mich sehr, Euch endlich kennenzulernen."

In einer nervösen Verrenkung tritt Lord Cian auf mich zu.

„Unsere lang verschollene Prinzessin! Es ist mir ein Vergnügen!" Er versucht, jeden direkten Augenkontakt zu vermeiden. Was er wohl vor mir zu verbergen versucht? Ich reiche ihm die Hand. Er nimmt sie zögernd und platziert einen gehauchten Kuss auf meinem Handrücken. Die kurze Berührung reicht aus, um den

99

winzigen dunklen Fleck zu erkennen, der sich seiner Gedanken bemächtigt hat. Ich versuche, mir nichts anmerken zu lassen. Die Brüder kommen auf mich zu. Sehr steif und noch immer mit einem skeptischen Blick. Sie mustern mich wie eine ihnen unbekannte Spezies. Der Ältere der beiden verneigt sich vor mir. Das muss Lord Eros sein. Er ist ein großer, gutaussehender Mann mit leicht ergrautem Haar.

„Prinzessin Leana, es ist mir eine Ehre! Wie kommt es, dass Ihr in dieser Angelegenheit nicht die Meinung Eures Vaters teilt?"

„Ich wusste nicht, dass das von mir erwartet wird", entgegne ich.

Sein Bruder schmunzelt und verneigt sich nun auch. „Wie schön, wenn das Licht eine eigene Meinung hat", ruft Lord Esos aus. „Frischer Wind und dann noch solch eine Veränderung. Vielleicht erstrahlt das Licht von nun an auf das gesamte Reich", witzelt er, doch ich erkenne den ernsten Unterton.

„König Leander fordert die Waren ein, was sollen wir also nun tun?", fragt Lord Heron an mich gerichtet.

„Kann nicht jemand den tatsächlichen Bestand ermitteln? Wenn er mehr als genügt, sollten die Güter so schnell wie möglich an die Bevölkerung weitergegeben werden. Wie Lord Eros es vorgeschlagen hat", versuche ich, einen Kompromiss zu finden, und suche nach Bestätigung von den anderen.

„Ihr geht davon aus, dass das, was die Lords beschreiben, der Wahrheit entspricht", erwidert Lady Eris bissig. „Woher sollen wir wissen, dass die Lords nicht ein wenig … übertreiben … was die Lage der Bevölkerung angeht?"

„Woher kommt Euer Misstrauen gegenüber den Brüdern Eros und Esos, Lady Eris?"

Die Lady hüstelt ob meiner Direktheit, doch ich warte stumm darauf, dass sie antwortet. Ich brauche Klarheit,

100

wenn ich hier Entscheidungen treffen soll. „Sie haben sich bereits an wichtigen Ressourcen unberechtigterweise bemächtigt", erklärt sie schließlich. „Ihr seht: Sie verdienen unser Vertrauen nicht." Ich mustere die beiden Brüder und gebe ihnen die Möglichkeit, die Anschuldigungen zurückzuweisen. Sie wirken etwas unentschlossen. Am Ende ergreift Lord Esos das Wort.

„Was die Lady Eris sagt, ist wahr. Aber da König Leander uns offensichtlich in den blutigsten Krieg der Geschichte führen wird, wollten wir lediglich eine Absicherung für unsere Systeme. Die Dunkelheit greift um sich und wir müssen in der Lage sein, die Menschen zu schützen."

Seine Absichten klingen ehrlich, aber ich kann nicht nur auf sein Wort vertrauen. Ich werde mich selbst davon überzeugen müssen. Ich muss in ihn hineinsehen.

„Lord Esos, sicherlich habt Ihr davon gehört, dass ich zu einer Rose ausgebildet worden bin. Damit einher kommen gewisse … Fähigkeiten, wie Euch bekannt sein dürfte. Ich bitte Euch: Zeigt mir, was euch beunruhigt. Teilt die Erinnerungen mit mir."

Er ist sichtlich überrascht, geht aber, ohne zu zögern, auf meine Forderung ein. Ich werte es als ein Zeichen seiner Ehrlichkeit.

Ich gehe auf ihn zu und berühre seine Stirn. Die Bilder von hungernden Menschen drängen sich in meinen Kopf. Bettelnde Kinder, große Armut und die Dunkelheit, die viele zu ereilen scheint. Leichte Opfer, da der Körper zu schwach ist, um sich gegen den Einfluss zu wehren …

Ich ziehe meine Hand zurück und halte mühsam die Tränen zurück. Ich bin schockiert und frage mich, wie es so weit kommen konnte.

„Warum?", frage ich erschüttert.

„Euer Vater verteilt die Güter schon seit Jahren ungerecht auf", erwidert Lord Eros kühl.

„Und je drängender unsere Anfragen wurden, desto weniger wurden wir erhört", ergänzt Lord Esos.

Ich nicke. Und bin fassungslos. Wer ist der Mann, der auf dem Thron sitzt? Wo ist mein liebender und gütiger Vater hin verschwunden?

„Lasst mich jemanden schicken, der die benötigten Hilfen ermitteln kann. Danach wird Euch sämtliche Unterstützung gewährt, die Euer Volk braucht", verspreche ich.

Unglauben macht sich auf den Gesichtern der Brüder breit und wieder mustern sie mich, als wüssten sie nicht, was sie von mir halten sollen. Ich kann es ihnen ehrlich gesagt nicht verdenken.

Ich wende mich dem restlichen Rat zu. Lord Heron lächelt mich an, Lady Eris starrt mit offenem Mund und ist augenscheinlich entsetzt über meine Zusage und Lord Cian grinst durchtrieben. Ich erkenne den Einfluss der Dunkelheit nun selbst auf seinen Zügen. Ich erschaudere.

Die Sitzung wird nach einigen wenigen weiteren Punkten beendet und Lord Heron zieht mich mit sich.

„Ich bin überrascht, Leana. Lasst mich daran teilhaben, was ich anscheinend so lange übersehen habe."

„Ihre Absichten sind rein. Ihre Mittel mögen fragwürdig gewesen sein, sind aber aus Verzweiflung geboren. Ihr Misstrauen gegenüber meinem Vater ist durchaus verständlich. Der Krieg wird vom Hunger, Leid und von der Armut der Bevölkerung ihres Systems finanziert. Eure und Lady Eris' Systeme hat er wohl geschont, um sich Eurer Unterstützung sicher sein zu können."

Lord Heron starrt mich mit ungläubigen Augen an, fängt sich aber schnell und runzelt die Stirn.

„Könnt Ihr mir zeigen, was Ihr bei Esos gesehen

102

habt?", bittet er mich.

Ich kann. Ich lege meine Hand auf seine Stirn und er schließt die Augen. Die Bilder, die ich ihm zeige, rufen Gänsehaut auf ihm hervor. Ich spüre sein Zittern. Einige Tränen lösen sich hinter den geschlossenen Lidern.

„Wir waren so blind", ruft er sichtlich mitgenommen aus, als er die Augen wieder öffnet.

„Da ist noch etwas", weihe ich ihn ein. „Lord Cian ist ein Verräter. Er ist ein Spion der Dunkelheit. Ich konnte den Einfluss der Dunkelheit fühlen. Er hat vergeblich versucht, es vor mir zu verbergen."

Lord Heron sieht mich erschrocken an, offenbar verschlägt ihm diese Neuigkeit die Sprache.

„Lord Cian! … Ich meine, Leana, seid Ihr sicher? Natürlich, natürlich seid Ihr sicher." Er schluckt laut. „Leander muss das augenblicklich erfahren. Er … Lord Cian muss verhaftet werden!" Und damit wendet er sich ab und läuft auf das Sekretariat meines Vaters zu. Ich sehe ihm nachdenklich nach.

Markus löst sich von seinem Beobachtungsposten an der Wand, tritt an mich heran und legt mir seinen Arm über die Schulter.

„Komm, das war genug Aufregung für heute. Du wirkst immer noch schwach auf den Beinen. Ich bringe dich zurück in deine Suite."

„Ja, Papi", ärgere ich ihn ein bisschen und verdrehe die Augen. Doch dann lehne ich meinen Kopf an seine Schulter und seufze wohlig. Jetzt, wo er es sagt, merke ich erst, wie müde ich bin.

Als ich am nächsten Morgen wach werde, geht gerade die Sonne auf. Die Vögel zwitschern bereits um die Wette und ich fühle mich ausgeruht und fit, wie schon lange nicht mehr. Ich hätte Lust auf eine Trainingseinheit mit Tijana, aber leider weiß ich nicht, wo ihr Zimmer liegt. Und ich will sie auch nicht mit einem gedanklichen Weckruf gegen mich aufbringen. Morgen Abend ist der große Ball und ihre Laune wäre unerträglich, wenn sie nicht ihren wohlverdienten Schlaf bekommt.

Vielleicht finde ich das Plateau mit dem Kristall wieder und komme dazu, mit dem Hohepriester zu sprechen. Ich mache mich schnell fertig und schlüpfe in meinen Kampfanzug. Noch ist meine Suite verlassen. Doch kaum trete ich vor die Tür, steht auch schon ein verschlafener Markus vor mir.

„Wo willst du hin?", fragt er ungehalten und gähnt herzhaft.

„Dir auch einen schönen guten Morgen. Was tust du hier? Geh ins Bett", schmunzle ich und versuche, ihm einen Schubs in die richtige Richtung zu geben. Vergebens.

„Keine Chance. Dein Zimmer wird überwacht. Sobald sich darin jemand bewegt, werde ich benachrichtigt. Lord Cian wurde gestern noch verhaftet und es herrschen nun erhöhte Sicherheitsmaßnahmen."

„Das ist doch ein Scherz, oder?", frage ich gereizt. Noch höhere Sicherheitsmaßnahmen?

„Nein, tut mir leid. Es reisen heute etliche Gäste zum Lichtball an und wir wollen kein Sicherheitsrisiko eingehen."

„Aha. Dir ist aber schon klar, dass ich mich wunderbar selbst verteidigen kann, oder? Noch dazu spüre ich viel eher als ihr, wenn jemand von der Dunkelheit besessen ist."

Ich muss es wenigstens versuchen, auch wenn ich schon ahne, dass er mir heute nicht von der Pelle weichen wird.

Ach, was solls! Soll er mir halt folgen.

„Okay, sei halt mein Schatten und schau, ob es dir Spaß macht. Ich will einfach nur ein bisschen raus und trainieren. Das wird doch wohl noch erlaubt sein, oder? Und ich will den Hohepriester sprechen."

„Na, dann los! Um die Uhrzeit werden wir wohl die Ersten auf dem Trainingsgelände sein", brummt er und gähnt nochmal laut, doch an seinem Blick erkenne ich, dass er es genießt, diese Runde gewonnen zu haben.

Zu unserer Überraschung sind wir nicht die einzigen, die an diesem Morgen schon aktiv sind. Einige hundert Männer plus Damian starren uns an, als wir witzelnd und uns gegenseitig schubsend auf dem Übungsplatz erscheinen.

„Mist, das habe ich glatt vergessen", flucht Markus leise. „Die Sicherheitskräfte für heute Abend sind gestern schon eingetroffen. Sieht so aus, als ob wir ihr Training stören."

„Ach, meinst du?", zische ich ihm gepresst zu.

Die Männer erwachen aus ihrer Schockstarre, nehmen Haltung an und verneigen sich vor mir. Oh Mann.

„Ähm, ja. Guten Morgen, allerseits." Ich räuspere mich und bemühe mich um einen Ton, der einer Prinzessin würdig ist. „Bitte ... ich wollte Euch nicht unterbrechen. Macht weiter."

Erleichtert sehe ich, dass sie zögerlich wieder ihr Training aufnehmen. Was für ein grandioser erster Eindruck das doch war.

Damian tritt auf uns zu und stellt sich mit verschränkten Armen vor uns auf. Ganz der Heerführer.

„Guten Morgen, Prinzessin! Markus. Seid ihr wegen mir hier? Kann ich Euch irgendwie behilflich sein, Leana?"

Aha, wir sind also wieder bei der höflichen Anrede.

Markus kratzt sich am Kopf und sieht mich erwartungsvoll an. Ich muss mich wohl selbst erklären.

„Ich wollte einfach nur ein bisschen trainieren. Nach den letzten Tagen brauchte ich ein bisschen frische Luft", erkläre ich, plötzlich schüchtern. Warum zum Teufel hat er nur diese Wirkung auf mich? Warum klinge ich bei jedem unserer Gespräche wie ein Kleinkind, das sich erklären muss? Damian mustert mich eindringlich und deutet dann auf einen Bereich des Platzes, der noch frei ist.

„Okay. Kein Problem. Ihr könnt dahinten an der Säule den Platz nutzen."

„Danke."

„Gern geschehen", erwidert er und bei seinem verschmitzten Lächeln steigt Hitze in mein Gesicht. Oh Mann …

Die Soldaten mustern uns eingängig, als wir an ihnen vorbeilaufen, um unseren Platz einzunehmen.

Dort angekommen, beginne ich mich zu dehnen. Ich fühle die Verspannungen in meinen Körper, die die lange Starre auf dem Plateau und der Schlaf danach hervorgerufen haben. Ich versuche, das Starren der Krieger auszublenden, und lass mein Schwert durch die Luft wirbeln.

„Keine Tricks, nur ein leichter Schwertkampf", entscheidet Markus. „Ich will nicht, dass du dich verletzt."

Ich verdrehe die Augen. Das kann er haben.

Ich wirble auf ihn zu und er hat alle Mühe, meinen Schwerthieb abzuwehren.

„Leana, mach mal langsam!", knurrt er.

„Komm schon, alter Mann!", provoziere ich ihn und mache einen Überschlag über ihn, meine Hand an seiner Schulter. Ich lande direkt hinter ihm, mein Schwert an seinem Hals.

„Na, war das leicht genug?", hauche ich ihm grinsend ins Ohr.

„Kleines", knurrt er, bekommt mich am Ellenbogen zu fassen und reißt mich nach vorne, sodass ich nun mein eigenes Schwert an der Kehle spüre. Ich muss lachen, er sieht sauer aus. Er löst seinen Griff und ich trete zurück.

106

„Okay, okay. Ich halte mich zurück. Na komm schon, ich verspreche, ich benehme mich diesmal."

Es folgt ein Kampf auf den anderen. Mit der Zeit merke ich, dass es leise um uns geworden ist.

Wir haben Zuschauer.

Tijana taucht plötzlich an unserer Seite auf, setzt sich im Schneidersitz vor uns und beißt von ihrem mitgebrachten Frühstück ab. „Was soll das werden? Warum steht ihr so dumm rum? Wollt ihr alle zu Tode langweilen?"

„Guten Morgen, Sonnenschein! Warum bist du schon wach?", frage ich sie.

„Warum bist du schon wach?"

„Ich konnte nicht mehr schlafen, nachdem ich schon wieder einen Schlafmarathon hinter mir hatte. Was ist deine Ausrede?"

Tijana deutet auf Markus. „Du hast den da aus dem Bett geschmissen. Und dann konnte ich nicht mehr schlafen."

„Tut mir leid!", sage ich grinsend. „Lust auf einen kleinen Kampf zu dritt? Ihr zwei gegen mich?"

„Nein", stöhnt Markus genervt.

„Ach, komm schon! Ich will doch nur den Kopf freikriegen. Bitte." Ich sehe ihn bettelnd an.

„Nein", sagt er nur und legt sich demonstrativ ins Gras, den Kopf auf Tys Schoß gebettet.

„Tijana, komm du, bitte!"

„Prinzessin Leana, falls Ihr einverstanden seid, kämpfe ich mit Euch", ertönt es da hinter mir.

„Noah, gern!" Ich strahle meinen ehemaligen Reisegefährten an. „Aber was tust du hier? Ich dachte, du und die anderen wärt nach unserer Ankunft hier wieder zurück zu euren Einheiten gereist."

„Meine wurde zum Schutz von Lichthof während der Feiertage einberufen."

107

„Umso besser. Ich fühle mich gleich sicherer."
Markus rollt mit den Augen. „Na gut. Ein Kampf.
Aber keine blauen Flecke oder sonst etwas", knurrt er.
„Ich will das nicht dem König erklären müssen."
„Dafür müsste der König erst mal hier sein", vermittle
ich Tijana gedanklich und sie schnaubt zustimmend.
„Und lasst diesen Mist!", ertönt es sogleich von Markus.

Tijana und ich lachen, während sie aufsteht und sich
zu Noah gesellt, der verwirrt grinst. Wir müssen echt ein
komisches Trio abgeben. Wir machen uns bereit und die
beiden gehen gemeinsam auf mich los.

Tijana versucht, mich zu reizen, aber ich zügele mein
Temperament. Markus zuliebe.

Noah geht nach einiger Zeit die Puste aus und überlässt Tijana den weiteren Angriff. Und natürlich kann
sie es nicht bei einem einfachen Schwertkampf belassen.
Zu stark ist der Reiz, mich einmal besiegt unter sich zu
haben.

Sie nutzt ihre Gaben und versucht, mich mit einem
Kraftfeld umzustoßen. Es gelingt ihr nicht, da ich es mit
Leichtigkeit durchbreche und im nächsten Moment, auf
sie zustürme.

Sie sieht mich kommen und erhebt sich in die Luft.
Markus' „Ich sagte, keine Kräfte!" ignorierend springe
ich ihr hinterher und schaffe es auf Anhieb, auf ihre Höhe
zu kommen und mich mit den unsichtbaren Schwingen
oben zu halten. Ich schicke sie mit einem Hieb gegen ihr
Schwert zu Boden.

Ich halte überrascht inne und sie sieht mich mit weit
aufgerissenen Augen an. Ich bemerke die Hitze, die von
meinen Händen ausgeht und die sich auf meinen ganzen
Körper ausbreitet. Ich spiele mit der Kraft, die von mir
ausgeht. Sie schimmert in meiner Hand und ich kann den
Funken nähren. Er wird größer, schwerer, gefährlicher.

Er leuchtet, fast blendend, und ich kann spüren, wie viel Macht dieser kleine Lichtball in sich trägt. Ich schicke ihn in den Himmel und sehe zu, wie er hoch über Lichthof explodiert. Alle unter mir ducken sich automatisch, als die Wucht der Druckwelle sie erreicht. Auch Tijana und ich schwanken einen Moment lang bedrohlich in der Luft, bevor wir uns wieder fangen.

Wir wechseln einen Blick. Was zum Teufel war das? Meine Kräfte sind, seit wir in Lichthof sind, erheblich gewachsen. Ich frage mich, ob das an Lichthof, meinem Zuhause oder an dem Kristall liegt. Ich muss unbedingt mit dem Hohepriester sprechen!

Ich lande leichtfüßig und drehe mich zu den anderen um. Alle starren mich an, nicht nur meine Freunde, sondern auch hunderte von Kriegern, die das Training schon lange aufgegeben hatten, um uns zuzuschauen.

Tijana ist die Erste, die ihre Sprache wiederfindet.

„Was zum Henker ...?", fragt sie entsetzt.

„Keine Ahnung, aber das wird langsam interessant!"

„Interessant? Sag mal, spinnst du?", fährt Markus mich zornig an. „Du hättest dich damit umbringen können!"

„Hätte ich nicht. Es ... überkam mich einfach. Es hat sich plötzlich in meiner Hand gebildet."

„Gott, du wirst langsam gemeingefährlich, Süße!", erwidert Ty mit einem zitternden Lächeln auf den Lippen.

Da erreicht uns auch schon Damian, der zuvor auf der anderen Seite des Platzes das Training überwacht hat.

„Was. War. Das? Verdammt noch mal", stößt er wütend hervor.

„Ich bin mir nicht sicher", gebe ich nachdenklich zurück. „Es scheint, dass meine Kräfte gewachsen sind, seitdem ich wieder hier bin."

Er starrt mich mit weit aufgerissenen Augen an. „Das warst du? Ich dachte, wir werden angegriffen!"

Jetzt starre ich ihn an. „Wer sollte uns so angreifen?",

frage ich skeptisch.

„Keine Ahnung! Was weiß ich?" Er wirft die Arme in die Luft. „Ach, vergiss es! Hör einfach auf damit, okay? Du machst meine Männer nervös", brummt er und stampft davon.

Ich muss schmunzeln. Irgendwie süß, es fehlte nur noch der Schmollmund.

Markus mustert mich. „Jaja, der arme Damian!", stichelt er. „Da hört ihre Majestät natürlich gleich auf, Lichtbomben zu werfen." Noah sieht mich wissend an und auch Tijana kann sich ihr Gekicher nicht sparen.

Ich runzle die Stirn und gebe mich empört. „Was? Habt ihr nichts anderes zu tun? Wir wollten doch noch ein bisschen trainieren, oder?"

„Vergiss es, Leana. Mit dir trainiert keiner mehr, solange du nicht deine Kräfte beherrschen kannst", meint Markus. „Nicht, dass noch einer gegrillt wird."

Sehr witzig!

Nicht lange danach ist das Training für mich vorbei. Alleine zu üben macht einfach keinen Spaß. Stattdessen sind wir nun zu dritt auf dem Weg zum Hohepriester. Ich möchte wissen, was es mit dem Kristall und meinen Kräften auf sich hat. Vielleicht weiß er ja mehr. Ich trete über die Schwelle der geschwungenen Treppe und höre hinter mir einen dumpfen Laut. Markus hält sich die Nase, mit der er mit der unsichtbaren Barriere kollidiert ist.

„Das kann doch nicht sein Ernst sein! Hohepriester!", ruft er verärgert hinauf.

„Hör mal, ich schaff das schon allein. Und wenn er dich aufhalten kann, dann kann er bestimmt auch richtige Bedrohungen vom Plateau fernhalten. Also … mach dir keine Sorgen! Bis später!", flöte ich amüsiert und laufe schnell die Treppe hinauf.

Oben angekommen sehe ich, dass Tijana sich von Markus getrennt hat, um aus der Luft ein Auge auf mich zu haben. Na klar, sie können es einfach nicht lassen! Einer ist schlimmer als der andere.

Der Hohepriester steht an einer Regalwand voller Bücher. Wo kommt die denn her? Als ich das letzte Mal hier war, war sie noch nicht da ... oder? Eventuell war ich auch zu erledigt, um das zu registrieren.

„Eure Hoheit, willkommen. Ich habe schon auf Euch gewartet", sagt Thomas mit seiner ruhigen Art und lächelt mich an. Zum ersten Mal heute fühle ich, Ruhe in mich einkehren.

„Hallo, Hohepriester, tut Ihr mir einen Gefallen? Können wir die Höflichkeitsformen draußen bei meinen Freunden lassen? Ich fühle mich so viel wohler."

„Gern, Leana! Du hast sicher einige Fragen an mich, aber vorher möchte ich dir etwas zeigen. Schau." Er deutet auf die Bücherwand und ich trete näher. „Das hier sind Aufzeichnungen der Hohepriester, die vor mir da waren. Sie gehen zurück bis zum Anbeginn der Zeit. Mit dem Fall des ersten Lichts bildete sich der Kristall und wächst seitdem von Trägerin zu Trägerin weiter. Er enthält Wissen und Erinnerungen deiner Vorgängerinnen und kann im Bewusstsein der Erleuchtung abgerufen werden. Da nur dem Licht die Erleuchtung gewährt wird, schreiben wir Hohepriester unsere Beobachtungen nieder, um dieses Wissen auch für uns festzuhalten. Dies", er zeigt auf die riesige Wand voll mit Büchern, „sind diese Beobachtungen."

Es müssen Tausende sein!

„Selten gab es eine Königin, wie du eine sein wirst. Ich überfliege schon die Bücher nach einem Licht, das dem deinen ähnlich ist, doch bislang ohne Erfolg. Auch etwas Vergleichbares mit der Wandlung von Lichthof in so kurzer Zeit steht in keinem der Bücher niedergeschrieben."

„Es war bestimmt auch keine Lichtträgerin so lange von Lichthof weg wie ich. Wie sonst könnte eine solche Veränderung überhaupt eintreten?"

Er wiegt den Kopf zustimmend und ich mustere die vielen Bücher enttäuscht. „Dann kannst du mir wahrscheinlich auch nichts zu meinen wachsenden Kräften sagen?"

„Oh, doch. Aber bislang war noch keine Königin auch eine Rose", sagt er mit Blick auf mein Zeichen. „Oxana hat ihr Bestes getan, nicht wahr?"

„Es war meine Bitte, eintreten zu dürfen. Oberin Oxana hat mich zu nichts überredet", erkläre ich ihm schroff.

Er nickt und sieht mich nachdenklich an. „Es passt zu deinem Charakter. Du wirkst auf mich nicht wie ein sanfter Strahl, sondern vielmehr wie ein strahlendes Schwert aus Licht. Ich glaube, so ausgeprägt war das Licht noch nie. Jedoch ist auch die Dunkelheit so präsent wie nie zuvor und da ist doch ein Schwert um einiges praktischer als ein sanfter Strahl, nicht wahr?", schmunzelt er.

Mir gefällt sein Vergleich. „Bitte, erzähl mir alles. Alles, was wichtig sein könnte!"

„Das würde eine ganze Weile dauern. Aber komm, ich werde mein Bestes tun, dir zu berichten, was ich weiß. Jedoch wirst du genauere Antworten auf deine Fragen bei der Erleuchtung finden."

Und er beginnt mit dem Anfang aller Dinge ...

Die Zeit vergeht wie im Flug, während er mir von den vergangenen Königinnen und meiner Mutter erzählt. Wie er schon angedeutet hat, war keine von ihnen eine Rose. Einige hatten ausgeprägte Kräfte, die sie im Kampf gegen die Dunkelheit nutzen konnten, aber keine davon, erlaubte den Königinnen, sich selbst zu verteidigen. Sie alle verließen sich ausschließlich auf den Schutz ihres Hüters und des Heeres.

„Leana", sagt Thomas irgendwann, „es ist spät geworden und ich kann mir denken, dass dein Hüter schon die Wände hochgeht, weil er keinen Zutritt zur heiligen Stätte hat. Wir sollten übermorgen weitermachen, wenn du dich vom Fest erholt hast, und dann solltest du deine Fragen der Erleuchtung stellen. Vielleicht erhältst du dort die Antworten, die du dir so sehnlichst wünschst."

„Warum hat Markus jetzt keinen Zutritt mehr? Zuvor konnte er mich doch holen kommen."

„Ich habe es ihm gewährt, weil du sehr geschwächt warst an dem Tag. Aber hier unterliegst du dem Schutz des Lichts. Seine Anwesenheit ist nicht vonnöten. Und ganz ehrlich ... empfände ich es als überaus anstrengend für alle Beteiligten, wenn die Hüter auch hier rauf dürften, oder?" Er zwinkert mir wissend zu und ich muss laut lachen.

Im Palast angekommen, wartet Markus bereits auf mich. Natürlich. Und sein Gesichtsausdruck spricht Bände.

„Es tut mir leid! Ich kann nichts dafür, dass du da nicht rauf darfst, also spar dir deinen Atem. Und nein, ich kann ihm nicht sagen, dass er dir Zutritt gewähren soll. Er hat bereits deutlich gemacht, dass du auf dem Plateau nichts verloren hast."

Markus verzieht das Gesicht und schaut mich grimmig an.

„Was denn noch?" Ich dachte, ich hätte alle Punkte abgehakt.

„Kannst du es dir nicht denken?"

Ich verdrehe die Augen. „Nein. Was?"

„Könntest du deine Besuche das nächste Mal vielleicht etwas kürzer fassen? Bitte. Es macht mich nervös, nicht zu wissen, was da los ist."

„Okay."

„Okay? Einfach so?" Er sieht völlig perplex aus. Ha!

„Ja, okay, und jetzt gib Ruhe!" Ich grinse, um meinen Worten den Biss zu nehmen. Apropos Biss, mein Hunger meldet sich mit einem lauten Grummeln.

Vor meiner Suite wartet Damian bereits auf mich. Sein Anblick macht mich nervös. Der Mann ist so schön und wirkt so selbstbewusst, dass es mir die Sprache verschlägt.

„Hey Bruderherz, was führt dich hierher?", fragt Markus und schlägt ihm auf die Schulter. Damian nickt nur zur Begrüßung und sieht dann mich an.

„Ich würde gern mit Prinzessin Leana sprechen. Allein. Wenn das okay für dich ist."

„Leana?" Markus sieht mich fragend an.

„Ja, geh schon mal vor. Ich komme gleich nach!", erwidere ich etwas atemlos. Reiß dich zusammen, ermahne ich mich.

Damian drückt sich von der Wand ab. „Danke, dass du einverstanden bist." Er sieht sich um. „Gehen wir kurz in den Garten? Die Wände hier haben Ohren." Er deutet mit dem Kopf auf die Tür, von wo aus wir leises Gemurmel hören können.

Wieder bekomme ich nur ein Nicken zustande und wir gehen zusammen in den Hofgarten hinaus. Die Abenddämmerung auf Lichthof ist wunderschön und so setzten wir uns auf eine Bank zwischen zwei hohen Bäumen und beobachten das Schauspiel. Nach ein paar Momenten, in der wir die Stille genießen, wende ich mich Damian zu und sehe ihn fragend an.

„Ich weiß nicht recht, wie ich anfangen soll", murmelt Damian und lacht nervös. Er erhebt sich von der Bank und lehnt sich gegen den Baum, bevor er mich wieder ansieht. „Meine Gefühle für dich sind schwer zu beschreiben. Ich mag dich. Mehr als das. Aber ... du wirst nur allzu bald meine Königin sein und ich bin dann dein Heerführer. Ich sorge mich um dich und ich denke, wir sollten klären, was da zwischen uns ist. Ich meine,

Gott", er fährt sich mit den Händen durchs Haar, „ich war noch nie besitzergreifend, aber bei dir habe ich das Bedürfnis, dich am liebsten in einen goldenen Käfig zu sperren und niemanden in deine Nähe zu lassen! Und dieser Kristen strapaziert meine Nerven übermäßig und dann ist morgen noch der Ball! Das stehe ich so, wie es ist, nicht durch!", sprudelt es nur so aus ihm heraus.

Ich sehe ihn mit großen Augen an und spüre augenblicklich, dass ich rot werde. Mein Herz rast bei seinen Worten. In dem Augenblick hasse ich meine Unerfahrenheit! Ich wünschte, ich wüsste, was ich auf eine solche Offenbarung sagen sollte.

Damian beginnt, vor mir auf und ab zu wandern. „Ich meine, du hättest das nicht tun dürfen. Auf dem Fest der Rosen. Du hast mir total den Kopf verdreht und jetzt weiß ich nicht, wie ich damit umgehen soll. Wenn ich nur daran denke, wie es sein wird, dich mit ihm tanzen zu sehen. Der Wicht wird seine Hände nicht von dir lassen können!"

Es ist schon süß, wie sehr er sich in Rage redet. Ich muss mir ein breites Grinsen verkneifen.

„Damian." Er reagiert nicht. „Damian! Bleib doch mal stehen und sieh mich an! Bitte!"

Er bleibt abrupt stehen.

„Bitte", sage ich etwas leiser und wiederhole: „Sieh mich an, Damian."

Endlich schaut er mich mit seinen schönen grünen Augen direkt an. Er kniet sich vor mich hin, senkt seinen Blick kurz auf meine Hände und nimmt sie dann zärtlich in seine. Als er wieder zu mir aufsieht, ist sein Blick elektrisierend.

„Aber das tue ich doch, Leana", flüstert er aufrichtig. „Ich sehe nur noch dich."

Und ich muss lächeln, so schön ist sein Geständnis. Mein Herz klopft mir bis zum Hals.

115

Okay, Zeit, Farbe zu bekennen, Leana!

Ich atme tief ein. „Ich mag dich auch. Sehr sogar. Ich ... Es tut mir leid, dass ich dich anfangs getäuscht habe. Ich wollte einfach nur eine Chance haben, dich kennenzulernen und dabei ich selbst zu sein."

Er nimmt mein Gesicht in beide Hände und sieht mir direkt in die Augen. Ich bekomme augenblicklich Gänsehaut. Er lächelt mich an und zieht mich ganz nah zu sich.

„Was sollen wir beide bloß tun?", flüstert er mir zu und streift dabei zärtlich mit seiner Nase über meine. Die Geste lässt mich dahinschmelzen.

„Ich weiß nicht", wispere ich. „Aber, wenn du ... also, wenn du mich küssen würdest, das wäre schon mal ein Anfang."

Sein Lächeln verwandelt sich augenblicklich in ein Strahlen und die letzten Millimeter Abstand zwischen uns verschwinden.

Als seine Lippen meine zärtlich küssen explodiert mein Innerstes. Ein riesiger Haufen Schmetterlinge tanzt in meinem Bauch und mein Herz pocht wie verrückt. Ich ... bin verloren. Ich habe mich wirklich verliebt! Und ich kenne ihn doch kaum.

Der Gedanke geht in einem Wirbelwind an Gefühlen unter, als unser Kuss sich vertieft. Er ist leidenschaftlich und gleichzeitig zärtlich. Es ist, als ob Damian selbst beim Küssen auf mich Acht geben will. Ich vergrabe meine Hände in seinem Haar und ziehe ihn noch näher an mich heran. Unser Kuss wird verlangender, intensiver. Seine Zunge spielt und verführt. Seine Hände wandern von meinem Gesicht zu meinen Schultern zu meinem Hals und streicheln jeden Zentimeter meiner Haut, die er berührt. Streichen meine langen Haare zurück. Damians Arme umfangen mich und ziehen mich noch näher an seinen Körper. Er zittert leicht und ich kann spüren, wie viel Selbstbeherrschung es ihn kostet, nicht dem wilden

116

Verlangen nachzugeben, das uns beide ergriffen hat. Wir lösen uns langsam voneinander und er vergräbt sein Gesicht an meinem Hals.

„Was machst du nur mit mir? Du machst mich so … schwach", sagt dieses Bild von einem Mann, die Perfektion eines starken Kriegers.

„Sei mein Begleiter. Morgen auf dem Ball", hauche ich ihm ins Ohr und küsse seinen Hals. „Und bitte … sperre mich nicht in einen goldenen Käfig. Ich will frei sein. Frei, dir zu gehören, ohne Angst zu haben, ich selbst zu sein." Ich fahre langsam mit meinen Händen über seine muskulösen Schultern und Arme und fühle mich dabei behütet und geschützt. Er lehnt seine Stirn an meine Schulter, bevor er sich etwas zurücklehnt und eine Hand in meinen Nacken legt. Sein Gesicht ganz dicht vor meins. Er lächelt leicht, aber ich bin ihm nahe genug, dass ich auch den Ernst in seinen Augen sehe.

„Ich gehöre dir, mit Leib und Seele! Ich will dich beschützen, aber ich verspreche, dich niemals einzuschränken. Versprich mir bloß, dass du kein großes Risiko mehr eingehst. Nicht nur, weil mit dir das Reich des Lichts steht und fällt. Sondern auch, weil … ich … ertrage den Gedanken nicht, dass dir etwas zustoßen könnte. Ich weiß, dass du kein schwaches Mädchen bist. Ich weiß auch, dass du Lord Vehs Kopf für dich beanspruchst …"

Ich ziehe zischend Luft zwischen den Zähnen ein.

„Ich habe es dir angesehen, Leana, an jenem Abend auf Schloss Mir. Ich bitte dich: Überlasse ihn mir! Sehe es als eine Art Beweis für mein Herz und meine Treue! Ich will dich für mich!", flüstert er mir zärtlich zu. „Ich will wissen, dass, wenn das hier alles vorüber ist, ein du und ich möglich ist. Wenn ich mir sicher bin, dass keiner mehr hinter meinem Glück her ist."

Seine Worte machen mich sprachlos. Ich spüre, wie sich Tränen anbahnen, Tränen der Rührung und der

117

Liebe für diesen Mann, der hier vor mir kniet und mir sein Herz offenbart.

Aber kann ich es? Ihm versprechen, Lord Veh ihm zu überlassen? Und es dann auch tatsächlich tun? Ich schließe die Augen, die Tränen kullern über meine Wangen. Ich sehe in mich hinein.

Ja. Ich kann es ihm überlassen, aber nur, wenn er wieder zu mir zurückkehrt. Ich sehe das Bild vor mir, das die Dunkelheit mir über den Retsen geschickt hat: Damian und mein Vater, tot auf dem Schlachtfeld liegend, zusammen mit ihren Männern. Lord Veh, wie er die Klinge in meine Brust bohrt.

Schmerz brennt sich durch meine Seele. Augenblicklich verkrampft sich mein Körper.

Damian spürt meine Anspannung sofort. „Leana? Was ist los? Bitte, sprich mit mir, Liebste!", flüstert er mir ins Ohr.

„Ich habe Angst um … dich. Dass du nicht zu mir zurückkehrst!", wispere ich und sehe dabei wieder in seine schönen Augen, die heute besonders grün leuchten.

„Ich komme zurück zu dir. Immer!", verspricht er. „Ich schwöre es! Du musst dich nicht um mich sorgen! Das sollte das Letzte sein, das du tust." Er zieht sich leicht zurück, um mich besser mustern zu können.

„Ich will diesen Krieg nicht", gestehe ich ihm. Meine Stimme zittert. „Es ist einfach falsch, so falsch. Aber noch habe ich keine Lösung gefunden. Aber ich werde eine finden, eine, durch die wir nicht genötigt werden, Krieg zu führen gegen ein Volk, das wie Schachfiguren blind und willenlos ins Schlachtfeld geführt wird. Ich kann es verhindern, ich weiß nur noch nicht wie." Ich erschaudere. „Jeder Mann, der fällt, ist meine Schuld … und dich zu verlieren … Es würde mich umbringen." Ich schließe meine Augen und will mein Gesicht abwenden.

„Nein, nein, oh, Leana. Nein! Hör zu! Sieh mich an!"

118

Er zieht mein Gesicht wieder zu sich, sodass ich seine Nasenspitze an meiner spüre. Ich öffne meine Augen und sehe sein entschlossenes Gesicht und seinen glühenden Blick.

„Nichts von dem wäre deine Schuld!" Ich wende mich nun doch ab und versuche, mich von ihm zu lösen. Doch sein Griff wird fester.

„Hör mir zu!", sagt er energisch. „Jeder Mann, der für dich kämpft, kämpft auch für sich. Für seinen freien Willen, für sein Glück und sein Zuhause. Die Dunkelheit wird nicht über uns herrschen, solange wir dich beschützen können. Du bist unsere Hoffnung, unser Licht! Und jeder Retse, der von der Dunkelheit manipuliert ist, ist eine Waffe, eine Bedrohung gegen dich und unsere Freiheit! Und dafür kämpfen wir! Und kein Leben, das dafür niedergelegt wird, ist umsonst! Kein Opfer zu groß! Verstehst du?"

Seine Worte berühren mich, berühren meine Seele, doch wie kann ich ihm begreiflich machen ...

„Ich will stark genug sein, damit sich niemand mehr dafür opfern muss! Es muss einen anderen Weg geben, Damian", schluchze ich. Mittlerweile strömen ganze Tränenbäche über mein Gesicht.

Und er wischt meine Tränen vorsichtig von meinen Wangen und küsst mich auf die Stirn. „Wenn es einen gibt, dann findest du ihn! Ich glaube an dich! Doch ... wenn es zu spät dafür sein sollte, dann musst du mich diesen Krieg führen lassen. Vertrau mir! Und ich verspreche, dass ich dir helfen werde, solange noch genug Zeit dafür ist. Und solange du in Sicherheit bist. Das ist meine Bedingung. Ich werde unter keinen Umständen dein Leben riskieren", erklärt er inbrünstig.

Ich denke über seine Worte nach. Er hat recht. Welche Alternative bleibt sonst, wenn ich keine Lösung finde?

„In Ordnung. Ich vertraue dir, aber ich verlange

dasselbe von dir. Wenn es eine Möglichkeit gibt, den Krieg abzuwenden, musst du es mich versuchen lassen", verlange ich von ihm.

„Okay." Er ergreift meine Hand und küsst sie.

Ich ziehe ihn zu mir und wir verlieren uns erneut im Augenblick.

Kapitel 5
Der Ball

AM MORGEN DES BALLS erwache ich völlig berauscht von der gestrigen Nacht. Damian und ich haben noch lange geredet und uns unsere Gefühle füreinander eingestanden. Die Schmetterlinge in meinem Bauch machen immer noch Sprünge.

Heute ist der Ball und ich freue mich, den Abend an Damians Seite zu verbringen. Ich springe aus meinem Bett und verspüre sogar so etwas wie Vorfreude auf die bevorstehende Tortur, die Maja an mir vollziehen wird, um mich für den Ball herzurichten. Ich möchte schön sein, für ihn.

Ich sehe mein dümmliches Grinsen im Spiegel meines Frisiertisches, der gegenüber vom Bett steht. Ich verdrehe die Augen und versuche, diese innere Euphorie zu bremsen. Ich atme tief durch und gehe hinaus in meinen Wohnraum. Hier erwarten mich schon das Frühstück und eine ziemlich belustigte Tijana.

„Na, einen schönen Abend gehabt?", fragt sie mit einem verruchten Grinsen.

„Behalt deine schmutzige Fantasie für dich, ja? Es ist nicht so, wie du denkst!"

„Ach nein?" Ihr Grinsen wird noch anzüglicher, was schon fast nicht mehr möglich sein sollte.

Nachdem ich mir meinen Teller mit allen möglichen

Köstlichkeiten beladen habe, setze ich mich Ty gegenüber an den Tisch. Sie sieht mich erwartungsvoll an. Ich fange an zu essen. Sie runzelt die Stirn und reißt die Augen auf.

„Nicht dein Ernst!", ruft sie empört. „Jetzt spann mich doch nicht so auf die Folter! Spuck's schon aus, ich konnte fast die Nacht nicht schlafen vor Neugier!"

Ich lache los und mein Essen fällt mir fast aus dem Mund. Ich schlucke den Bissen schnell hinunter und erzähle ihr dann alles. Sie hört mir gespannt zu und nachdem ich geendet habe, sieht sie mich erwartungsvoll an.

„Planst du, heute Abend Sex zu haben?"

Ich starre sie mit offenem Mund an. Ich weiß nicht, was ich darauf antworten soll.

„Hast du noch nicht daran gedacht oder warum starrst du mich so an?", fragt Tijana schmunzelnd.

„Ich …" … weiß es ehrlich nicht. Erwartet er das von mir? Ist das der logische nächste Schritt?

„Dir hat es offensichtlich die Sprache verschlagen. Also hast du darüber noch nicht nachgedacht", stellt Tijana belustigt fest und steckt sich Trauben in den Mund.

„Es geht nicht", antworte ich prompt.

Sie stutzt und mustert mich stirnrunzelnd. „Bist du noch nicht so weit? Weil, ich habe den Eindruck, ihr bewegt euch geradezu darauf zu."

„Nein, ja … du verstehst nicht. Ich kann nicht."

Die Vorstellung von Damian und mir lässt mich gerade nicht los. Dank meiner blühenden Fantasie sehe ich uns bereits …

„Hallo, Leana? Hallooooo?"

Ich sehe zu Tijana auf und sehe sie wild fuchtelnd und über den Tisch zu mir herübergebeugt stehen.

Ein grenzdebiles Lächeln hat sich in ihr Gesicht gemeißelt. „Bilder im Kopf, was? Würdest du mir trotzdem bitte antworten?!"

122

„Tut mir leid. Was war deine Frage?"

„Warum kannst du keinen Sex haben?"

„Mein Körper ist sozusagen auf sofortige Empfängnis gepolt. Ich wäre gleich danach schwanger. Hat man mir zumindest so erklärt."

Sie sieht mich ungläubig an und setzt sich wieder hin. „Verstehe. Nein, ehrlich gesagt verstehe ich das nicht. Es gibt doch Möglichkeiten, um so was zu verhindern."

„Mir wurde gesagt, dass das auch nichts bringt. Und in der jetzigen Situation bin ich nicht unbedingt scharf darauf, schwanger zu werden." Ich schnaube genervt.

„Das heißt ..." Ich sehe ihre Mundwinkel nach oben zucken. „Dann wirst du jungfräulich in die Ehe gehen?"

Klar, für sie ist diese Vorstellung prähistorisch. Aber was soll ich machen?

Ich sehe sie erwartungsvoll an. „Es sei denn, du hast einen besseren Vorschlag?"

„Schon gut, schon gut ... Ich sag ja schon nichts mehr." Sie hebt abwehrend ihre Hände. „Es ist nur ... Zuerst stecken sie dich in einen goldenen Käfig. Und dann machen sie auch noch deinen Körper zu einem."

Ich lasse mir ihre Worte durch den Kopf gehen.

Lichthof wirkt wirklich wie ein goldener Käfig. Als ich angekommen bin, war er vielleicht ein wenig ramponiert, aber nichtsdestoweniger ein Käfig. Und nichts, wirklich nichts ist so, wie ich es erwartet habe. Der bevorstehende Krieg, der Palast, die Menschen hier, mein Vater.

Tijana mustert mich lange und ich weiß, dass sie sich sorgt. Das tue ich auch, aber ich sorge mich nicht um mich.

„Du musst mir helfen", sage ich, plötzlich entschlossen und voller Tatendrang. „Ich will etwas versuchen."

Tijana sieht mich misstrauisch an. „Und was?"

„Ich möchte das Licht auf dich ausweiten."

Es wäre so viel leichter, die Retsen aus ihrer Dunkelheit

123

zu befreien, wenn ich nicht alle selbst berühren müsste. Vielleicht kann ich mir die Kräfte der Rosen zu Nutze machen und mein Licht ausweiten. Aber selbst mit Hilfe aller Rosen wäre es unmöglich, mit einem Mal eine solche Menge an Menschen zu erreichen.

Der Mut will mich direkt wieder verlassen, aber ich atme tief ein und aus und schiebe die dunklen Gedanken und die innere Verzweiflung weit von mir.

Schritt für Schritt, Leana! Vielleicht ergibt sich später eine Möglichkeit. Versuch es erstmal im kleinen Maße. Wenn dir das gelingt, bist du auf dem richtigen Weg.

Tijana nickt mir nur zu und ich sehe ihr an, dass sie bereits bei mir ist. Ihre Gedanken sind meinen gefolgt.

Ich will gerade nach ihrem Arm greifen, um meine Theorie sofort auszuprobieren, da wird plötzlich die Tür zu meiner Suite aufgestoßen und Maja tritt nebst einer Armee an Dienerinnen ein.

„Meine Damen, ich hoffe, ihr habt euer Frühstück genossen. Jetzt kommt der haarige Teil des Tages. Ich muss aus euch wilden Rosen wundervolle Damen zaubern. Also hopphopp! Auf ans Werk!"

Ein diabolisches Grinsen erscheint auf ihrem Gesicht und ihre Gehilfinnen schwärmen aus, um alles in der Suite für meine Folter vorzubereiten.

Gefühlte hundert Jahre später stehe ich in meinem Schlafzimmer vor einer Tür, die mir bislang noch nie aufgefallen ist. So viel zu meinem Adlerblick. Aber seien wir mal ehrlich: Der Kleiderschrank ist das Letzte, was mich an meinem Zimmer interessiert. Nachdem jegliches Haar getrimmt und gestylt wurde und jede Hautzelle strahlt und glänzt, als ob Maja jede persönlich poliert hätte, stehe ich vor der offenen Tür des Kleiderschrankes. Und mir schwant Böses.

Maja erscheint an meiner Seite und schiebt mich in den

Raum. Er ist groß, riesig. Größer als mein Schlafzimmer. Ich glaube sogar, so groß wie meine ganze Suite. Und er ist voller Kleidung ... Oh mein Gott, so viele Kleidung. Woher zum Teufel kommen die ganzen Kleider und anderen Klamotten?

Mein Mund ist staubtrocken und mein Gesicht fühlt sich wie eine erstarrte Fratze an. Was will ich mit so viel? Ich weiß gar nicht, was das alles sein soll.

„Jetzt sieh nicht so aus, als wärst du direkt in der Hölle gelandet, Leana! Du wirst bald Königin und du musst dich entsprechend kleiden. Das hier ist nur ein Vorgeschmack von dem, was dich erwartet, wenn du erst einmal auf dem Thron sitzt. Der Kleiderschrank deiner Mutter war viermal so groß", erzählt sie mir leicht verträumt.

Das, was sie sagt, ist unmöglich. Das hier fühlt sich schon so unwirklich an.

Ich stehe nun in diesem ... Saal vor einer Auswahl an wunderschönen Abendkleidern. Soll ich mir jetzt etwa eins aussuchen? Mich erfasst die blanke Panik!

Ich sehe zu Maja, die bereits mehrere Kleider auf eine fahrbare Kleiderstange hievt. Sie sieht mich kopfschüttelnd an.

„Du solltest mir auf Knien danken, ich habe bereits seit mehreren Tagen einige Favoriten rausgesucht. Na los, hopphopp, ausziehen! Hier wird nicht gestöhnt", weist sie mich zurecht, als mir ein solches Laut entfleucht, „Du kannst froh sein, dass du sie jetzt nur noch anprobieren und anpassen lassen musst! Na los, Leana, ich habe keine Lust, dich auch noch eigenhändig in ein Kleid zu stopfen", gibt sie genervt von sich. Als mein Blick zur Tür huscht, schnaubt sie. „Ich werde es aber tun, das kannst du mir glauben. Du willst mich nicht testen!"

Seufzend ergebe ich mich. Eine der Dienerinnen schiebt die Auswahl bereits zu einem abgetrennten

Bereich innerhalb des Kleiderschrankes. Er ist voller Spiegel, sodass man sich aus jedem Blickwinkel beobachten kann. Maja schiebt mich hinterher, da ich ihr offenbar zu langsam bin.

Tijana wird von einer Dienerin in den Raum gebracht. Sie pfeift anerkennend.

„Maja, ich wusste ja schon immer, dass dein Hirn auf so was gepolt ist, aber das hier übersteigt selbst meine Erwartungen", spottet sie belustigt.

Sie boxt mir in die Schulter, zwinkert mir zu und fängt dann an, laut loszulachen.

„Ein wahr gewordener Traum. Alptraum, wohlgemerkt", witzelt sie weiter. „Du wirst zu Majas Anziehpuppe und das hier ist ihr Puppenhaus."

Darüber kann ich wirklich nicht lachen.

Maja schenkt uns einen bösen Blick, lässt sich aber nicht weiter beirren. Ihre Helfer bringen weitere Sachen herein. Bald ist der Ankleidebereich voll mit Kleidern, Schals, Schuhen und Taschen.

Ich werde geschoben, ausgezogen und wieder angezogen, sodass ich nun wie Tijana in Corsage und Unterwäsche mitten im Raum stehe.

Nach weiteren gefühlten Stunden Diskussion, hundert Kleidern und den dazu passenden Schuhen, haben wir uns auf ein Kleid einigen können. Tijana ist zufrieden, ich bin erleichtert und Maja wirkt glücklich.

Ich betrachte mich in den vielen Spiegeln. Es ist das erste Mal seit … Nein, ich glaube, es ist das erste Mal überhaupt, dass ich ein Diadem trage. Mein Gesicht sieht aus wie ein schönes Leinwandbild. Dezent geschminkte Augen, rosa Wangen und meine Lippen sind mit einem braun-rosa-farbenen Lippenstift bemalt, der perfekt auf meinen Hautton abgestimmt ist. Mein Haar ist zum Teil hochgesteckt, zum Teil fällt es in wilden braungoldglänzenden Locken auf meine Schultern und umspielt mein

126

Gesicht. Das Kleid hat einen wunderschönen pfirsichfarbenen Ton und passt mir wie eine zweite Haut. Es betont schön mein Dekolleté und fällt gerade runter. Die Seiten sind geschlitzt, wenn auch nicht so gewagt wie in Olympäa, sodass meine Beine hervorblitzten. Außerdem besitzt es eine lange Schleppe. Es ist der absolute Wahnsinn und mit Abstand das Schönste, was ich je getragen habe. Wenn ich mich je in meinem Leben wie eine Prinzessin gefühlt habe, dann in diesem Moment. Nur frage ich mich langsam, wie ich in diesem Kleid je tanzen soll.

Maja sieht meinen fragenden Blick und erahnt sofort mein Problem. „Du musst nur leicht nach hinten fassen, hier ist eine kleine Schlaufe, die du beim Tanzen an deinem Daumen befestigen kannst. Dann erhebt sich die Schleppe wie ein schöner Fächer."

Ich nicke und hoffe, dass es wirklich so leicht ist, wie Maja es beschreibt. Ich will mich heute nicht blamieren. Ich bin nervös, da viele Gäste erwartet werden. Und ich sehe meinen Vater wieder nach all den Jahren. Ich lerne alle wichtigen Personen des Reiches kennen. Und Damian wartet auf mich.

Tijana steht neben mir und nickt. Sie sieht wunderschön aus.

„Du siehst toll aus und du wirst sie heute alle umhauen. Vor allem Damian. Wie er danach die Finger von dir lassen will, ist mir ein Rätsel", sagt sie mit einem Augenzwinkern.

Ich werde rot und lächle sie an.

„Na los, unsere Männer erwarten uns", sage ich. Wir verlassen meine Suite und machen uns auf dem Weg Richtung Ballsaal.

Der Vorraum ist fast leer. Nur Markus und Damian warten auf uns. Und die Schlange von Sekretär meines Vaters.

127

Die Brüder starren uns an. Mit offenem Mund. Beide sehen zum Anbeißen aus in ihren eleganten schwarzen Anzügen mit Fliege.

Maja geht vor uns her und ich meine, ein „Gern geschehen!" zu hören, als sie an den Männern vorbeigeht. Auch sie trägt ein umwerfend schönes Gewand – wann sie sich fertiggemacht hat, ist mir komplett entgangen. Markus löst sich aus seiner Starre und kommt uns lächelnd entgegen.

„Ihr beiden seid wunderschön! Ich bin sprachlos", sagt er.

Und zum ersten Mal höre ich ein mädchenhaftes Kichern von Tijana. Markus bietet Tijana den Arm an, küsst sie zärtlich auf die Schläfe und flüstert ihr etwas ins Ohr, das ich leider nicht verstehe. Aber es lässt sie noch mehr erröten und sie strahlen sich verliebter an denn je.

Damian sieht mich ehrfürchtig an. Er kommt auf mich zu und verbeugt sich formvollendet vor mir. Sein Blick ist auf mich gerichtet und seine grünen Augen scheinen zu glühen.

„Prinzessin Leana, gewährt Ihr mir die Ehre, an diesem Abend Euer Begleiter zu sein?", bittet er ungewohnt förmlich.

Ich nicke und strecke ihm meine Hand entgegen, die er augenblicklich in seine nimmt und einen zärtlichen Kuss darauf haucht. Er zieht mich zu sich heran und flüstert mir ins Ohr: „An diesem Abend ... und an jedem anderen Abend auch."

Mein Gesicht glüht und ich kann nicht aufhören zu lächeln, so gerührt bin ich. Er sieht mir tief in die Augen. „Du bist so schön. Wie ein wahr gewordener Traum. Dich so zu sehen, werde ich mein Leben lang nicht vergessen."

Ich sehe die Ernsthaftigkeit in seinem Gesicht und kann nicht anders, als ihn schüchtern auf die Wange zu küssen. Er strahlt mich an und die Schmetterlinge in meinem Bauch tanzen volltrunken.

Ich höre ein leises Räuspern und verdrehe die Augen. Die Schmetterlinge in meinem Bauch beruhigen sich wieder. Ach ja, die Schlange ist ja auch noch da.

„Meine liebste Prinzessin, Ihr seid schöner als der Sonnenschein, wenn ich mir das Kompliment erlauben darf", sagt er mit unbewegter Miene und fügt hinzu: „Ihr werdet bereits erwartet."

Tijana und Markus sind bereits im Ballsaal verschwunden. Damian sieht mich aufmunternd an und drückt meine Hand, bevor er sie auf seinen Arm ablegt. Wir schreiten auf die Tür zu und treten ein, als wir angekündigt werden. Der Ballsaal ist voll und alle starren uns an. Als wir durch den Saal schreiten, teilt sich die Menschenmenge vor uns. Auf der anderen Seite des Saals erkenne ich meinen Vater. Er sitzt auf dem Thron, neben ihm stehen Lord Heron und Kristen. Mein Blick wandert weiter zu Tijana und Markus, die ein paar Schritte vom Thron entfernt stehen, und bleibt an einer weiteren Gestalt hängen. Oxana ist auch hier!

Wir steuern direkt auf sie zu, als die Gäste auf beiden Seiten sich verneigen und hinknien. Ich blicke verwirrt umher und werfe einen fragenden Blick auf Damian, der mir leicht zunickt. Solch eine Ehrerbietung bin ich nicht gewohnt und ehrlich, es ist mir sehr fremd und irgendwie auch unangenehm. Mit leichtem Druck steuert Damian mich weiter vorwärts. Er hat den Blick nun fest auf meinen Vater gerichtet und strahlt die Zuversicht eines Heerführers aus. Er ist die Selbstsicherheit in Person.

Ich atme tief ein und blicke wieder zu meinem Vater. Er lächelt mir entgegen, erhebt sich und kommt die wenigen Stufen zur Tanzfläche hinunter, wo er mich mit offenen Armen empfängt. Sein Blick verrät mir die

Sehnsucht, die auch ich spüre, und sein Anblick rührt mich zutiefst. Ich kämpfe mit den Tränen. Ich habe ihn so sehr vermisst! Aber er sieht müde aus, abgekämpft, als hätte der Zauber, der ganz Lichthof nach meiner Ankunft ergriffen hat, ihn noch nicht erreicht. Es zieht mich unmittelbar zu ihm hin.

Erst jetzt bemerke ich, dass Damian meinen Arm losgelassen hat, da ich fast im Eilschritt auf meinen Vater zustürze. Ich falle ihm in die Arme und seine Wärme und sein Geruch hüllen mich ein. Er hält mich wie damals, als ich mich von ihm verabschiedet habe. In einer festen Umarmung, die mehr sagt, als tausend Worte es je könnten.

Mein Vater drückt mich ein Stück von sich weg und legt eine Hand an meine Wange. Ich schmiege mich augenblicklich an sie.

„Meine wunderschöne Leana! Du siehst aus wie deine Mutter. Du bist zu einer wunderschönen Frau herangewachsen!" Er streicht die Tränen von meinem Gesicht und ich bringe ein Lächeln zustande.

Er zieht mich wieder in seine Arme und flüstert mir zu: „Willkommen Zuhause." Und als er mich auf die Wange küsst, fühlt sich Lichthof auch wirklich wie eins an: mein Zuhause.

Er lächelt und zieht mich zur Seite. Ich folge seinem Blick und sehe viele gerührte Gesichter, manche mit einem Taschentuch in der Hand. Maja taucht hinter mir auf und reicht mir ebenfalls eins. Ich lächle sie entschuldigend an, weil ich weiß, dass ihr perfektes Make-up ruiniert ist, doch sie zwinkert mir bloß aufmunternd zu.

Mein Vater räuspert sich laut und sieht zur Menge.

„Am heutigen Abend heißen wir meine Tochter, unsere Prinzessin Leana offiziell willkommen! Bitte genießt das Fest zu ihren Ehren und lasst uns feiern, dass das Licht nach Lichthof zurückgekehrt ist."

Es folgt Applaus und die Musik setzt wieder ein. Eine gelöste Stimmung entsteht, die Gäste beginnen, sich zu unterhalten und frei zu bewegen.

Damian tritt an meinen Vater und mich heran und verbeugt sich vor uns. Mein Vater mustert ihn.

„Damian, der Anzug steht dir wahrlich gut. Danke, dass du mir meine Tochter wohlbehalten zurückgebracht hast."

Damian nickt ihm ernst zu. „Mein König, Prinzessin Leana hat mir die Ehre erwiesen, ihre Begleitung für den heutigen Abend zu sein. Ich hoffe, ich habe Euer Einverständnis."

Hinter meinem Vater runzelt Kristen die Stirn, aber mein Vater winkt nur ab. „Natürlich, natürlich. Ihr jungen Leute solltet euch heute Abend amüsieren." Dabei mustert er Damian jedoch, als würde er ihn zum ersten Mal richtig ansehen.

„Es tut mir leid, dass ich bislang keine Zeit hatte, dich zu begrüßen und mit dir zu sprechen", sagt er dann an mich gewandt. „In den nächsten Tagen sollte sich aber eine Gelegenheit dazu ergeben. Ich werde erst in ein paar Tagen wieder auf Altra gebraucht. Aber nun überlasse ich dich erst mal deinem Begleiter." Er schmunzelt, doch ich kann ihn nur ungläubig anstarren. Was? Er wird schon wieder gehen und mich allein auf Lichthof zurücklassen?

Ich weiß, dass dies nicht der richtige Ort ist, das Gespräch zu führen, aber … „Vater, wir müssen die Tage unbedingt miteinander reden", verlange ich nachdrücklich, worauf er mich mit einem fragenden Blick bedenkt.

„Ich werde mir Zeit nehmen", verspricht er, als wäre das eine Antwort auf mein Drängen, und wendet sich dann Lord Heron zu, der offensichtlich nur auf die Gelegenheit gewartet hat, mit ihm zu sprechen.

Ich bleibe allein mit Damian zurück, der mich mustert.

131

Er hat die Augen leicht zusammengezogen, als würde er versuchen, meine Stimmung einzuschätzen. Ich lächle schwach. Ich bin enttäuscht. Irgendwie hatte ich mir das Wiedersehen mit meinem Vater anders vorgestellt. Damian legt einen Arm um meine Taille und gibt mir einen liebevollen Kuss auf die Schläfe. Ich schmelze dahin, bis ich das leise Getuschel bemerke, das diese zärtliche Geste ausgelöst haben muss. Damian legt seine Lippen an mein Ohr und flüstert: „Offensichtlich sind wir das Gesprächsthema Nummer eins. Ich wusste doch, dass ich im Anzug unglaublich gut aussehe."

Ich pruste los und sehe zu seinem verschmitzten Grinsen auf. Mein verzweifelter Versuch, mich zusammenzureißen, lässt auch ihn in schallendes Gelächter ausbrechen. Ich sehe die überraschten Gesichter um uns herum. Ein aus vollem Hals lachender Damian ist also auch ihnen neu.

Markus klopft seinem Bruder kräftig auf die Schulter. „Lässt du uns an dem Witz teilhaben oder lacht ihr darüber, dass du im Anzug wie ein Gorilla aussiehst?", witzelt er.

„Bruder, aus dir spricht nur der Neid", schießt Damian zurück. „Ich kann nichts dafür, dass meine Muskeln einfach ausgeprägter sind als deine."

„Hmpf … Wunschvorstellung, Kleiner. Aber netter Versuch."

Tijana neben mir verdreht die Augen. „Männer und ihre Obsession mit Größe." Sie schaut in meine Richtung. „Dabei wissen wir doch alle, dass wir sie ohne Probleme in die Knie zwingen könnten, nicht wahr?" Sie zwinkert mir zu und ich kann mir bei ihrer gedanklichen Nachricht ein weiteres Lachen nicht verkneifen. Meine Tijana, direkt und schonungslos ehrlich und geboren mit einer spitzen Zunge, die ihresgleichen sucht.

Maja kommt auf mich zu und bedenkt mich mit einem

strengen Blick. Alles klar! Jetzt kommt der anstrengende Teil des Abends. Ich nicke und schon kommt sie mit Unterstützung an uns heran.

„Leana, das ist Emilie. Sie wird dich nun einigen wichtigen Personen vorstellen. Damian, Ihr könnt uns gerne begleiten. Ich denke, so wird das Ganze etwas einfacher für die Prinzessin." Er seufzt laut, bietet mir aber galant und mit einem Augenzwinkern seinen Arm an. Ich nehme dankend an und er lächelt mich aufmunternd an. Als sein Lächeln zu einem selbstsicheren Grinsen wird, folge ich seinem Blick und finde einen finster dreinblickenden Kristen.

Damian drückt meine Hand, sodass ich ihn wieder ansehe.

„Komm, ich setze dich den Löwen zum Fraß vor", flüstert er und kassiert dafür einen bitterbösen Blick von Maja.

Tadeln kann sie uns aber nicht mehr, denn schon kommen die ersten Lords und Ladys auf uns zu.

Die Gespräche sind recht eintönig, aber die meisten Gäste wirken sehr nett und interessiert. Nach einer Weile und nachdem keiner mehr vorgelassen wird, ergreift Damian wieder meine Hand.

„Darf ich um diesen Tanz bitten, Leana?"

Mein Name klingt wie ein Gebet aus seinem Mund. Ich nicke nur, da ich mir sicher bin, dass jedes Wort sich wie Gekrächze anhören würde. Meine Güte, der Mann hat eine Wirkung auf mich!

Er führt mich sanft und doch bestimmend, sodass ich glaube, über die Tanzfläche zu schweben. Als plötzlich ein eiskalter Schauer über meinen Rücken läuft, bemerkt Damian augenblicklich meine angespannte Körperhaltung.

Ich fühle es ganz deutlich. Hier, ganz in der Nähe, ist jemand mit viel Hass und Dunkelheit im Herzen. Ich kann ihn nicht orten, da diese Person sich sehr bemüht, seine Gefühlswelt zu beherrschen und klein zu halten, dennoch fühlt sich die Dunkelheit an wie ein Felsbrocken in meinem Magen.

Wir halten an und Damian hebt mein Kinn an, damit ich ihm in die Augen sehen muss. „Was ist los?" Besorgnis färbt seine Stimme.

„Dunkelheit, hier. Ich kann nur nicht genau ausmachen, wo."

Sein Blick schnellt zu Noah. Erst jetzt wird mir klar, dass der Krieger den ganzen Abend schon in meiner Nähe gestanden hatte. Besser gesagt stationiert gewesen war. Nun nickt Damian ihm knapp zu und versetzt ihn damit augenblicklich in Alarmbereitschaft. Er sieht sich geschäftig um.

„Du hast eine Wache für mich abgestellt?", frage ich ungläubig.

„Ich bringe dich zu Markus und mach mich dann auf die Suche. Sobald du mehr spürst, lass es mich sofort wissen! Keine Dummheiten oder Alleingänge, verstanden?" Ganz der Heerführer.

Ich hebe eine Augenbraue, um meinen Unwillen auszudrücken, schließlich bin ich kein Lämmchen, das vor dem Schlächter steht. Ich bin eine Rose, verdammt! Die Anführerin der Rosen sogar. Ich kann auf mich selbst aufpassen.

Aber ich habe es ihm versprochen, daher beherrsche ich mich so weit, dass ich ein Augenrollen gerade noch verhindern kann, und lasse mich ohne weitere Proteste zu Markus führen, der aufgrund der Härte in Damians Gesicht sofort eins und eins zusammenzählt. Damian übergibt mich in seine Hände und wendet sich ohne ein weiteres Wort ab. Er und Noah verschwinden im Getümmel und Markus lässt seine Blicke augenblicklich über den Ballsaal streifen.

134

Mein Vater kommt auf mich zu. Er sieht gelassen aus und lächelt mich an. „Ich entführe euch meine Tochter für den Tanz. Danach bekommt ihr sie wieder, versprochen."

„Mein König ...", setzt Markus an, zu protestieren, doch ich winke ab.

Mein Vater führt mich zur Tanzfläche und während wir schweigend tanzen, fühlt es sich so an, als ob all das, was ungesagt bleibt, zwischen uns steht. Um mich von der Dunkelheit abzulenken, nehme ich all meinen Mut zusammen und spreche ihn auf das an, was mir auf der Seele brennt.

„Warum hast du mir nicht geschrieben?"

Er atmet hörbar aus und sieht sich in der Menge um. Er lehnt seinen Kopf ganz leicht an meinen und haucht einen Kuss an meine Schläfe.

„Ich weiß es nicht", flüstert er deutlich ergriffen.

Was soll das bedeuten? Er weiß es nicht? Ich sehe ihn an und wir verharren so einen Moment. Und dann sehe ich es. Den Schmerz in seinen Augen.

Ich versuche, in ihm zu lesen, als ich von etwas silbern Glänzenden in der Menge abgelenkt werde. Meine Sinne sind augenblicklich geschärft. Ich konzentriere mich auf die Stimmung und kann es lokalisieren. Warum hatte ich nicht sofort daran gedacht? Es muss Lord Cian sein – die Dunkelheit, der Hass. Doch wie im Ratssaal vermag er es überraschend gut zu verbergen.

Und dann geht alles so furchtbar schnell. Ich ziehe das Schwert meines Vaters, das er immer an seiner Seite trägt. Er erstarrt und sieht mich mit großen, ungläubigen Augen an. Ich erahne Lord Cians Handlung, noch bevor ich sie wirklich sehe, und hebe das Schwert schützend vor meinen Vater. Unsere Klingen kreuzen sich nur Millimeter vom Hals meines Vaters entfernt.

Mein Vater weicht sofort zurück. Seite an Seite stehen

135

wir seinem Angreifer gegenüber. Aus den Augenwinkeln sehe ich Markus und Damian sowie einige seiner Männer auf uns zu rennen. Sie sind nicht schnell genug. Lord Cian greift mich frontal an, doch er ahnt nichts von meiner Kraft. Ich hebe meine Hand und schleudere ihn mit einem Windstoß gegen die nächste Säule. Die Menschen flüchten schreiend aus dem Saal. Ich fixiere den Lord mit einem aus Luft errichteten Schutzwall an der Säule, ehe ich ihm das Schwert aus den Händen schlage. Meine Klinge liegt an seinem Hals.

„Er hatte recht. Eine Rose", stöhnt Lord Cian vor mir auf. Seine Worte verwirren mich.

War das ein Test? Was soll das? Und wer ist er?

„Du hast versucht, meinen Vater zu töten!"

Er stößt ein verächtliches Lachen aus. „Wir werden dir alles nehmen. Jeden Menschen in deinem Leben, den du liebst. Und zum Schluss … zum Schluss wirst du sterben", sinniert er.

Markus und Damian haben uns inzwischen erreicht und ihre Schwerter ebenfalls erhoben. Beide wollen sie mich von Cian zurückdrängen und auch mein Vater legt seine Hand an meine Schulter. Ich sehe zu ihm auf und sehe sein eisiges Gesicht. Mit seiner anderen Hand nimmt er mir das Schwert ab. Sein Blick ist hart und eisern. Und er verunsichert mich zutiefst. Ist er wütend auf mich?

„Bringt ihn weg. Und sucht Oberin Oxana!", befiehlt er.

Die Männer legen Lord Cian in Ketten und er lässt sich fauchend, aber ohne sonstige Gegenwehr abführen.

Im Saal herrscht absolute Stille und aller Augen sind auf mich und meinen Vater gerichtet. Er starrt in die Ferne, während ich meinen Blick nicht von ihm lösen kann.

Zwei Männer treten mit Oxana vor. Ich sehe sie an und sehe ihr ernstes Gesicht. Sie schenkt mir ein kurzes,

136

aufmunterndes Lächeln. Mein Blick geht durch den Saal, der nun fast vollständig leer ist. Nur Markus, Damian, Lord Heron und Kristen sowie Tijana und Noah sind noch bei uns.

Mein Vater starrt noch immer in den Nachthimmel hinaus, wobei er sein Schwert mit eisernem Griff umklammert. Die Knöchel treten weiß hervor.

Noah räuspert sich und tritt einen Schritt vor. Offenbar will er die Verantwortung für den Zwischenfall übernehmen. Mein Vater hebt die Hand, um ihn Einhalt zu gebieten. Er dreht sich um und geht auf Oxana zu.

„Gib mir einen, nur einen guten Grund, dir nicht sofort den Kopf abzuschlagen!", grollt er und baut sich dicht vor ihr auf.

Sie verzieht ihr Gesicht zu einem freudlosen Grinsen und schnaubt. „Es ist ihr Schicksal und es war ihr Wunsch!", antwortet sie selbstbewusst.

„Pah … Schicksal! Es war deine spitze Zunge, die ihr diesen Schwachsinn eingeredet hat!", zischt er zurück.

„Nein. Fragt sie selbst. Sie ist hier, steht direkt hinter Euch. Sie ist erwachsen und kann für sich selbst sprechen."

Ich bin wie erstarrt. Mein Vater ist auf mich wütend. Nicht auf die Tatsache, dass er nur um Haaresbreite dem Tod entronnen ist oder dass es einer seiner Vertrauten war, der ihm nach dem Leben getrachtet hat. Nein, er ist wütend, dass ich ihm das Leben gerettet habe, dass ich eine Rose bin! Er lässt sein Schwert fallen und umfasst Oxanas Hals. Ihr Blick ist eisern und sie zeigt nicht eine Reaktion auf seinen festen Griff um ihre Kehle. Jedoch sehe ich ihr an, wie sie um Luft ringt.

Es reicht! Hat er den Verstand verloren?

Einen Wimpernschlag später bin ich bei ihr und umfasse seine Hand mit meiner. Ich starre ihn fassungslos an. Ich erkenne ihn kaum wieder!

„Vater! Vater, komm zu dir! Lass sie sofort los!", fordere ich energisch.

Er sieht zu mir und das, was jetzt kommt, hätte ich in meinem Leben nicht für möglich gehalten. Er holt aus und verpasst mir eine schallende Ohrfeige. Ich strauchle zurück und umfasse meine glühende Wange. Ich kann nicht glauben, dass er das getan hat! Ich fühle mich verletzt und enttäuscht und wütend.

Augenblicklich stehen Damian und Markus bei mir, um mich vor einem weiteren Übergriff zu schützen. Und um mir Halt zu geben, da meine Knie nachzugeben drohen.

„Mein König", blafft Damian. Alle starren meinen Vater fassungslos an.

„Ich kann nicht fassen, dass du so dumm bist", brüllt er mich an. „Wie konntest du dich zu einer Rose ausbilden lassen? Willst du sterben? Uns alle, die wir für dich kämpfen, dem Untergang weihen? Nach allem, was ich für dich getan habe!

Meine Tochter, eine Rose. Ich fasse es nicht! Wie konntest du die Prüfungen bestehen? Wen hast du benutzt, um deine ‚Erfahrungen' machen zu können? Etwa Markus oder Damian? Oder war es ein anderer? Erwartest du ein Kind?"

Damians Griff verstärkt sich, dann lässt er mich los. Ich schwanke kurz, bevor ich mich fangen kann. Als sich unsere Blicke treffen, lese ich in seinem Schmerz und noch etwas anderes. Eifersucht?

Die Tirade meines Vaters will gar kein Ende nehmen. Ich bin sprachlos … schaue ungläubig auf meinen Vater. Ich kann nicht fassen, was hier gerade passiert.

Bevor ich wieder zu mir finden kann, tritt Oxana vor und verpasst nun ihm eine schallende Ohrfeige.

„Komm zu dir, Leander! Bist du schon so blind, dass sich deine Wut nun auch gegen deine Tochter richtet?",

138

schreit sie ihn an. Noch nie habe ich jemanden derart respektlos mit meinem Vater reden hören.

„Wage es ja nicht!", zischt mein Vater. „Ich habe nicht vergessen, wie du mich damals weggeworfen hast, als ich dir nicht mehr nützlich war."

Wie bitte? Mein Vater und Oxana?

Ich schlucke die Tränen hinunter und sammle mich. Ich darf nicht weich und verletzlich sein. Ich habe gewusst, dass er über meine Entscheidung nicht glücklich sein würde. Jetzt muss ich zu ihr stehen. Es wird Zeit, meinem Vater entgegenzutreten. Ich straffe die Schultern und stelle mich vor ihm auf.

„Es war mein Wunsch, Vater. Meiner! Hörst du? Als ich in den Orden kam, bat ich Oxana, eine Rose werden zu dürfen. Ich habe gesehen, wie Mutter starb. Hilflos und ausgeliefert! Sie gab ihren Schutz auf, um ihn auf mich zu übertragen. Um mich zu schützen! Ich war da, Vater! Es war meine Schuld, dass er sie so leicht bekommen hat ..." Ein Schluchzen unterbricht meine Rede, doch ich reiße mich zusammen und fahre fort: „Ich werde nicht schutzlos sein. Nein, ich werde kein Opfer sein, ich will die beschützen, die ich liebe. Deswegen habe ich mich für diesen Weg entschieden. Es ist meine Bestimmung, ohne die ich die Prüfungen niemals ablegen hätte können. Versteh doch, ich musste das tun!"

Ich kann dem Zittern meines Körpers kaum Einhalt bieten. Heiße Tränen fließen über meine Wangen, ich habe keine Gewalt mehr über sie.

Mein Vater sieht mich mit großen Augen an. Er mustert mich, als hätte er mich noch nie zuvor gesehen. Sein Blick bleibt auf meinem Oberschenkel hängen. Durch den Schlitz blitzt das Zeichen auf. Er sieht auf und sein Blick ist steinhart.

„Vater, ich verstehe, dass dich ihr Verlust zutiefst verletzt hat. Aber das hier – das bist nicht du! Dieser Krieg,

139

ich kann ihn vielleicht verhindern und die Retsen vor ihrem Schicksal bewahren. Bitte, du musst mich anhören!", flehe ich.

„Sei still!", herrscht er mich an. „Ich will diesen Blödsinn nicht mehr hören! Deine Mutter hatte auch Mitleid mit diesen Monstern und schau, was geschehen ist." Seine Stimme wird eiskalt, als er verlangt: „Stellt sie unter Hausarrest. Sie darf den Palast solange nicht mehr verlassen, bis ich das Volk der Retsen ausradiert habe." Ich keuche auf. Das kann er nicht meinen!

„Markus!", bellt er dann. „Ich verlasse mich darauf, dass du diesem Befehl Folge leistest. Du hast bereits einmal versagt und mich enttäuscht, als du das zugelassen hast. Lass es nicht noch einmal passieren. Noch einmal werde ich nicht so gnädig sein. Und was dich betrifft, Oxana." Er wendet sich meiner Mentorin zu. „Du bist vom heutigen Tage an aus Lichthof verbannt. Solltest du es je wieder betreten, werde ich dich persönlich wegen Hochverrats hinrichten", spricht er aus, dreht sich um und lässt uns alle stehen. Keiner bewegt sich. Meine Knie geben nach und dieses Mal ist dort keiner, der mich auffängt.

Nichts ist mehr übrig. Nur Stille, unerträgliche Stille.

Mit dem Tod meiner Mutter habe ich also auch ihn verloren.

Bitte. Bitte nicht …

Kapitel 6
Eiszeit

WIE ICH IN MEIN Schlafzimmer gekommen bin, kann ich nicht mehr genau sagen. Ich weiß noch, dass Oxana auf mich eingeredet hat, bevor sie von den Wachen rauseskortiert worden ist.

„Es ist nicht deine Schuld." Ich schüttele den Kopf. Dass ich nicht lache! Wessen Schuld ist es denn sonst? Mein Vater hasst mich. Hasst, was aus mir geworden ist. Sie hatte versucht, mir zu erklären, was zwischen ihnen vorgefallen war. Ich konnte ihr nicht folgen. Das entsetzte Gesicht meines Vaters hat sich bis in meine letzte Hirnwindung eingebrannt.

Der nächste bewusste Moment war vorhin, als Maja mich zusammen mit Tijana ausgezogen und gewaschen hat. Wie ein Kleinkind habe ich alles über mich ergehen lassen. Beide haben geschwiegen. Tijana gab mir noch einen Kuss, bevor sie das Zimmer verlassen hat.

„Ich bin hier, meine Leana", hat sie mir zugeflüstert. „Ich verlasse dich nicht, Schwester. Ich bleibe mit Markus zusammen in deinem Wohntrakt, wenn du mich brauchst."

Seitdem starre ich auf die alte Eiche vor meinem Fenster und sehe den tanzenden Blättern im Mondlicht zu. Ich fühle mich so leer, wie mein Blick starr ist.

Mama, was soll ich nur machen? Ich brauche so

dringend deinen Rat! Ich beiße mir auf die Lippen, um die Tränen aufzuhalten. Es bringt nur nichts. Sie fließen aus mir heraus und ich sehe keinen Weg, sie aufzuhalten. Sie haben sogar etwas Tröstliches. Wenigstens kann mir keiner meine Tränen nehmen. Ich fühle mich so ... ohnmächtig. Unfähig, etwas zu tun. Meinen Vater wiederzubekommen.

Die Umarmung auf dem Ball ließ mich hoffen und jetzt ... ist nur noch der Schmerz geblieben.

Ich falle auf die Knie und sehe verzweifelt zum Himmel hinauf. Wo soll das nur hinführen? Was kann ich jetzt noch machen?

Offensichtlich kann ich meinen Vater nicht davon überzeugen, mich anzuhören. Zudem bin ich nun wohl auch tatsächlich eine Gefangene in diesem goldenen Käfig, meinem Zuhause.

Wie kann ich ihm klarmachen, dass die Retsen in einer Spirale von Gewalt den freien Willen verloren haben? Dass es auch einen anderen Weg geben muss?

Dass ich ihn nicht enttäuschen wollte.

Dass ich aus Liebe zu ihm und meinem Volk den Weg einer Rose gegangen bin.

Ich starre so lange hinaus, bis ich erst mit dem stetig heller werdenden Sonnenaufgang wieder zu mir komme. Offenbar habe ich meinen Gedanken die ganze Nacht nachgehangen.

Tijana erscheint hinter mir.

„Du hast nicht geschlafen, oder? Bitte ruh dich etwas aus."

Sie nimmt mich an der Hand, führt mich zum Bett und setzt mich hin. Wie eine Puppe, bewegungslos. Ich muss meiner Lethargie entkommen, das weiß ich. Ich bin doch sonst nicht eine, die gleich ohne Kampf aufgibt. Ich muss ihm beweisen, dass meine Entscheidung die einzige richtige war.

142

Ich muss ihn aufhalten!

Ich blinzle. Meine Augen fühlen sich schmerzhaft geschwollen an.

Tijana atmet hörbar aus und ich schaue in ihr sorgenerfülltes Gesicht. Sie leidet mit mir, meine Schwester.

„Okay. Aber nur ganz kurz. Ich muss den Rat einberufen. Ich werde nicht tatenlos zusehen, wie er ...“ Meine Stimme verebbt. Sie hört sich rau und heiser an. Doch Ty lächelt mir aufmunternd zu.

„Ich habe nichts anderes erwartet. Du bist eine Rose, auch wenn dein Vater es nicht wahrhaben will. Du bist unsere Anführerin! Und wir werden dir folgen, bis in den Tod!“

Ihre Worte bedeuten mir alles! Sie ist meine Familie. Die Rosen sind es. Sie wurden es, als es für mich nichts mehr anderes gab als Tod und Verlust. Ich nicke ihr zu und versinke in einen unruhigen Schlaf.

Ich spüre eine leichte Berührung an meiner Hand. Jemand hält sie fest und streichelt ganz sanft darüber. Ich versuche, meine Augen zu öffnen, aber sie reagieren extrem empfindlich auf das helle Licht, das in meinem Zimmer herrscht.

Ich blinzele und erkenne Damian, der neben mir auf meinem Bett sitzt. Er hält meine Hand noch immer fest in seiner und streichelt mit der anderen darüber. Er sitzt gebeugt da und starrt auf meine Bettdecke. Als ich mich bewege, schießt sein Blick zu meinem Gesicht. Seine Augen schließen sich und er atmet hörbar aus.

„Hey ... Ich weiß, ich sollte nicht hier sein, aber ich konnte nicht wegbleiben. Es tut mir leid! Ich habe gestern nicht so reagiert, wie ich ... es hätte sollen“, beginnt er zögerlich und lässt seinen Blick durchs Zimmer schweifen, bis er mir schließlich doch in meine Augen sieht.

„Dein Vater war gestern sehr grausam zu dir. Er hat

143

dir Unrecht getan, und dass er seine Hand gegen dich erhoben hat … ich …" Er wendet den Blick von mir ab und kurz hört es sich so an, als ob er sich selbst anknurrt. Dann holt er wieder tief Luft, um Fassung ringend. Sein Kiefer mahlt und sein Blick ist gefährlich kalt.

„Das wird nie wieder passieren!", verspricht er. Und in seinen Worten liegt so viel Wut, dass sie mir einen eiskalten Schauer über den Rücken jagen.

Ich lächle ihn beruhigend an und seine Züge werden tatsächlich weicher.

„Es … er ist nicht mehr er selbst. Mein Vater muss zu sich selbst zurückfinden, doch dafür muss dieser Krieg mit den Retsen aufgehalten werden. Ich muss ihn irgendwie aufhalten. Nicht nur, um die Retsen zu schützen, sondern auch, um meinen Vater aus der Schwärze seiner Trauer und Wut zu holen."

Ich streiche über seinen Arm und er packt mein Handgelenk.

„Ich bin ein Hornochse", stößt er aus. „Ich hätte gestern bei dir bleiben sollen, anstatt dich mit Tijana gehen zu lassen. Ich könnte mir selbst dafür in den Hintern treten. Und davor, mit Kristen … Ich habe mich wie ein eifersüchtiger Gockel benommen. Ich habe mir noch nie Gedanken über andere Männer gemacht, bei anderen Frauen meine ich. Aber bei dir! Bei dir … funktioniere ich nicht so, wie ich sollte. Ich … mein Stolz …"

Zuerst weiß ich gar nicht, von was er da redet. Als mir dann die Worte meines Vaters, die Vorwürfe, die er mir zu meiner Ausbildung gemacht hat, einfallen, wird mein Gesicht heiß vor Scham.

Ich lege Damian einen Finger auf die Lippen, um ihn zum Schweigen zu bringen. Er sieht mich mit einem eindringlichen Blick an und seine Lippen verziehen sich zu einem leichten, verlegenen Lächeln. Es ist ihm wirklich unangenehm.

144

Die Vorstellung, dass ich mit einem anderen Mann mehr geteilt haben könnte als mit ihm – deswegen hatte er mich gestern vor aller Augen losgelassen, hatte mich der Schimpftirade meines Vaters allein ausgesetzt.

„Damian", setze ich an zu erklären, „ich glaube, du hast da was falsch verstanden. Mein Vater, als er sagte, dass ich ... Erfahrungen gesammelt hätte ... Du weißt doch, dass Tijana und ich uns wortlos untereinander verständigen können, unsere Gedanken teilen können?"

Er nickt wortlos und an seinem Blick erkenne ich, dass er nicht weiß, worauf ich hinauswill.

„So verhält es sich auch mit Erfahrungen. Wir können Dinge nachfühlen, Erinnerungen erleben, die einer anderen passiert sind. Wenn wir eine enge Bindung zueinander haben. Um als Rose aufzusteigen, musst du jede menschliche Erfahrung nachfühlen können, jedoch musst du sie nicht direkt selbst erlebt haben, verstehst du? Ich meine ... du kannst diese Erinnerung teilen ..."

Ich habe das Gefühl, alles falsch zu erklären. Damian sieht mich mit zusammengekniffenen Augen an. Offenbar hat er immer noch nicht ganz verstanden.

„Ich meine, ich hatte selbst keinen Sex. Ich habe mir lediglich die Erfahrung mit einer anderen Rose gedanklich geteilt." So, jetzt war es raus. „Es gab ... Es gibt keinen anderen Mann in meinem Leben. Wie auch? Markus hat mich seit meiner Kindheit mit Argusaugen bewacht."

„Ich dachte", murmelt er, „dass vielleicht ... du und Markus?"

Mein Gesicht zeigt offensichtlich meine Gedanken zu dem Thema, denn er entspannt sich sofort.

Nur, um ihn zu beruhigen, sage ich dennoch deutlich: „Nein. Markus und ich könnten nie mehr sein als Lichtträger und Hüter. Er ist ... wie ein Bruder für mich. Woher mein Vater nun wusste, dass genau diese Aufgabe zum Aufstieg einer Rose gehört, weiß ich nicht. Aber

145

er weiß anscheinend nicht, dass wir die Erfahrungen teilen können. Und es ist nicht nur Sex. Trauer, Wut und Hass, Liebe für ein Kind ... all das gehört zum Erfahrungsschatz einer Rose, aber nicht alles muss selbst erlebt werden."

An seiner Mimik kann ich erkennen, dass nun der Groschen gefallen ist. Er sieht erleichtert aus. Er lässt sein Gesicht in seine Hände sinken und reibt seufzend darüber. Als er wieder zu mir hochsieht, hat sich ein Lächeln darauf breitgemacht. Seine Augen strahlen vor Wärme.

„Ich bin wirklich ein Idiot.Der größte, den es im Reich des Lichts gibt! Es tut mir aufrichtig leid. Du ahnst nicht, wie sehr! Aber du sollst wissen: Auch wenn es einen anderen gegeben hätte, es steht mir nicht zu, so zu reagieren. Nicht, dass ich nicht erleichtert bin, dass es nicht so ist", beeilt er sich, hinzuzufügen.

Er zieht mich zu sich, nimmt mein Gesicht in seine Hände und küsst mich überschwänglich. Dann zieht er sich etwas zurück und der Kuss verlangsamt sich, wird genüsslich und sinnlich. Als Damian sich von mir löst, habe ich wirklich Mühe, zu Atem zu kommen. Er lehnt seine Stirn an meine und atmet durch.

„Verzeihst du mir?", fragt er leise und leicht heiser.

Ich bringe nur ein Nicken zustande und ringe um Fassung. Zum ersten Mal registriere ich, dass wir allein sind, in meinem Schlafzimmer, auf meinem Bett ... und er sieht so verdammt gut aus. Er hat ein weißes, enganliegendes Hemd an, das seinen gestählten Körper betont. Dazu die marinefarbene Hose, die Standard beim Heer ist. Sein Körper übt eine eigene Anziehungskraft auf mich aus.

Doch ich halte mich zurück. Ich darf nicht unüberlegt handeln! Es muss ihm ernst mit mir sein. Sonst kann ich nicht zulassen, dass mehr als ein wenig Knutscherei passiert. Damian bemerkt mein Zögern und sieht mich forschend an.

„Bitte, darf ich noch bleiben? Ich werde erst in zwei Stunden bei meinen Männern gebraucht. Ich möchte dich einfach nur in meinen Armen halten, mehr nicht", sagt er mit einem flehenden Blick.

Ich nicke und er entspannt sich. Ich fühle mich so geborgen, wenn er bei mir ist. Er streicht sanft mit seinem Daumen über mein Gesicht, meine Augen, meine Lippen. Begutachtet mich, als ob er nach etwas sucht, einen Anhaltspunkt für …

„Was?", frage ich ihn direkt.

„Dein Vater hat dich verletzt. Es hat dich ganz schön mitgenommen", stellt er ernst fest.

Ich kämpfe mit dem Kloß in meinem Hals. „Ich habe schon schlimmere Schläge beim Training kassiert."

„Ich weiß. Aber das war was anderes. Und das meinte ich auch nicht."

Ich senke meinen Blick. „Ja. Das Schlimmste war das Gefühl, ihn verloren zu haben."

Er hebt mein Kinn an, sodass ich ihn ansehen muss, und ich spüre das verräterische Brennen in meinen Augen.

„Er ist nicht verloren. Ich glaube, er ist nur vom richtigen Weg abgekommen. Er möchte dich beschützen, mehr als alles andere auf der Welt. Du bist das Einzige, das ihm geblieben ist. Ich kann seine Wut verstehen. Ich glaube, kein Vater würde es gerne sehen, dass seine Tochter sich zu einer Waffe ausbilden lässt, wenn er sie selbst beschützen und behüten möchte. Was er gestern getan hat, das war nicht richtig. Aber dennoch kann ich ihn irgendwie verstehen."

Ich kann seine Enttäuschung auch verstehen, dennoch fühlt es sich furchtbar an. Ich habe mich doch nicht dafür entschieden, um ihn zu verletzen. Ich will mein Volk beschützen. Und ihn. Ich möchte nicht, dass er noch einmal so leiden muss wie beim Verlust meiner Mutter. Damian rutscht zum Kopfteil meines Bettes und zieht mich in seine Arme. Eingehüllt in seiner Wärme und seinem wahnsinnig guten Duft werde ich wieder schläfrig. Er riecht so gut, dass ich darin baden möchte. Leicht nach Vanille, aber dennoch männlich, herb und irgendwie ... wie für mich gemacht.

Es vergeht einige Zeit, in der wir nur unsere gegenseitigen Berührungen genießen und uns aneinander festhalten. Seine starken Arme halten mich in einem warmen Kokon. Meine Hände halten seine. Seine Nase und Lippen sind dicht an meinem Hals.Ich spüre seine hauchzarten Küsse in meinem Nacken, die einen Schauer nach dem anderen auslösen und mein Herz rasen lassen.

Er atmet tief ein und ich merke, wie sich sein Körper immer weiter anspannt. Ich drehe mich leicht zu ihm hin und sehe seinen dunklen Blick. Er zieht mich in eine andere Welt. In eine, in der nur er und ich existieren. Mein Körper dreht sich wie im Bann zu ihm hin und ich setze mich auf seinen Schoß. Er beobachtet mich dabei wie eine Raubkatze seine Beute. Seine Augen leuchten in den schönsten Grüntönen. Ich umschließe sein Gesicht mit meinen Händen und ziehe ihn zu mir heran, ganz nah. Sein Atem an meinen Lippen. Ich schließe die Augen und berühre leicht seinen Mund mit meinen. Seine Hände verlassen meine Hüfte und umschließen meinen Nacken. Eine Hand wandert meinen Rücken entlang, ein Schauer jagt den anderen. Sein Griff wird fester. Damian presst sich an mich und unser Kuss wird stürmisch. Er wird verlangend. Damians Zunge fordert meine heraus, neckt mich. Er beißt mich leicht in die Unterlippe. Wir küssen uns leidenschaftlich. Ich greife nach seinem Hemd und beginne, es zu öffnen und daran zu zerren. Ich möchte ihn spüren, seine warme nackte Haut berühren, erfahren, wie er sich anfühlt und schmeckt.

148

Er erfüllt mir meinen Wunsch und zieht sich das Hemd über den Kopf. Und sein Anblick lässt mich sprachlos zurück. Er sieht aus wie ein Gott. Er sieht perfekt aus. Sein Oberkörper besteht aus gestählten Muskeln. Mein Blick wandert seine Brust hinunter und meine Finger folgen ihm. Ich fahre über seinen steinharten Bauch bis hinunter zu den feinen dunklen Härchen, die von seinem Bauchnabel bis zum Bund seiner Hose reichen und darunter verschwinden. Ich höre ihn leise lachen und sehe auf. Ein verschmitztes Grinsen hat sich in sein schönes Gesicht geschlichen und ich sehe ihn fragend an.

„Gefällt dir, was du siehst?", fragt er und umfasst mein Kinn, damit ich den Blick nicht abwenden kann. Ich erröte augenblicklich und nicke. Mist! Er hat mich ertappt. Arroganter Mistkerl. Aber er hat auch allen Grund dazu.

„Gut, ich will dir nämlich gefallen", raunt er mir zu und küsst mich wieder glühend.

Ich schnappe nach Luft und möchte ihm noch näherkommen. Meine Haut an seiner spüren. Ich hebe mein Nachthemd an, aber er hält meine Hand fest. Seine Lippen sind an meinem Ohr.

„Ich sagte doch: Ich erwarte nichts von dir. Nimm dir Zeit, ich kann warten."

Ich schüttle meinen Kopf. „Ich weiß. Aber ich will dich spüren, mehr spüren …"

Er lässt meine Hand los und ich ziehe mein Nachthemd über den Kopf. Ich habe nur noch meinen Slip an. Er betrachtet mich ehrfürchtig, mit einem Hunger in den Augen, der mir bislang völlig unbekannt war. Er zieht mich ganz nah zu sich, küsst mich zärtlich, vorsichtig. Als wäre ich ein kostbarer Schatz in seinen Händen. Ich schließe meine Augen und genieße jede winzige Berührung. Irgendwann fange ich an, mit meinen Händen über seine Brust zu fahren. Die weiche Haut steht im Kontrast zu seinem harten Körper. Er gibt meinen Mund frei, zieht

149

mein Kinn zur Seite und küsst sich zärtlich weiter an meinem Hals entlang zu meinem Schlüsselbein. Er atmet tief ein und lässt ein leises Stöhnen erklingen. Damian legt kurz seinen Kopf an meiner Schulter ab und sieht zu mir hinauf, während er seine Nase in meinen Nacken vergräbt.

„Wie für mich gemacht", flüstert er mir lächelnd zu. Ich gebe ein leises Kichern von mir. Ich fühle mich trunken von seinen Berührungen und seinen Worten. Ich liebe es, wie er mein Herz zum Rasen bringt. Ich fühle mich lebendig und frei.

Seine Hand an meinen Rücken wandert zu meiner Taille und streichelt sanft über meinen flachen Bauch. Er küsst mich wieder, wesentlich langsamer und intensiver als zuvor. In meinem Unterleib zieht sich mit einem Mal alles zusammen. Er legt seine rechte Hand auf meinen Bauch, übt ganz leicht Druck aus und streichelt mit seinem Daumen über mein Höschen. Seine andere Hand umfasst meine rechte Brust und drückt auch hier ganz leicht zu. Alles prickelt. Ich schließe die Augen und ein Stöhnen entweicht meiner Kehle. Ich will mehr und strecke ihm meine Brust entgegen. Augenblicklich spüre ich seinen Mund auf meiner Brustwarze, während die Hand die andere Brust fester drückt. Er umkreist sie mit seiner Zunge und zieht ganz leicht mit seinen Zähnen an der Spitze. Er ist sanft, aber auch bestimmend. Ich zergehe unter seinen Händen und reibe mich an ihm. Er stöhnt auf und packt mich plötzlich fest mit beiden Händen an der Hüfte, um sie über seinen harten Schoß kreisen zu lassen. Er sieht zu mir auf und wir schauen uns tief in die Augen.

„Wir … sollten … aufhören", stöhnt er. Ich schüttle verwirrt den Kopf.

„Leana! Ich verliere langsam das letzte Bisschen Selbstbeherrschung", grollt er, umfasst mein Gesicht mit seinen

Händen und zieht mich ein Stück weg von ihm. Ich will nicht, aber er hat recht.

Ich bringe ein wenig Distanz zwischen uns.

Wir küssen uns noch ein paarmal, verspielt, leidenschaftlich und noch einmal unschuldig, bis ihm ein leises Seufzen entweicht.

Stirn an Stirn halten wir inne, als plötzlich Maja plappernd ins Zimmer reinstolpert.

„Leana, Noah sucht nach Damian. Aber woher soll..." Sie erblickt uns, wird puterrot, dreht auf dem Absatz um und flüchtet zur Tür, um sich dahinter zu verstecken.

„Oh, ich ... Gott ... Ich wollte euch nicht stören, bitte entschuldigt." Sie räuspert sich. „Damian, Noah sucht dich. Er sagt, es sei dringend." Damian und ich können uns ein leises Kichern nicht verkneifen. So aus der Fassung gebracht, kenne ich Maja gar nicht.

Damian zieht mein Gesicht zu sich, küsst mich nochmals leidenschaftlich und zieht mir dann das Nachthemd wieder über. Ich rutsche von seinem Schoß und reiche ihm sein Hemd. Er steht auf, stopft sich das Hemd in die Hose und streichelt noch einmal sanft über mein Gesicht. Er küsst mich sanft auf die Stirn, zwinkert mir zu und läuft verschmitzt grinsend zur Tür. Als er sie öffnet, steht vor ihm eine ertappte Maja, die völlig per perplex und mit rotangelaufenen Wangen dasteht.

Sie sieht mich mit weit aufgerissenen Augen an. Als Damian nicht mehr zu sehen ist, stürmt sie auf mich zu.

„Was ... Nein, vergiss es, ich will es gar nicht wissen!" Sie schnaubt entsetzt und da kann ich mein Gekicher nicht mehr in Zaun halten. Ich vergrabe meinen Kopf im Kissen und fange lauthals an zu lachen.

Nachdem ich mir den letzten Abend und den aufregenden Morgen vom Körper gewaschen habe und nun angezogen im monströsen Kleiderzimmer stehe, kommt

Maja auf mich zu.

„Du konntest dich nicht dazu überwinden, das Kleid, das ich dir rausgelegt habe, anzuziehen, oder?" Sie klingt verstimmt und schüttelt den Kopf.

Ich ziehe die Augenbrauen hoch. „Ich bin keine Puppe, Maja. Das Reich des Lichts kommt damit klar, wenn ich auch mal eine Hose und eine Bluse trage."

Sie schließt seufzend die Augen, schüttelt theatralisch den Kopf und murmelt etwas, von dem ich nur das Wort hoffnungslos verstehe. Dann öffnet sie die Augenlider und sieht mich ernst an.

„Nun gut, damit kann ich leben. Es gibt wahrlich Wichtigeres. Ich habe die Ratsmitglieder informiert. Dein Vater ist wie geplant zu seiner Reise nach Altra aufgebrochen. Sie werden in zehn Minuten im Saal versammelt sein."

Ich nehme ihre Hand und drücke sie.

„Danke, Maja!", sage ich aufrichtig und auch beruhigend. Ich weiß, dass sie etwas von meinem Vorhaben ahnt und dass es ihr offensichtlich nicht gefällt.

Aber darauf kann ich nun keine Rücksicht nehmen. Sie hat es selbst gesagt: Es gibt Wichtigeres.

Auf dem Weg zur Ratsversammlung sortiere ich meine Gedanken. Es ist wichtig, hier die richtigen Worte zu finden, um den Rat auf meine Seite zu bekommen. Ohne die Unterstützer meines Vaters vor den Kopf zu stoßen und dennoch seinen Gegnern gerecht zu werden.

Es erwartet mich gespannte Stille. Alle Blicke richten sich auf mich, als ich den Versammlungssaal betrete. Wieder einmal jagt mir der erhabene Ort einen Schauer über den Rücken. Die Lords und Lady neigen die Köpfe und ich nicke ihnen zu, um die Begrüßung schnell abzuschließen.

„Danke, dass Ihr Euch so kurzfristig zusammengefunden

152

habt. Ich weiß, dass die Kriegsvorbereitungen auch an Euren Kräften zerren und mit vielen Verpflichtungen einhergehen. Daher versuche ich, es kurz zu halten."

Lord Esos räuspert sich kurz. „Also, wenn Ihr Euren Vater vorzeitig vom Thron stoßen wollt, Hoheit, meine Zustimmung habt Ihr", sagt er frei heraus. Ein herausforderndes Lächeln breitet sich auf seinem Gesicht aus. Sein Bruder Eros stiert ihn dagegen mit einem bösen Blick an. Ich schaue mit großen Augen in die Runde und bin erstaunt, nicht noch mehr verwunderte Blicke zu finden. Sowohl Lord Heron als auch Lady Eris sehen mich erwartungsvoll an. Lord Cians Stuhl ist unbesetzt.

„Ähm, nein", räuspere ich mich. „Das ist nicht meine Absicht. Deswegen habe ich den Rat nicht einberufen. Ich werde meinem Vater kein Messer in den Rücken rammen – wenn Ihr das erwartet habt, muss ich Euch leider enttäuschen. Nein, ich möchte eine Neustrukturierung des Rats."

Ich sehe in die Runde und diesmal ernte ich erstaunte Blicke. Nur Lord Esos hat sein Grinsen beibehalten.

„Der Rat muss das wesentliche Organ in der Organisation und in der Gesetzgebung des Reichs des Lichts werden. Die Entscheidungen sollten nicht allein beim Lichtträger oder dessen Vertreter liegen. Die Systeme müssen sich selbst verwalten. Sie sollen ihre Vertreter selbst wählen können und eine ebenbürtige Stimme im Rat erhalten. Außerdem muss das Reich auf alle bevölkerten Planeten erweitert werden. Die Gesetzgebung muss für alle gleich sein. So wird ausgeschlossen, dass Systeme benachteiligt und Stimmen nicht gehört werden. Ich möchte die Verantwortung aufteilen, sodass zukünftig eine ungerechte Behandlung von Systemen vermieden wird. Ich möchte Euch bitten, in den nächsten Monaten, bis zu meiner Inthronisierung, mit mir gemeinsam eine Neustrukturierung auszuarbeiten. Ich möchte für

153

mein Volk das Licht sein, das ihm den Weg weist, ihm Hoffnung auf ein selbstbestimmtes Leben gibt, ohne den Weg zu diktieren. Meine Aufgabe wird es sein, eine solche Machtübernahme durch die Dunkelheit, wie wir sie bei den Retsen beobachten können, zu verhindern. Aber das geht nur, wenn die Grundlagen für ein selbstbestimmtes und glückliches Leben für alle geschaffen wurden", erkläre ich mit fester Stimme. Ich blicke nochmal in die ernsten Gesichter der Ratsmitglieder und sie wirken angesichts meiner Worte wie erstarrt. Ich mustere jeden Einzelnen und plötzlich scheint wieder Leben in die Ratsmitglieder einzukehren. Sie nicken mir zu. Erleichterung überkommt mich und ich beginne, mich langsam zu entspannen. Offenbar habe ich die richtigen Worte gewählt.

„Weise Worte, meine Königin. Ihr habt mein Vertrauen und ich werde helfen, wo ich kann", bekundet mir Eros mit ehrfurchtsvoller Miene. Ich zucke zusammen. Königin hat mich bislang keiner genannt und noch steht mir der Titel nicht zu. Ich schließe die Augen und atme tief aus. Ich bete, dass ich den gerade gewachsenen Erwartungen gerecht werden kann.

Lord Heron und Lady Eris sind ebenfalls von meinem Vorschlag angetan. Ich spüre zum ersten Mal so etwas wie wahre Euphorie auf Lichthof aufleben, als sie anfangen, die nächsten Schritte zu diskutieren.

Das ist nur der erste Schritt von vielen, die folgen müssen. Die nächsten Stunden verlaufen sehr mühsam, da die Vorstellungen der Ratsmitglieder weit auseinandergehen. Jedoch bin ich guten Mutes, hierfür geeignete Lösungen gefunden zu haben. Dass dies nicht einfach sein wird, war mir von Anfang an klar.

Nach den nervenzehrenden Diskussionen kommt Lord Eros nochmals auf mich zu, als die anderen aufbrechen.

„Verzeiht, aber ich muss Euch nochmals alleine

sprechen", erklärt er leise, bietet mir den Arm an und führt mich hinaus in den angrenzenden Pavillon.

„Mir kam zu Ohren, dass Ihr eine Lösung für die Retsen sucht. Eine, die darauf verzichtet, Blut zu vergießen. Ist das wahr?"

„Ja." Ich mustere ihn und frage mich, worauf er hinaus will.

„Nun ja … wenn Ihr sie gefunden habt, lasst es mich bitte wissen. Mein Schiff steht Euch jederzeit zur Verfügung. Es ist mir ganz gleich, welche Verbote Euer Vater aufstellt. Wenn Ihr mich braucht, bin ich an Eurer Seite", flüstert er mir inbrünstig zu.

Ich nicke seine Worte ab und bin mir bewusst, welches Versprechen er mir hiermit abgegeben hat.

„Ach, noch etwas." Jetzt sieht der Lord etwas peinlich berührt aus. „Ich möchte nicht indiskret sein, aber ich sehe es als meine Pflicht an, Euch darauf hinzuweisen. Bitte verzeiht, sollte ich Euch zu nahetreten, aber seid vorsichtig mit dem jungen Heerführer. Ich konnte nicht übersehen, welch große … Sympathie Ihr für Damian hegt. Und er zweifellos für Euch. Doch … nun ja, die hatte er für die Hälfte der hier lebenden Hofdamen, wenn Ihr versteht, was ich meine. Seht Euch bitte vor. Die Gerüchteküche am Hof kocht bereits und ich denke, dass sie Eurer Hoheit nicht gerecht wird. Ihr verdient einen etwas ernsthafteren Interessenten. Nun, was ich sagen will … gebt gut Acht, wem Ihr Euer Herz schenkt."

Obwohl sich seine Ohren pink färben, sieht er mir bei den letzten Worten in die Augen. Sein Lächeln ist aufrichtig und warm. Und mit seinen ehrlichen, gut gemeinten Worten beschwört er meine Ängste herbei. Die, die ich erst mit meinem schnell pochenden Herzen kennengelernt habe.

Ich schenke ihm das Lächeln, das er sich von mir erhofft.

„Danke für Eure Treue und für die aufrichtigen Worte." Ich höre selbst, dass ich wehmütig klinge. Offenbar gelingt es mir immer weniger, meine Emotionen zu verstecken. Ich sammle mich und versuche, geschäftsmäßig zu wirken. Er nickt und verabschiedet sich von mir.

Mir ist klar, dass Damian kein unbeschriebenes Blatt war, als ich ihn kennenlernte, aber dennoch verletzt es mich, es so offen ausgesprochen zu hören. Es sollte mich nicht verletzen, wenn ich mir seiner Absichten sicher wäre, oder?

Er hat mir nichts versprochen, erinnere ich mich. Er hat selbst gesagt, dass er nichts von mir erwartet. Ich dachte, er meinte damit Dinge sexueller Natur, aber vielleicht hat er es ja auch auf unsere ganze Beziehung bezogen. Und wenn er nichts erwartet, darf ich es dann? Treue, zum Beispiel?

Tief in Gedanken versunken, laufe ich gegen etwas Hartes. Ich sehe auf und blicke in Markus' besorgtes Gesicht. Er hat sich mir mit verschränkten Armen gegenüber aufgebaut und die Augenbrauen hochgezogen. Ich bin aber nicht bereit, meine Gedanken mit ihm zu teilen. Als ich mich umsehe, erkenne ich, dass meine Beine mich bis vor die Wendeltreppe getragen haben, die aufs Plateau des Hohepriesters führt.

„Leana?", fragt Markus vorsichtig.

„Nicht, okay? Schick Tijana. Bitte. Ich bin oben."

„Was hat er gesagt?", fragt er nun immer besorgter. Er hat gesehen, dass Lord Eros mich beiseitegezogen hat.

Ich winke ab und eile die Stufen zur Stätte hinauf, da er mir dorthin nicht folgen kann.

Oben angekommen zieht es mich wieder zum Kristall. Doch mein Gefühlschaos trägt nicht gerade dazu bei, dass ich mich auf die Probleme des Reiches und des Lichts konzentrieren kann. Ich muss es schaffen, es abzulegen. Als Rose war mir das auch immer gelungen,

156

aber seitdem ich hier bin, fällt mir das immer schwerer. Ich kann meine Gefühle nicht ausgrenzen, was mich nervt und frustriert.

Ich atme tief ein und aus und lasse alles mit dem Atem gehen. Dann berühre ich den Kristall und spüre seine Sehnsucht nach mir. Er verspricht den Trost, nach dem ich mich sehne, den ich so gerne an die Retsen weitergeben würde. Wenn ich das Licht in ihre Seelen transportieren könnte, so wie die Dunkelheit ihre Köpfe eingenommen hat ...

Wenn mein Vater Versöhnung zulassen könnte.

Wenn er mir verzeihen könnte.

Wenn ...

Ein knackendes Geräusch lässt mich augenblicklich auffahren. Es ist der Kristall. Ein kleiner Riss hat sich auf ihm gebildet und ein Stückchen löst sich gänzlich ab.

Ich fange es auf und blicke erschrocken auf den Splitter in meinen Händen.

Was zum ...?

Was geschieht hier?

Ich berühre nochmals den Kristall und finde mich einen Wimpernschlag später in der Bewusstseinsebene der Erleuchtung.

„Was geschieht hier? Was ist mit dem Kristall passiert?" frage ich leicht panisch. Hat mein Gefühlschaos das angerichtet? Habe ich unbewusst meine Fähigkeiten benutzt und den Kristall beschädigt?

„Nein", hallt es auf meine nicht ausgesprochenen Fragen zurück. „Nicht das Licht hat es abgebrochen, sondern wir. Wir haben uns besonnen. Auf die Anfänge der Schöpfung. Wir wissen, dass der Herr Ankerpunkte gesetzt hat, um seine Schöpfung zu erreichen. Wir sind der Anker des Lichts. Versuche, dein Licht an den Kristall zu senden. Wir hoffen, dass dies eine Hilfe für die Rettung der Retsen sein wird."

157

Ich öffne die Augen und Tijana steht vor mir, die Arme vor der Brust verschränkt. Sie sieht mir meine Aufregung augenblicklich an.

„Was ist? Hast du eine Lösung gefunden?", fragt sie mich aufgeregt.

„Nicht ich, aber die Erleuchtung hat eine Idee. Hier, fang!" Ich werfe ihr das Kristallstückchen zu.

Sie fängt es auf, sieht erst auf die Kristallscherbe und dann mich kritisch an.

„Wenn jemand fragt, du warst es, der den heiligen Stein dort kaputtgemacht hat, ja? Den Schuh ziehe ich mir nicht an, dass das mal klar ist!"

Ich lächle sie an. Ich liebe sie, sie und ihre lockere Zunge.

„Was genau soll ich tun?", fragt sie mich nun wieder ernsthaft.

„Bitte geh an den Rand des Plateaus. Ich will sehen, ob du mit dem Kristall das Licht spüren kannst."

Sie nickt mir zu und macht, worum ich sie gebeten habe.

„Na, dann los."

Sie konzentriert sich und ich versuche, meine Energie auf den Splitter zu lenken. Ich spüre das Kribbeln in meinen Handflächen. Sie blickt mich an und nickt überrascht.

„Ich spüre es. Der Kristall empfängt das Licht. Aber ich verstehe nicht, wie wir die Retsen damit erreichen wollen. Wir können nicht jedem so ein Kristallstückchen in die Hand geben."

Ich grinse sie an und rufe einen Windhauch über dem Plateau. Die winzigen Staubfollikel lassen die Verbindung zwischen mir und dem Kristall kurz aufflackern. Alles, was zwischen mir und dem Kristall ist, wird von Licht erfasst.

Ty sieht mich mit hochgezogenen Augenbrauen erstaunt an und nickt mir dann begeistert zu.

„Meine Güte, du bist ein Genie! Die Retsen müssen nur zwischen dir und dem Kristall sein, damit du sie erreichen kannst." Sie betrachtet den Splitter genauer. „Obwohl ... Die Verbindung ist recht klein. Wie willst du sie alle gleichzeitig erreichen?"

„Ich brauche die Rosen", erkläre ich ihr meinen Plan. „Und einen Spitzel im Heer, der bereit ist, mir zu helfen. Sowie einen Haufen dieser kleinen Splitter", zähle ich nachdenklich auf.

„Ach, ist das alles?", fragt Tijana sarkastisch, wird dann jedoch wieder ernst. „Wir müssen auch herausfinden, wie groß die Reichweite der Splitter ist."

Ich nicke ihr lächelnd zu. Das war vielleicht noch keine Lösung, aber immerhin ein Plan.

Auf dem Weg zurück zum Palast begegnen wir dem Hohepriester.

Tijana deutet mit dem Finger auf mich. „Also, sie hat es kaputt gemacht. Das wollte ich vorab klarstellen. Ich warte unten auf dich, Leana!", ruft sie noch und flüchtet. Thomas sieht ihr mit fragendem Blick hinterher und wendet sich dann mir zu.

„Die Erleuchtung hat mir einen Weg gezeigt, Thomas. Sie haben ein Stückchen vom Kristall gelöst", erkläre ich und hebe die Kristallscherbe an, die zwischen meinem Zeigefinger und Daumen steckt. Er sieht mich schockiert an. Offensichtlich hat es ihm die Sprache verschlagen.

„Wie? Was ist geschehen?", bohrt er schließlich nach.

Ich erkläre ihm, was geschehen ist und dass wir nun versuchen würden, meine Energie mit Hilfe des Kristalls flächenmäßig zu projizieren. Thomas hört aufmerksam zu und nickt dann.

„Sehr interessant! Ich kann mich nicht erinnern, dass

159

so etwas jemals geschehen ist. Ich muss in den Büchern nachsehen. Vielleicht am Anfang ... Ja, das ist eine gute Idee. Am Beginn der Schöpfung", murmelt er, bereits tief in seinen eigenen Gedanken versunken, und geht an mir vorbei Richtung Stätte davon.

Ich sehe ihm belustigt hinterher. Offensichtlich neigt der gute Thomas zu Selbstgesprächen, wenn er über etwas nachsinniert.

Kurz darauf treffe ich wieder auf Ty, die zusammen mit Markus auf mich wartet. Sie hat ihm bereits alles erzählt. Er wirkt sehr nachdenklich und besorgt. Doch er sagt nichts. Ich sehe ihn verwundert an. Normalerweise würde er mich nun mit seinen Sorgen um meine Sicherheit überschütten. Seine Stille verblüfft mich sehr. Und Tijana offensichtlich auch.

„Wie jetzt? Du schweigst? Hast du gar nichts dazu zu sagen?", fragt sie ihn provozierend.

„Was habt ihr erwartet? Lasst uns sehen, wohin es führt", seufzt er. „Ich habe die Vermutung, dass ich früh genug etwas zu sagen haben werde", murmelt er vor sich her.

Wir machen uns auf den Weg zum Trainingsplatz. Wir wollen gleich die Reichweite des Splitters testen, um weitere Überlegungen anstellen zu können.

Als wir den Platz betreten, ist er menschenleer. Vor zwei Tagen noch waren hier einige hundert Mann versammelt.

„Also, was genau machen wir?", fragt Markus angespannt.

„Wir wollen herausfinden, wie weit sich die Energie übertragen lässt. Bis wohin der Anker reicht", erkläre ich.

„Okay. Wofür?"

„Du weißt, ich versuche, die Retsen vor ihrem Untergang zu retten. Wenn ich die Möglichkeit habe, alles zwischen mir und dem Kristall zu heilen, und der Kristall auf größere Entfernung funktioniert, dann könnte man das auch auf ein ganzes Schlachtfeld ausweiten. Vorausgesetzt, man weiß, bis wohin die Energie reicht." Ich versuche, dabei noch neutral zu klingen.

„Dir ist aber schon klar, dass du kein Schlachtfeld betreten wirst, oder?", knurrt er. „Oder funktioniert es vielleicht so weit, dass du das von hier aus machen kannst? Dein Vater wird dich niemals nach Altra gehen lassen."

„Das muss er auch nicht. Ich bin erwachsen und treffe meine eigenen Entscheidungen. Wenn es sein muss, auch welche gegen seine Anordnungen", sage ich gelassen, um nicht wie ein störrisches Kind zu klingen.

Er schüttelt den Kopf und seufzt.

„Nun probiert es schon aus, bevor uns noch jemand dabei beobachtet und es an den König heranträgt. Kann ich irgendwie helfen?"

Ich kläre ihn auf und er stellt sich zwischen uns auf, um die Energie zu erspüren. Tijana entfernt sich einige hundert Meter und hält die Scherbe hoch.

An seinem Gesicht erkenne ich, dass er es spüren kann. Tijana erhebt sich daraufhin und rast durch die Luft, bevor sie sich in guter Entfernung aufstellt. Ich kann sie kaum noch sehen. Ich sehe Markus an und er nickt mir zu. Er spürt sie selbst jetzt noch.

Tijana geht nun komplett außer Sichtweite und ich erspüre sie nur noch. Ich sende meine Energie dorthin, aber ich sehe Markus nur seinen Kopf schütteln. Offenbar brauchen wir noch Sichtkontakt.

Tijana kommt wieder zurück und nickt mir zu.

„Jetzt kennen wir die Grenzen, was kommt als Nächstes?", fragt sie mich.

„Als Nächstes brauchen wir einen Informanten. Wir müssen wissen, wo genau die Armeen aufeinandertreffen und wie das Territorium aussieht. Erst dann können wir uns strategisch ausrichten, um alle Retsen gleichzeitig

161

zu erreichen. Vielleicht können wir so ein Blutbad verhindern. Und ich glaube, ich kenne schon jemanden, der uns vielleicht helfen würde."

Markus runzelt die Stirn. „Damian wird da niemals mitmachen." Nein, natürlich nicht.

„Noah" antwortet Tijana mir.

Ich nicke. „Ja. Noah."

Die rechte Hand des Heerführers.

Ich gehe auf meine Suite und dusche. Ich habe Maja damit beauftragt, nach Noah zu schicken. Und zwar so, dass es keiner mitbekommt. Wenn jemand einen Weg findet, solche Treffen geheim zu halten, dann Maja. Selbst der Besuch von Damian in meinem Schlafzimmer blieb im Palast bislang unbemerkt.

Ich ziehe Maja zuliebe eines der Kleider an, die sie für mich vorgesehen hat. Immerhin macht sie sehr viel für mich, da kann ich ihr auch mal einen Gefallen erweisen und wenigstens wie eine Prinzessin gekleidet sein.

Ich warte in meinem Wohnbereich auf Maja und Noah. Es ist ein sommerlicher Abend und ich genieße mit geschlossenen Augen den Vogelgesang und die warme Brise, die durch die offenen Fenstertüren dringen. Ein leises Klopfen lässt mich aufblicken.

„Herein."

Maja führt Noah herein und lässt uns dann allein. Noah trägt seine Uniform und wirkt wie der geborene Krieger. Seine feinen Züge und seine braunen Augen haben jedoch nichts von der Wärme verloren, die ich inzwischen bei ihm gewohnt bin.

Er tritt näher und macht eine kleine Verbeugung. „Prinzessin Leana, was kann ich für Euch tun?"

Ich lächle ihn an und er entspannt sich sichtlich.

„Habt Ihr schon herausgefunden, wie Lord Cian seine Zelle verlassen konnte?", frage ich ihn, um erstmal

162

abzulenken.

„Nun, noch nicht ganz. Wir wissen, dass er den Wächter manipuliert und dann außer Gefecht gesetzt hat. Bislang weist nichts auf die Beteiligung eines Dritten hin." Er erzählt mir nichts Neues. An seinem Gesichtsausdruck kann ich ablesen, dass er sichtlich verwirrt ist über meine Frage. Offenbar vermutete er einen anderen Grund für seine Anwesenheit.

„Siehst du die Kristallscherbe vor dir?", frage ich und zeige zur Anrichte, die an der Seite des Zimmers steht. Er wirft einen Blick darauf und sieht mich fragend an.

„Bitte, nimm sie in deine Hand, Noah. Und dann erkläre ich dir, was es damit auf sich hat."

Als guter Soldat, der seinem Dienstherrn gehorcht, befolgt er sofort meine Aufforderung. Er nimmt den Splitter in seine große Hand und umschließt ihn mit seinen langen Fingern. Seine Mimik verändert sich sofort, als er meine Energie in sich spürt. Er schließt die Augen und sieht mit einem Mal sehr entspannt und friedlich aus.

Er sieht auf, als ich den Energiefluss stoppe.

„Ihr habt es geschafft, Prinzessin?", fragt er völlig perplex.

Ich nicke lächelnd.

„Jetzt brauche ich deine Hilfe, um unbemerkt nach Altra zu kommen. Und ich brauche die Stellungspunkte unseres Heeres und der Retsen. Kannst du mir helfen?"

Es macht keinen Sinn, ihn zu manipulieren oder zu belügen. Ich brauche ihn und sein Wissen.

Er schüttelt entsetzt den Kopf. „Eure Hoheit, Ihr bittet mich, meinen Befehlshaber zu hintergehen. Ich schwor ihm die Treue. Der König hat uns gerade letzte Nacht eindringlich gebeten, nichts an die Rosen oder an Euch weiterzugeben."

Offenbar ahnt mein Vater, dass ich nichts unversucht lassen werde. Aber damit habe ich gerechnet. Ich spiele

163

nun meine letzte Karte aus.

Ich schüttle meinen Kopf und sehe ihm eindringlich in die Augen. Sein Blick ist fest und sicher. Er ist ein ehrlicher und guter Mann. Das sieht man ihm an.

„Noah, überlege, wem du die Treue geschworen hast", sage ich leise. Und an seiner Mimik kann ich sehen, dass er meine Anspielung verstanden hat. Ich wiederhole leise den Treueeid des Heeres – „Mein Leben, meine Treue und mein Gehorsam gehören dem Licht. Bis zum letzten Atemzug werde ich als treuer Krieger ihr Leben verteidigen ..." – und er stimmt in die letzten Zeilen mit ein.

Er kniet nieder und wiederholt leise seinen Schwur. Ich gehe auf ihn zu und lege meine Hand auf seine Schulter.

Er sieht auf, doch sein Blick ist gequält.

„Ich brauche nur ein paar Informationen, Noah", verspreche ich ihm. „Ich möchte nicht, dass du deinem König noch deinem Heerführer Schaden zufügst. Ich liebe diese beiden Männer. Ich würde niemals etwas anderes von dir verlangen, als ihnen den Rücken zu stärken und sie zu beschützen."

Es ist das erste Mal, dass ich mir meine Gefühle eingestehe. Und es fühlt sich gut an.

Auch Noah nickt erleichtert und ich sehe, dass er mir vertraut.

„Was wollt Ihr wissen, Eure Majestät?"

In der nächsten Stunde bekomme ich einen Crashkurs in der Strategie meines Vaters und Damians.

Kurz bevor er mein Wohnzimmer verlässt, sieht Noah noch einmal zurück.

„Prinzessin Leana, noch etwas. Der König spielt mit dem Gedanken, das Tor nach Altra zu versiegeln, sobald das restliche Heer durch ist. Ich hörte rein zufällig, wie er Erkundigungen über seinen Berater eingeholt hat."

Dankbar für die wertvolle Information nicke ich ihm

zu und er verschwindet ebenso leise, wie er gekommen ist.

Mein Vater will das Tor versiegeln? Geht er davon aus, dass sie nicht zurückkehren werden? Oder will er verhindern, dass ich das Tor nutze, um nach Altra zu gelangen? Die Retsen sind unserer Armee zahlenmäßig unterlegen. Aber das bedeutet nicht, dass unser Heer ein leichtes Spiel hätte. Die Dunkelheit kann sehr stark sein. Selbst wenn sie tödlich verletzt werden, können die Befallenen weiterkämpfen. Letztendlich stirbt ein Besessener nur, wenn der Kopf vom Rumpf getrennt wird. Das macht den Kampf unberechenbarer und den Gegner sehr gefährlich.

Aber dazu werde ich es nicht kommen lassen.

Was mein Vater nicht ahnen kann: Ich brauche das Tor nicht, um nach Altra zu kommen. Ich kenne auch einen anderen Weg, um ihm und dem Heer zu folgen.

Kapitel 7
Ein letztes Mal

NACHDEM ICH MICH die ganze Nacht im Bett herumgewälzt habe, beschließe ich, noch vor dem Sonnenaufgang aufzustehen und die Stätte aufzusuchen. Meine Gedanken kreisten letzte Nacht um meinen eigenen Schlachtplan und um Damian. Ich bin überzeugt, das Richtige zu tun. Jedoch plagt mich ein schlechtes Gewissen, da ich ihm nichts von meinen Plänen erzählt und auch noch Noah für meine Zwecke eingespannt habe. Aber ich weiß auch, dass Damian mich aufhalten könnte, wenn er davon erführe. Und das kann ich einfach nicht riskieren.

Ich ziehe meinen Kampfanzug an, da ich nach der Stätte noch trainieren möchte, und mache mich auf den Weg.

Ich bin noch keine zehn Meter von meiner Tür entfernt, als Markus mir gähnend entgegenkommt.

„Warum zum Teufel schläfst du nicht wie jeder normale Mensch um diese Uhrzeit?"

„Geh wieder ins Bett! Ich gehe nur zur Stätte und die paar Meter schaffe ich auch ohne Wachhund!", kommentiere ich augenrollend.

Er runzelt die Stirn und scheint tatsächlich darüber nachzudenken. Doch dann schüttelt er seufzend den Kopf.

„Ich begleite dich und gehe dann zurück ins Bett, bis

du wieder von da oben auftauchst."

Als wir den Aufgang zur Stätte erreichen, dreht er wortlos um, winkt und geht in Richtung seiner Suite zurück. Ich schaue ihm nach und kann mir gut vorstellen, dass Tijana ihn bestimmt über den frühmorgendlichen Rausschmiss hinwegzutrösten vermag.

Ich höre Schritte. Es klingt nach mehreren Personen. Das wundert mich, denn es ist wirklich sehr früh. Die Neugier nimmt überhand und ich verstecke mich wie ein unartiges Kind im Aufgang.

Als sie an mir vorbei sind, komme ich aus meinem Versteck und sehe ihnen nach. Es ist Damian mit Noah, Christian und noch einem Kommandeur, den ich bisher nicht kennengelernt habe. Sie werden von vier Wachmännern begleitet. Eine seltsame Konstellation um diese Uhrzeit! Und sie gehen auf die Arbeitsräume meines Vaters zu.

Was kann so wichtig sein?

Ich folge ihnen lautlos, indem ich mir die Luft zu Hilfe nehme, um meine Schritte zu dämpfen. Ich will unbedingt wissen, was so dringend ist, dass sie so früh hier auftauchen.

Bei den Arbeitsräumen meines Vaters angekommen, schließt sein Sekretär die Tür hinter den Männern. Ich lausche an der Tür und warte darauf, dass sie den Empfangsraum verlassen und in das eigentliche Arbeitszimmer meines Vaters eintreten. Die nächste Tür schließt sich und ich trete vorsichtig in den Empfangsbereich. Ich sehe mich um und atme erleichtert aus. Es ist keiner hier.

Ich gehe an die Tür des Arbeitszimmers und versuche, die Gesprächsfetzen aus dem anderen Zimmer zu verstehen. Mittlerweile komme ich mir wirklich wie ein unartiges Kind vor. Ich kann mich nicht erinnern, jemals an einer Tür gelauscht zu haben!

„Die Stellungen werden von allen Seiten angegriffen,

mein König! Es ist Zeit zu handeln!", erklärt Damian gerade energisch. „Sie versuchen, zum Tor zu gelangen, und haben sich südlich davon mit mehr als der Hälfte ihrer Krieger in Stellung gebracht."

Noah berichtet noch etwas von Lagerbeständen und Koordinaten der Schiffe. Ich verstehe den Zusammenhang nicht, da die Wachmänner, die offenbar direkt hinter der Tür stehen, leise miteinander sprechen. Ich versuche, sie auszublenden und mich bloß auf die wichtigen Stimmen zu konzentrieren.

„Ihr habt recht, es ist an der Zeit zu handeln, Heerführer. Gebt das Kommando zum Aufmarsch. Treibt Sie zum Tal, sodass wir nur gegen eine Front zu kämpfen haben. Das Tor muss versiegelt werden, damit wir es nicht zusätzlich mit Männern absichern müssen. Wir sind zwar zahlenmäßig überlegen, jedoch sind diese Retsen schwer zu töten. Ich will nicht riskieren, dass ihnen ein direkter Zugang zu Lichthof in die Hände fällt. Falls wir überrannt werden sollten ..."

Noah meldet sich zu Wort. „Mein König, bedenkt, dass wir damit auch einen Rückzugspunkt verlieren. Wir können mit den Schiffen bei weitem nicht so schnell Nachschub und Unterstützung anfordern", gibt er zu bedenken.

„Einen Rückzug soll es nicht geben." Bleierne Stille, auch bei den Männern der Wache. Dann fährt mein Vater fort: „Die verbliebenen Streitkräfte auf Lichthof sollen die Prinzessin schützen. Wir anderen werden bis zum letzten Mann kämpfen!"

„Ja, Herr!", brüllen die Männer inbrünstig zurück. Ich höre Schritte.

Oh nein, sie wollen gehen! Ich sehe mich schnell um, um ein Versteck auszumachen. Von ihnen beim Lauschen erwischt zu werden, wäre mehr als unpassend! Ich laufe schnell zum Schreibtisch des Sekretärs und verstecke mich dahinter. Meine Güte, ein dämlicheres Versteck gibt es wirklich nicht, schimpfe ich mit mir selber. Aber der Tisch war näher, als die Tür, die aus den Räumen und auf den Flur hinaus führt. Ich bin gerade noch rechtzeitig in Deckung gegangen, als die Türe aufgeht und die Wachmänner hinaustreten und den Kommandeuren Platz machen.

Mein Vater tritt heraus. „Damian, auf ein Wort noch." Er dreht sich um und nickt den Männern zu. Sie verlassen den Empfang und schließen die Tür hinter sich. Damian steht nach wie vor vor der Tür, meinem Vater zugewandt, und wartet. Mein Vater räuspert sich und geht noch einen Schritt auf ihn zu.

„Damian, hast du seit dem Ball mit Leana gesprochen?"

Damian nickt nur leicht. Mein Vater nickt zustimmend.

„Ich werde mich heute von ihr verabschieden. Das solltest du auch tun. Sei dir bewusst, dass du vielleicht nicht mehr wiederkehrst. Sie sollte nicht ihr Herz mit dir gehen lassen. Sie hat eine Aufgabe zu erfüllen und muss sich einen Ehemann suchen. Versuche, es ihr leichter zu machen."

Ich kann nicht glauben, was mein Vater versucht, Damian zögerlich näherzubringen.

Damian sieht ihm mit gerunzelter Stirn in die Augen und sie starren sich für kurze Zeit nur an. Er schnauft sichtlich verärgert durch, nickt dann jedoch nur. Er dreht sich um und will gehen. Als er die Klinke nach unten drückt, dreht er sich nochmals zu meinem Vater um.

„In einer anderen Welt … Wenn unser Schicksal ein anderes gewesen wäre – hättet Ihr mich dann akzeptiert?", will er energisch wissen.

Mein Vater macht ein finsteres Gesicht. „Liebst du sie?", will er wissen.

Mein Herz beginnt zu rasen und ich halte die Luft an.

169

Damian schaut einen Moment zu Boden und mein Herz sinkt. Doch dann schaut er auf und blickt meinem Vater selbstbewusst an.

„Ja", antwortet er mit fester Überzeugung. Mein Atem sowie mein Herzschlag setzen einen kurzen Moment aus. Mein Vater mustert ihn und nickt. Damians Gesicht verliert die Spannung und der Ansatz eines Lächelns macht sich breit. Mein Vater dagegen wirkt auf einmal sehr müde und geschafft.

Damian öffnet die Tür und will hinaustreten.

„Damian, sei noch einmal der Frauenheld, der Mistkerl, von dem die Damen hier auf Lichthof so viel erzählen ... und mach es ihr leichter." Mit diesen Worten geht mein Vater in sein Arbeitszimmer und verschließt die Türe.

Damian steht noch immer mitten im Zimmer. Sein Blick ist ... ich weiß es nicht. Abschätzend? Er fängt sich und geht. Dabei lässt er die Türe offenstehen.

Ich atme erstmal tief ein und stütze meinen Kopf an der Wand. Ich bin fassungslos über sein Geständnis – er liebt mich – und gleichzeitig kann ich nicht glauben, was mein Vater von ihm verlangt hat.

Ich versuche, mich zu sammeln, denn wie so oft in letzter Zeit spielen meine Gefühle verrückt. Die Schmetterlinge in meinem Bauch tanzen wild herum, beflügelt durch sein klares Ja. Mein Herz dagegen ist schwer ... so schwer. Weil ich mich auch in ihn verliebt habe und er sich von mir verabschieden will.

Und mein Verstand will das alles nicht akzeptieren. Ich will mich nicht verabschieden. Ich will sie alle retten. Warum verstehen diese sturen Männer das nicht? Ich bin eine Rose. Ich bin das Licht, verdammt nochmal! Die Dunkelheit kann mich nicht vertreiben.

Ich höre wieder Schritte, die aus dem Arbeitszimmer kommen, und flüchte zur offenen Tür hinaus und hinauf

170

Richtung Stätte. Atemlos komme ich auf dem Plateau an und falle auf meine Knie.

Ich schließe die Augen und versuche, das Brennen in ihnen zu besänftigen. Denk nach!

Ich atme tief ein. Lasse das Gefühl der Machtlosigkeit in mir vergehen und konzentriere mich auf die Dinge, die ich tun kann und möchte.

Ich richte mich auf und fühle, wie die Rose in mir die Führung übernimmt. Es ist Zeit, meine Pläne umzusetzen.

Ich bitte die Stätte, mir eine Hologrammkarte von Altra zu erstellen. Nach den Informationen, die Noah mir geliefert hat, berechne ich anhand der Lage des Heeres die Entfernung zu den einzelnen Ankerpunkten. Das Heer ist groß und das Schlachtfeld noch größer. Ich werde meine Schwestern brauchen. Sie müssen die Punkte um das Gebiet ziehen, damit ich auch alle gleichzeitig erreichen kann.

Ich markiere die Karte und speichere die Kopie auf eine Chipkarte, die ich einstecke. Ich muss die Rosen versammeln und ich muss mit Lord Eros sprechen.

Ich brauche Tijanas Hilfe. Ich richte eine stille Bitte an sie, indem ich das Zeichen der Rose berühre. „Tijana, komm bitte einmal zur Stätte."

Ich brauche Papier und was zum Schreiben. Ich sehe mich um und die Stätte öffnet von selbst eine Wand, hinter der die Bücher sowie Schreibutensilien erscheinen.

Ich beginne gerade mit dem Brief an Lord Eros, als ich höre, wie Tijana das Plateau betritt. Sie wartet ein paar Schritte entfernt still darauf, dass ich meinen Brief beende.

Ich fahre mir mit den Händen übers Gesicht und versuche, meine Gedanken zu sortieren. Tue ich das Richtige?

Ja, es muss etwas passieren! Ich kann nicht zusehen

und tatenlos bleiben.

Tijana legt mir eine Hand stützend auf die Schulter und drückt mich leicht. Ihr stiller Zuspruch verdrängt die dunklen Gedanken und Sorgen. Ich drehe mich zu ihr um und sehe in ihr schönes, wenn auch bekümmertes Gesicht.

„Ihr habt mich gerufen, meine Anführerin?", fragt sie leise mit einem Grinsen im Gesicht. Sie weiß, ich mag es nicht, so genannt zu werden. Ich nicke und deute mit dem Kopf auf die Karte von Altra. Sie geht hin und sieht sie sich genau an. Sie atmet laut aus und ich sehe, wie sie sich wie vor einem Kampf aufrichtet. Sie fokussiert sich auf ihre Aufgabe.

„Das hast du dir auch ganz genau überlegt?" Aber es ist eher eine Feststellung als eine Frage.

„Ich habe heute früh ein Gespräch meines Vaters mit Damian und seinen Männern belauscht. Sie rücken vor und werden das Tor zu Lichthof versiegeln. Sie wollen morgen aufbrechen", erkläre ich. Ihr Blick ist noch auf das Hologramm gerichtet.

„Du musst diesen Brief Lord Eros geben. Er soll dich auf dem schnellsten Weg zum Orden bringen. Zeig allen verfügbaren Rosen die Karte und erklär ihnen meinen Plan. Macht euch dann sofort auf den Weg nach Altra. Wir sehen uns dann in zwei Tagen an diesem Punkt wieder …" Ich deute auf einen Punkt auf der Karte. Als ich hochschaue, mustert sie mich. Ihre Mundwinkel zucken nach oben und ihr Kämpferherz erwacht. Sie nickt zustimmend und greift nach meiner Hand, in der der Chip steckt, und drückt sie fest.

„Ich folge dir. Selbst in den Tod. Wir sehen uns in zwei Tagen, Schwester."

Ich ziehe sie in meine Arme und drücke sie fest an mich.

„Ich weiß. Ich liebe dich. Aber der Tod wird uns nicht

172

holen! Das schwöre ich dir! Und nun sieh zu, dass du dich auf den Weg machst! Und das möglichst unauffällig", flüstere ich ihr ins Ohr. Wir umarmen uns noch einmal, ehe sie sich umdreht und das Plateau verlässt, mit dem Brief in der einen und der Karte in der anderen Hand. Ich sehe ihr nach.

Wir sehen uns bald wieder, Schwester. Nur leider muss ich dich dann in den Krieg führen.

Ich setze mich auf den Boden und kauere mich zusammen. Ich tue das Richtige. Ich weiß es.

Ich berühre mit meiner Handfläche das Zeichen der Rose, fahre mit dem Zeigefinger das Gesicht der Raubkatze nach und halte inne, um meine stumme Bitte in das Bewusstsein meiner Schwestern zu projizieren.

„Meine Rosen, ich brauche euch. Versammelt euch bis morgen im Orden. Das Licht braucht euch, meine Schwestern …"

Und in meinem Inneren weiß ich, dass sie meiner Bitte Folge leisten werden. Das erste Mal überhaupt mischen sich die Rosen in die Belange des Lichts ein. Es ist ja auch das erste Mal, dass das Licht eine Rose ist und noch dazu die erwählte Anführerin. Ein Wink des Schicksals. Wieder einmal.

Schritte unterbrechen meinen Gedankengang. Ich beeile mich, die Stätte zu bitten, das Hologramm verschwinden lassen. Als Thomas auf dem Plateau erscheint, ist davon nichts mehr zu sehen. Er sieht überrascht aus, mich hier anzutreffen.

„Kann ich irgendetwas für dich tun?", fragt er.

Ich richte mich auf und sehe ihn erwartungsvoll an.

„Es gibt tatsächlich etwas, was du für mich tun könntest. Aber das erkläre ich dir später. Hast du herausgefunden, wie der Kristall sich abspalten konnte? Und ob das schon einmal vorgekommen ist?", frage ich neugierig.

Er schüttelt den Kopf und mein Herz sinkt. „Nein,

173

leider nicht. Aber ich nehme an, dass es etwas mit dem eigenen Willen zu tun hat. Du weißt, der Kristall kann nach einer Trägerin oder einem Hohepriester verlangen – du hast es selbst erlebt – und genauso auch Energie abgeben. Ich schätze, dass es nach diesem Prinzip auch ein Teil von sich loslösen kann."

„Nun, ich brauche mehr Scherben. Du glaubst, dass ich sie nur darum … bitten muss?"

„Hmm … wäre ich du, würde ich es mal so versuchen, ja. Aber wofür brauchst du denn noch mehr Scherben?", fragt er erschrocken und mustert mich eindringlich.

„Frag mich das nicht, ich will dich nicht anlügen müssen." Ich lege ihm eine Hand auf den Arm. „Aber ich danke dir. Ich werde es versuchen, wie du gesagt hast."

Ich schreite zum Kristall und berühre seine Oberfläche, wieder erscheint vor meinem Auge der leere, helle Raum.

„Das Licht ist hier … Und es braucht uns!", flüstert die Stimme meiner Mutter. „Und wir können helfen", wispert es leise weiter.

Ich lasse die Erleuchtung in meine Gedanken schauen, offenbare ihr meinen Plan. „Ich brauche mehr Ankerpunkte, um das ganze Feld gleichzeitig abzudecken", erkläre ich dann.

„Wir wissen es", zischt es. Ich sehe mich nach der Stimme um, die von überall gleichzeitig zu kommen scheint. „Wir teilen uns gern für dich. Jedoch … was zerbrochen ist, kann nicht wieder eingefügt werden. Wir werden mit dir wieder wachsen müssen. Wir können in diesem Zustand Lichthof nur wenige Tage halten, dann musst du zurück sein. Sonst verfällt dieser Planet … unwiderruflich."

Ich schlucke laut. „Wie lange habe ich Zeit?", frage ich schockiert. Mir war nicht bewusst, welche Konsequenzen die Splitter für Lichthof haben.

„Sieben Tage … Dann wird nichts mehr übrig sein,

174

was zu halten wäre. Also beeile dich, bitte … Bist du dir sicher, dass du das tun möchtest?", fragt mich die Erleuchtung.

„Ja, es muss geschehen. Aber ich verspreche, ich werde vor dem siebten Tag wieder hier sein."

Und dann geschieht es. Es knackt und knistert. Der Raum der Erleuchtung bekommt Risse …

… und ich wache wieder in meinem Körper auf. Thomas starrt den Kristall an und ich sehe nun auch, warum. Der Kristall zerfällt in hunderte Splitter, die alle verstreut auf dem Boden landen. Ein einziges, etwas größeres Stück bleibt übrig, das noch immer in der Luft schwebt.

Das sind also meine sieben Tage … Ich seufze und sehe mir die Kristallscherben an.

Ich ziehe einen kleineren Ledersack aus meinem Kampfanzug hervor, in der ich die Stücke einsammele. Thomas sieht mir einen Augenblick entsetzt dabei zu, dann besinnt er sich eines Besseren. Er kniet nieder und hilft mir, die Scherben in den Sack zu stecken. Er sieht ungläubig auf die vielen Teile.

„Prinzessin, meine Güte! Was hast du nur vor? Der verbliebene Teil des Kristalls ist fast zu klein, um die Lebensenergie von Lichthof zu erhalten!"

„Ich weiß. Ich habe sieben Tage Zeit, um zurückzukehren", erwidere ich nüchtern. Ich muss nicht erklären, was passieren wird, sollte ich die Frist nicht einhalten. Die Farbe ist aus seinem Gesicht entwichen, sodass er aussieht wie ein Geist.

„Du willst also nach Altra!", kombiniert er schnell und umfasst mein Handgelenk, als ich gerade dabei bin, die nächste Scherbe in den Sack zu stopfen. „Das kann nicht dein Ernst sein!"

Ich sehe ihm direkt in die Augen und lege meine andere Hand über seine Hand.

„Mach dir keine Sorgen! Ich kann auf mich aufpassen.

175

Die Splitter sind gut aufgehoben bei mir."
Ich löse seine Hand von meiner und lege das letzte
Scherbenstück hinein. Ich nicke Thomas aufmunternd
zu. „Ich brauche noch deine Hilfe."
Er hört aufmerksam zu.

„Wir sehen uns in sieben Tagen, Thomas!", rufe ich ihm
über die Schultern zu und hoffe, dass ich das Versprechen
halten kann. Ich bin mir bewusst, dass ich gerade nicht
nur mich selbst, sondern auch Lichthof einer großen Gefahr aussetze. Aber ich kann nicht anders. Ich kann nicht
nichts tun, wenn es die Möglichkeit gibt, etwas zu tun.
Ich stürze die Treppen nach unten.
Unten angekommen, empfängt mich ein ziemlich wütender Markus.
Ich hebe einen Finger und halte ihn an, zu schweigen.
„Nicht hier", flüstere ich eindringlich.
Seine Augenbrauen ziehen sich noch mehr zusammen
und die Ader, die sich an seiner Stirn bildet, droht augenblicklich zu platzen. Aber er sagt nichts und folgt mir
wortlos zum Trainingsplatz.
Als wir alleine sind, verschränkt er die Arme und stellt
sich vor mir auf. Wie eine unüberbrückbare Mauer mit
sehr finsterem Blick.
Ich hole den kleinen Ledersack hervor und nehme die
Kristallscherben in meine Hände.
„Was? Ist das der Kristall, von dem du gesprochen
hast? Hast du ihn kaputt gemacht?", fragt er aufgebracht.
Na toll, wann bin ich bitte für andere zum Tollpatsch
mutiert? Er verbringt definitiv zu viel Zeit mit Tijana.
„Nein", seufze ich genervt, „ich habe ihn nicht kaputt
gemacht. Ich will dir etwas zeigen."
Ich werfe die Kristalle um mich herum in den Sand
und lade sie gleichzeitig mit meiner Energie auf. Sie beginnen, wie ein Kraftfeld um mich herum zu schweben.

176

Ich vergrößere den Radius, sodass sich nun auch Markus im Kraftfeld befindet. Er sieht sich um und fasst um sich. Er versucht, meine Energie anzufassen, kann sie jedoch nur intensiv spüren.

„Okay. Was ist das?", fragt er skeptisch, wenn auch fasziniert.

„Das bin ich. Das Licht! So kann ich die Retsen retten und diesen Krieg beenden."

„Wie?"

Nun gut, diesen Part wird er nicht mögen. Ich halte die Luft an und presse dann schnell heraus: „Ich erschaffe dieses Kraftfeld und umfasse dabei das ganze Schlachtfeld."

„Nein!", knurrt er sofort. „Nein, das wirst du nicht, weil du nicht auf Altra sein wirst. Das kann und werde ich nicht zulassen."

„Das hast nicht du zu entscheiden."

„Vielleicht nicht. Aber ich kann dich daran hindern, zu gehen", erwidert er ruhig.

„Nein, auch das kannst du nicht."

Jetzt sieht er wieder total wütend aus. Ehe ich mich versehe, hat er sein Kraftfeld um mich gespannt – sein Schutzschild und gleichzeitig mein Käfig. Ich kann nicht hinaus und keiner kann herein. Wann die Erkenntnis in mir gewachsen ist, kann ich nicht sagen, aber mit einem Mal weiß ich, dass ich entscheide, ob ich diesen Schutz will oder nicht. Ich sehe Markus' triumphierendes Lächeln und lächele entschuldigend. Ich erfasse die Membran und … gehe einfach hindurch. Sein Lächeln erstirbt augenblicklich.

„Wie? Was?", stottert er entsetzt auf und umfasst sein Kraftfeld, als ob er nach einem Loch sucht, aber es ist intakt. Ich seufze.

„Ich bin das Licht. Ich entscheide selbst, ob ich Schutz brauche. Du kannst mich nicht beschützen, wenn ich es

177

nicht möchte." Ich hatte diese Vermutung schon länger, aber ich konnte sie erst jetzt bestätigen. So konnte Lord Veh auch meine Mutter töten. Sie hat auf ihren Schutz verzichtet und ihn auf mich übertragen. Darius hatte meine Mutter nicht verraten, er hatte mich beschützt.

Markus sieht mich verzweifelt an und ich kann verstehen, wie er sich fühlt. Ich kenne ihn und seinen ausgeprägten Beschützerinstinkt. Ich möchte ihm keine Sorgen bereiten, aber ich werde diese Schritte gehen müssen. Für mich. Für ihn. Für mein Volk.

Ich gehe auf ihn zu und lege ihm meine Hand auf die Schulter. Wir sehen uns einige Zeit an und ich merke, wie seine Anspannung weicht.

„Ich gehe nicht ohne dich, mein Hüter. Ich weiß, ich kann auf dich zählen. Aber du darfst mich nicht aufhalten. Es ist meine Bestimmung, meine Pflicht", flüstere ich ihm zu.

Er schließt die Augen und lehnt seine Stirn an meine. Er atmet laut aus, sieht mich an und packt mich am Nacken, sodass ich ihm in die Augen sehen muss.

„Ich liebe dich. Du bist ein Teil meiner Familie und mehr als nur mein Job, meine Lebensaufgabe. Ich werde dir nicht von der Seite weichen. Aber ich verlange, von nun an in alles, wirklich alles, eingeweiht zu werden, das sich dein verrücktes Hirn überlegt hat. Verstanden?"

Ich lasse mich von ihm in seine Arme ziehen und drücke mich an ihn. „Ich verspreche es. Ich liebe dich auch und brauche dich, um das alles zu schaffen."

Warme Tränen laufen über meine Wangen. Meine Nerven liegen blank – ich muss die Menschen, die ich liebe, großen Gefahren aussetzen. Markus lässt mich nicht los. Er spürt, dass ich ihn brauche, mein Felsen in der Brandung. Er küsst meinen Scheitel und hält mich fest, bis ich mich beruhigt habe.

„Und jetzt erzähl! Was hast du vor?", verlangt er zu

wissen und ich beginne zu erzählen. Ich weihe Markus in meine Pläne ein und er verspricht, meine Vorbereitungen abzuschließen, sodass wir am nächsten Tag früh am Morgen aufbrechen können. Es ist nach Mittag, als ich von Markus vom Trainingsplatz in mein Apartment gebracht werde. Er küsst mich nochmals auf den Scheitel und macht sich auf den Weg. In meinem Wohnzimmer sitzt mein Vater auf einem Sessel und sieht in den Hofgarten hinaus. Er sieht müde aus. Und sehr traurig. Mein Herz zieht sich bei diesem Anblick zusammen. Ich gehe zu ihm, knie mich vor ihn hin und lege meinen Kopf in seinen Schoß. Unser Streit ist für den Moment vergessen. Er streichelt über mein Haar und ich fühle mich auf einmal wieder wie mein zehnjähriges Ich. Genau so war es auch an dem Tag, als ich ihn verlassen habe, um mit Oxana zu gehen.

„Es tut mir wahnsinnig leid. Ich wollte das alles nicht, meine Kleine. Ich will dich doch nur beschützen", wispert er leise. Ich sehe hoch, sein Blick ist noch immer starr auf die Welt vor dem Fenster gerichtet.

„Ich weiß, Vater. Ich wollte es dir doch nur einfacher machen und dir nicht noch mehr Sorgen aufladen. Ich liebe dich", erkläre ich mit fester Stimme.

Er sieht zu mir und ich sehe seine Augen glänzen.

„Du bist so schön. So schön, wie deine Mutter einst war. Mir war nie bewusst, dass du auch ihre Stimme geerbt hast. Ich bin wahnsinnig stolz auf dich! Ich wollte dich nie verletzen. Ich liebe dich so sehr! Bitte verzeih einem alten Esel wie mir!" Seine Stimme bebt und ich sehe meinen Vater zum ersten Mal weinen. Ich schluchze auf und werfe mich in seine Arme.

In dieser Position verharren wir eine ganze Weile. Wortlos. Tränenüberströmt. Und endlich … endlich fühle ich mich zuhause angekommen.

179

Nach einiger Zeit verabschiedet er sich von mir und geht, mit einem seltsamen Ausdruck im Gesicht. Es wirkt wie ein Abschied für immer. Und ich weiß, dass er glaubt, dass es einer ist. Wehmut hat mich erfasst. Ich versuche, dieses Gefühl loszulassen, weiß ich doch, dass ich meinen Vater wiedersehen werde.

Er hat Christians Brigade zu meinem Schutz auf Lichthof abgestellt. Die letzten Männer zwischen mir und dem Tor. Für meinen Vater die letzte Barrikade, falls das Heer versagt. Für mich die letzte Hürde, bevor ich Lichthof verlassen kann, um hoffentlich diesen Krieg abzuwenden.

Ich gehe in mein Schlafzimmer und lege meine Sachen ab. Ich will mir die salzigen Tränen und irgendwie auch den Ballast, wenigstens für ein paar Minuten, unter einer heißen Dusche abwaschen. Ich steige unter die Brause, genieße das heiße Wasser auf meinem Körper und versuche, meinen Kopf für diese Zeit abzustellen.

Ich fühle mich besser und beginne mich mechanisch abzutrocknen. Ich höre gar nicht, wie Maja das Badezimmer betritt. Plötzlich erscheint sie hinter mir im Spiegel. Ihr Blick ist wissend und auch wässrig. Sie packt mich in einen dicken, flauschigen Bademantel und führt mich wieder ins Schlafzimmer, wo sie mich vor meinen Kosmetiktisch stellt und in den Sitz drückt. Ich beobachte jede einzelne Bewegung und mustere sie. Maja bürstet gerade mein Haar, als sie meinen Blick im Spiegel erwidert. Sie hält inne und spricht aus, was sie bedrückt.

„Du wirst gehen, oder?", fragt sie leise.

Ich nicke und sie senkt ihren Blick wieder auf meine Haare und bürstet weiter. Ich bemerke die Tränen, die ihre Wangen hinunterlaufen, und halte sie am Handgelenk fest. Ich drehe mich zu ihr um und nehme sie fest in meine Arme.

„Mach dir keine Sorgen, Maja. Ich weiß, was ich tue.

Bitte hab ein bisschen Vertrauen", flüstere ich ihr leise ins Ohr.

Sie drückt mich fest an sich, hält mich dann auf Abstand, um mich nochmal genau zu betrachten. Offenbar zufrieden mit dem, was sie sieht, nickt sie mir zu. Sie wischt sich die Tränen aus dem Gesicht und umfasst mein Gesicht mit beiden Händen.

„Na komm, machen wir dich hübsch. Ich bin mir sicher, dass heute noch ein gewisser Heerführer vorbeischauen wird", erklärt sie wieder mit dem für sie typischen strahlenden Lächeln und wendet sich wieder ganz geschäftig meiner Erscheinung zu.

Später sitze ich gerade am Fenster und schaue hinaus, als es an der Tür klopft. Maja öffnet sie von außen und betritt mit einer weiteren Person das Zimmer. Sie räuspert sich, da mein Blick noch immer auf den Hofgarten gerichtet ist. Mein Herz klopft wie verrückt, aber ich ermahne mich selbst zur Ruhe. Er hat gesagt, dass er mich liebt. Alles, was er sagen wird, wird er aus Liebe zu mir sagen. Oder?

„Leana, Damian möchte dich sprechen", bemerkt Maja, nachdem ich nicht reagiere.

Ich nicke, sehe aber nicht hin. „Der Heerführer darf eintreten. Und lass uns bitte allein, Maja", antworte ich ihr so emotionslos wie möglich. Ich möchte ihn aus der Reserve locken.

Ich höre, wie die Tür geschlossen wird und Schritte auf mich zukommen. Ich drehe den Kopf in seine Richtung und er erstarrt, als unsere Blicke sich treffen. Ich mustere sein Gesicht. Er sieht entschlossen aus. Kalt. Er hat sich einen Plan für dieses Gespräch zurechtgelegt.

Mal sehen, ob ich den vereiteln kann.

Das also ist der berühmte Mistkerl, den so manch eine Dame hier auf Lichthof bereits zu Gesicht bekommen

181

hat. Das ist nicht der Mann, der mich im Arm gehalten und getröstet und mich auf das Zärtlichste geküsst hat. Sein Blick ist auf mich gerichtet und verhaftet mich an Ort und Stelle. Ich drehe mich ihm ganz zu und höre, wie er scharf Luft holt.

Maja hat ganze Arbeit geleistet. Sie hat mich in ein weißes Kleid gesteckt, das mehr zeigt als alle anderen Kleider zuvor und mich dennoch anmutig erscheinen lässt. Meine langen Locken fallen vorne an meinem Dekolleté vorbei und umschließt mein Gesicht wie ein Rahmen ein schönes Bild. Ich wollte es ihm wirklich schwermachen und offensichtlich habe ich mein Ziel erreicht. Ich muss mir ein triumphierendes Lächeln verkneifen. Stattdessen ist meine Miene eingefroren und verrät ihm keinerlei Gefühlsregung.

Und das irritiert ihn offenbar. Sehr.

Damian kneift die Augenbrauen leicht zusammen, während er versucht, in meinem Gesicht zu lesen. Ich setze ein falsches Lächeln auf und hebe spöttisch eine Augenbraue. Er strafft die Schultern und fokussiert sich offenbar auf seine Mission, die da lautet: mir das Herz zu brechen, für den Fall, dass er es nicht zurückschafft.

„Nun, mein Heerführer, kommt Ihr, um auf Wiedersehen oder um Lebewohl zu sagen? Mein Vater hat mich bereits darüber informiert, dass das Heer morgen vollständig sein wird und die letzte Truppe mit ihm und Euch nach Altra aufbricht." Meine Stimme ist kalt und arrogant, während ich nun einen Schritt auf ihn zugehe. Das ich dazu übergegangen bin, wieder alte Höflichkeitsformen zu benutzen, gefällt ihm offensichtlich nicht. Sein Gesicht verzieht sich leicht säuerlich. Offenbar ist er es nicht gewohnt, dass jemand so mit ihm spricht. Und Damian hat es definitiv nicht von mir erwartet. Er räuspert sich.

„Leana", beginnt er, doch ich lasse ihn nicht

182

weitersprechen. Ich hebe meine Hand. „Nicht", zische ich leise. Und mein Liebster verstummt. „Das ist nicht nötig. Ich habe verstanden, dass das alles nur ein Spiel für Euch war. Nichts Ernstes. Keine Sorge, meine Hofdamen haben mich genauestens darüber informiert, wie lange ich mit Eurer Aufmerksamkeit rechnen dürfe. Aber wir haben uns nichts versprochen, daher könnt Ihr Euch getrost auf Eure Aufgabe konzentrieren, so wie ich mich auf meine."

Er ist kurz überrascht, aber er hat sich schnell im Griff. Nun wüsste ich doch gerne, was er sich für mich überlegt hatte. Welche Worte hätte er gewählt? Nun gut, ich bin ihm zuvorgekommen. Innerlich muss ich an mich halten, um nicht doch noch schwach zu werden.

„Leana, ich wollte nur keine falschen Erwartungen wecken. Ich ziehe in den Krieg und bin froh, dass du die Dinge so nüchtern betrachten kannst." Er versucht, beherrscht zu klingen, doch ich höre trotzdem das leichte Knurren heraus. Inzwischen muss er sich doch fragen, ob vielleicht ich mit seinen Gefühlen gespielt habe. Es tut mir leid, meinem Liebsten dies Gefühl vermitteln zu müssen, aber hatte er nicht genau dasselbe vorgehabt? Mir das Herz zu brechen und dann für immer aus meinem Leben zu verschwinden?

„Nun, ich gehe davon aus, dass das hier nicht Euer letztes Gespräch dieser Art für heute ist, darum will ich Euch nicht aufhalten", stichle ich weiter. „Also, was wird es sein? Ein ‚Leb wohl' oder doch ein ‚Auf Wiedersehen'?"

Ich beobachte, wie eine Ader an seiner Stirn hervortritt, doch er verneigt sich bloß und murmelt ein „Lebt wohl, Prinzessin". Ich ziehe meinen imaginären Hut vor seiner Selbstbeherrschung. Wenn er mir so gekommen wäre, hätte ich ihn schon angesprungen und ihm seine Sprüche um die Ohren gehauen – und ich habe einen ziemlich fiesen rechten Haken.

183

Doch offenbar will er dieser Situation nur noch so schnell wie möglich entfliehen, denn er dreht sich, ohne den Blick zu heben, zur Tür um und geht mit festen Schritten auf sie zu.

„Lebt wohl, Damian", sage ich mit fester Stimme und drehe mich wieder dem Fenster zu.

Doch bevor er an der Tür ist und aus meinem Leben verschwinden kann, möchte ich noch etwas loswerden.

„Mein Heerführer?", rufe ich ihn zurück. „Noch etwas, bevor Ihr geht ... Wird Kristen wohl ein guter König sein? Was meint Ihr?"

Komm schon, Damian, denke ich. Kämpfst du oder ziehst du kampflos von dannen?

Kapitel 8
Liebe und andere Überraschungen

SOGAR AUS DIESER Entfernung fühle ich, es in ihm brodeln. Wie in einem Vulkan, kurz vor dem Ausbruch. Damian bleibt bei meinen Worten wie vom Blitz getroffen stehen. Die Hitze seiner Wut wabert bis zu mir.

Ich wage es nicht, mich zu ihm umzudrehen. Vielleicht bin ich zu weit gegangen. Vielleicht haben ihn meine Worte zu sehr gekränkt. Vielleicht waren seine Worte nichts weiter als Worte und er hat mich niemals geliebt ...

Aber ich halte es nicht mehr aus. Ich muss sehen – und vor allem muss ich hören –, was er für mich empfindet. Anders kann ich ihn nicht gehen lassen. Ich liebe ihn und möchte, dass er das auch weiß. Außerdem will ich durch meinen Plan nichts zerstören, das nicht gekittet werden kann.

Plötzlich löst sich seine Starre. Ich höre, wie er auf mich zugestürmt kommt. Ich schließe kurz die Augen und atme dankbar ein und aus. Da reißt er mich auch schon zu sich herum. Eine Hand packt fest meinen Oberarm.

„Was soll das? Was zum Teufel war ich für dich? Dein Spielzeug? Wolltest du dich mit mir austoben, um für Kristen bereit zu sein? War das dein Plan von vornerein

185

– mich zu benutzen?", faucht er mich an und schüttelt mich.

Endlich! Endlich richtige Gefühle, selbst wenn es Wut und Enttäuschung sind.

Jetzt hat er doch tatsächlich die Beherrschung verloren. Irgendwie bin ich ein wenig stolz auf mich.

„Was war ich denn für dich?", blaffe ich ihn zurück an. „Nur ein weiteres Püppchen auf der Liste der Eroberungen des großen Heerführers? Die Frauen auf Lichthof zerreißen sich das Maul darüber, wer alles bereits in deinem Bett war!"

„Das warst du NIE! Habe ich dir je das Gefühl gegeben, dass du für mich eine weitere Kerbe in meinem Bettpfosten bist? Du warst ja noch nicht mal in meinem verfluchten Bett!", schreit er mich nun völlig aus der Fassung an.

„Stimmt, ich war nicht in deinem Bett. Aber du in meinem! Ist es das, was dich ärgert? Dass du mich nicht hattest? Dass du deine Chance nicht genutzt hast? Bevor jemand anderes kommt, der mich ernsthaft will?", schreie ich zurück.

Jetzt habe ich ihn da, wo ich ihn haben will. Er sieht mich schockiert an und sein Gesicht verzieht sich vor Schmerz.

„Verdammt nein!", stößt er wütend aus und wischt sich mit der Hand übers Gesicht, bevor er mich wieder an der Schulter packt. „Du gehörst zu mir! Nur MIR! Und ich nur zu dir. Alles, was ich will, bist du! ALLES, WAS ICH JE IN MEINEM LEBEN WOLLTE! Du bist in meinem Kopf und in meinem Herzen. Ich plane und denke nur für DICH! Wie kannst du nur so etwas von mir denken?"

Sein Griff ist schmerzhaft, aber das macht mir nichts aus. Ich atme laut aus. Ich fühle mich leicht und unendlich erleichtert. Er erwidert meine Gefühle tatsächlich.

186

Ich lächle ihn an und lasse meine Maske fallen, fahre ihm sanft mit den Fingern über seinen angespannten Kiefer. Er mustert mich verwirrt, doch seine Augen verlieren den harten Ausdruck.

„Hör auf, mir etwas vorzuspielen, und verabschiede dich richtig von mir. Nichts anderes werde ich akzeptieren", flüstere ich ihm zittrig zu und mein Gesicht nähert sich seinem. Ich spüre seinen Atem an meinen Lippen. Ich starre seine wie gebannt an. Sie sind voll und wunderschön geschwungen. Ich atme seinen warmen Geruch ein, nach Vanille und etwas, das nur ihm zu eigen ist, während er innerlich mit sich zu ringen scheint, was das Richtige für mich oder das Richtige für uns ist.

Schließlich ziehen seine Hände mich noch näher an ihn, sodass ich jeden seiner harten, durchtrainierten Muskeln an meinem Körper spüren kann. Er hebt mein Kinn an, damit ich ihm in die Augen sehen muss. Sein Blick glüht und seine grünen Augen schillern in den schönsten Grüntönen.

Er packt mich fast schon grob am Kopf und presst seine Lippen hart auf meine. Er küsst mich fordernd, beinahe schmerzhaft. Aber das ist genau das, was ich brauche, was ich mir wünsche. Ich möchte ihm gehören, zu ihm gehören und möchte spüren, dass er nur mich will. Mich allein.

Wir küssen uns und küssen uns. Leidenschaftlich, fordernd, dann zärtlich und sanft. Und dann küssen wir uns noch ein bisschen mehr, bis wir beide nach Luft ringen.

Seine Stirn ist an meine gepresst. Seine Arme umschlingen mich fest. Meine Hände klammern sich an seine Schultern. Und wir sehen uns in die Augen, auf Augenhöhe. Beide erschrocken über die Intensität unserer Gefühle, die bisher unausgesprochen im Raum standen. Er nimmt mein Gesicht zärtlich in seine Hände.

„Ich habe mich in dich verliebt. Das ist das Dümmste

und zugleich Beste, was mir jemals passiert ist. Ich liebe dich und gleichzeitig sterbe ich vor Angst um dich. Dass ich dich verlieren könnte, wenn ich versage. Der Krieg steht unmittelbar bevor, aber alles, woran ich denken kann, bist du!", gesteht er mir sanft. Sein Blick ist weich und gefühlvoll. Er unterstreicht seine Worte und ich sehe die Wahrheit in seinen Augen.

„Ich weiß nicht, ob ich zurückkehre. Ich will dich glücklich sehen, Leana …" Die letzten Worte flüstert er nur noch. Er haucht hauchzarte Küsse über meine Stirn, meine Augenlider, meine Wangen entlang, bis zu meinen Lippen.

Ich lasse meine Augen geschlossen, um mich zu sammeln. Seine Worte haben mich zu einem einzigen Wachsklumpen zusammenschmelzen lassen. Nein, vielmehr sind wir beide geschmolzen und nun eine Einheit, ein Wesen. Untrennbar vereint. Als ich meine Augen öffne, begegne ich seinem brennenden Blick. Ich nehme sein Gesicht fest in meine Hände und streichle seine Wangen. Das Gefühl seiner kurzen Bartstoppeln unter meinen Fingern macht mich fast wahnsinnig vor Verlangen nach diesem Mann.

„Du wirst zurückkehren, Damian … Nichts anderes werde ich akzeptieren. Ich will dich … so sehr. Ich will dich nicht gehen lassen. Aber ich weiß, dass du musst. Ich weiß auch, dass du mich beschützen wolltest, indem du es mit mir beendest, aber so hättest du es uns beiden nur schwerer gemacht. Schwerer, als es sein muss! Denn ich habe mich auch in dich verliebt, Damian. Und ich will nur dich. Ich will, dass du gesund und ganz zu mir zurückkommst. Denn ich kann mir ein Leben ohne dich nicht mehr vorstellen. Es wird für mich in meinem Leben keinen anderen Mann als dich geben. Ich habe mich für dich entschieden, Damian, wenn du mich denn auch willst …" Ich habe vom Herzen und so aufrichtig wie möglich gesprochen, doch nun warte ich zitternd auf seine Reaktion. Ich habe alles gesagt, jetzt liegt es an ihm. Er sieht mich mit großen Augen an und ich kann es förmlich in seinem Kopf rattern hören.

Er stößt einen gutturalen Laut aus und zieht mich an sich, meine Oberschenkel an seine Hüften gepresst. Ich ziehe mich an seinem Nacken hoch und küsse ihn stürmisch. Er erwidert meinen Kuss mit dem gleichen Hunger. Ich merke kaum, wie er mich ins Schlafzimmer trägt. Ich bin viel zu sehr abgelenkt, um darauf zu achten. Gott, der Mann kann küssen!

Es ist ein echtes Wunder, dass er es überhaupt unfallfrei dort hinschafft, da er nicht einmal aufsieht, sondern wie ich völlig in unseren Kuss verloren ist.

Unsere Körper berühren sich an jeder Stelle, sodass ich seinen rasenden Herzschlag unter meinem spüre. Er stoppt und lässt seine Hände meinen Körper entlangwandern. Ich höre ein kurzes Reißen und sehe kurz irritiert auf. Sein Blick ist verhangen und seine schönen Lippen sind zu einem sexy Lächeln geformt.

„Tut mir leid … Ich hatte keine Geduld für dieses Kleid", wispert er in mein Ohr. „Ich muss dich einfach fühlen. Deine schöne weiche Haut …"

Und dann gleitet das, was von meinem Kleid noch übrig ist, zu Boden und ich stehe nur noch in meiner Unterwäsche vor ihm. Er sieht gefesselt hinunter und scheint meinen Anblick sehr zu genießen. Meine Wangen glühen und mein Herz explodiert förmlich in meiner Brust. Er tritt noch einen Schritt näher und ich spüre seine Hitze an meiner nackten Haut. Damian streichelt mit seiner Hand von meiner Wange über meinen Nacken und über die Hügel meiner Brüste. Er öffnet mit einer kleinen Handbewegung meinen BH und zieht die Träger herunter, sodass der BH schon bald neben dem Kleid auf dem Boden landet. Damiens Blick folgt seinen

189

Händen und seine Musterung lässt mich verschämt zur Seite schauen. Er sieht auf und umfasst meine Wange mit seiner großen Hand.

„Nicht", murmelt er, „du bist wunderschön. Wenn du etwas nicht möchtest, dann sag es mir einfach, und ich werde aufhören ... Okay?"

Ich nicke und sehe ihm in die Augen. Er hebt mich aufs Bett und ich lehne mich auf meine Ellenbogen zurück. Mein Herz pocht so sehr, dass er es hören muss. Er steht noch da und öffnet die obersten Knöpfe seines Hemds. Allein mit dieser Bewegung treibt er mich schon in den Wahnsinn. Ich beiße mir auf die Lippen, als er sein Hemd über den Kopf zieht und dabei seinen makellosen Oberkörper entblößt. Seine breiten Schultern, die Muskeln seiner Brust, die vor Anspannung leicht zucken, und die perfekten Muskelstränge entlang seines Bauches lassen mich sprachlos zurück. Er ist mit Abstand der schönste Mann, den ich je gesehen habe. Die Erinnerungen der anderen Rosen können hiergegen einpacken!

Er beugt sich zu mir herunter und will aufs Bett steigen, aber ich halte ihn noch zurück und lass meine Hände über seine Brust wandern. Er sieht mir fragend in die Augen. Meine Hände landen auf seinem Hosenbund und versuchen, hastig die Knopfleiste zu öffnen. Doch sie zittern so sehr, dass ich es nicht schaffe. In diesem Moment könnte ich mich für meine Unerfahrenheit ohrfeigen. Doch er legt nur eine Hand auf meine und hilft mir beim Öffnen.

Ein leicht verzweifelter Ausdruck erscheint auf seinem Gesicht und irritiert mich. Er küsst mich und flüstert mir dann ins Ohr: „Du willst es mir verdammt schwer machen, nicht wahr?"

Seine Hose rutscht an seinen Beinen herunter und ich sehe, was ihm so zu schaffen macht. Sein Glied hebt sich deutlich von seiner Shorts ab. Ich muss erst mal schlucken ...

Er schenkt mir ein entschuldigendes Grinsen und plötzlich müssen wir beide lachen.

Er schwingt sich neben mich aufs Bett und zieht mich fest in seine Arme.

Wir verstummen und sehen uns tief in die Augen, rücken immer näher zusammen, sodass sich unsere Nasenspitzen leicht berühren. Er streicht mit seinen Händen über mein Gesicht und atmet schwer ein. Als ob er den Moment in sich aufnehmen möchte. Ich präge mir nicht weniger intensiv jeden einzelnen Aspekt seines Gesichts ein. Seine großen grünen Augen mit den kleinen braunen Sprenkeln. Seine kleine Narbe über der Augenbraue. Seine leicht gebräunte Haut und die markanten Wangen, die mit Bartstoppeln übersät sind, die sich rau und doch irgendwie weich anfühlen. Seine Wahnsinnslippen, die ich unbedingt wieder auf mir fühlen muss.

Zwischen uns liegt diese Spannung, wie kurz vor einer Explosion. Ich nehme seine Unterlippe ganz sanft zwischen meine Zähne und knabbere ganz leicht an ihr. Er stöhnt auf und presst sich auf mich, sodass ich seine ganze Länge zwischen meinen Schenkeln spüren kann. Er drückt seine Lippen auf meine und küsst mich so leidenschaftlich, dass ich es bis in meine Knochen spüre. Seine Lippen lösen sich von meinen und wandern meinen Hals entlang. Kommen an meiner Brust an und Damian nimmt meine Brustwarze in den Mund, verwöhnt sie mit seiner Zunge und beißt ganz leicht hinein. Ich stöhne auf und erzittere. Seine Hände verwöhnen und streicheln meinen Körper, immer tiefer. Seine Lippen sind nun überall und dann spüre ich seine kundigen Hände an meinem Slip. Ich schließe die Augen und atme tief ein und aus, um meine Nervosität zu zügeln. Er küsst sich meinen Bauch entlang, hinunter zu meinem Bauchnabel

191

und haucht ganz sanft über meine empfindliche Haut. Lässt mich erschaudern.

„Sieh mich an", haucht er an meiner Hüfte.

Ich höre ihn, aber ich bin gerade nicht in der Lage, meine Augen zu öffnen. Mein ganzer Körper zittert vor Anspannung.

„Leana. Sieh. Mich. An.", knurrt er nun fast.

Ich blicke an mir herunter und sehe ihm in die Augen. Sein Blick brennt sich ein. Er will mein Höschen runterziehen und vergewissert sich, dass ich es auch will. Ich nicke und blicke dann doch verschämt weg. Ich kann spüren, wie feucht ich bin. Er zieht ganz sanft am Slip und ich hebe mein Becken an, damit er ihn an mir runterziehen kann. Er küsst wieder meinen Bauchnabel und führt seinen Weg nach unten zu meiner Mitte fort.

Er öffnet meine Beine etwas weiter, sodass er dazwischen knien kann und sein Kopf auf Höhe meiner Hüfte ist. Ich sehe kurz hinunter und sein Anblick zwischen meinen Beinen lässt mich aufstöhnen.

„Du bist so wunderschön. Dein Geruch macht mich wahnsinnig", murmelt er. Und dann ist er an meinem Zentrum angekommen.

Seine Finger streichen darüber und dann spüre ich seine Zunge. Ich grabe meine Finger fest in das Bettlaken. Seine Zärtlichkeiten entlockt mir ein Wimmern. Er wagt sich weiter vor und ich hebe ab.

„So nass ..."

Ich stöhne auf. Das Gefühl, das er mir schenkt, ist der reinste Wahnsinn. Meine Mitte pocht und mein Unterleib zieht sich auf das Feinste zusammen. Damians Finger verwöhnen mich zusätzlich, streichen über meine empfindlichste Stelle. In mir braut sich die Hitze aufs Unerträglichste zusammen. Und dann ist er plötzlich in mir. Damian bewegt

192

seine Finger vorsichtig in mir und wird immer schneller. ... Er weiß definitiv, wie er eine Frau anfassen muss. Denn es dauert keine weitere Minute und ich zerspringe! Ich komme so intensiv, dass ich meinen Schrei wie von weit entfernt höre. Er gibt beruhigende Küsse auf meinen Bauch und arbeitet sich wieder zu mir hoch. Meine Finger tun leicht weh und ich merke erst jetzt, dass ich mich die ganze Zeit krampfhaft in die Bettdecke festgekrallt habe. Ich löse meine Hände und fahre seine Schultern entlang. Seine Oberarme sind angespannt und ein leichter Schweißfilm hat sich gebildet. Wir sehen uns an und er sieht mit einem zufriedenen Grinsen zu mir herunter. Ich erwidere sein Lächeln, ziehe ihn an seinem Nacken zu mir und küsse ihn leidenschaftlich. Ich kann mich auf seiner Zunge schmecken und auch ihn. Sein Geschmack ist wie sein Geruch, irgendwie vanillig. Und. So. Gut. Ich dränge mich noch näher an ihn und er stöhnt auf. Ich spüre seine Härte an meinem Bauch und so, wie er aufstöhnt, muss es fast schmerzhaft sein. Meine Hände gleiten an seinem Rücken herunter und ich spüre seine angespannten Muskeln. Das Gefühl seiner Haut unter meinen Fingern hat eine unglaubliche Wirkung auf mich. An seinen Hüften angekommen, ergreife ich seine Shorts. Ich schlüpfe mit den Fingerspitzen drunter und drücke seinen festen Hintern, sodass sein Glied noch fester gegen meine Mitte und meinen Bauch drückt. Er bewegt sich dabei ganz leicht rauf und runter. Ich umschließe ihn mit meinen Beinen und meine Finger wandern von seinem Hintern zum Bund der Hose und ziehen sie ganz leicht hinunter. Ich streichle die nackte Haut und lasse meine Hand nach vorne zu seiner Männlichkeit wandern, die sich inzwischen sehr hart in meinen Bauch bohrt. Ich umfasse ihn und spüre, wie Damian zittert. Ich höre ihn laut schlucken. Er beißt mich in mein Ohrläppchen und küsst dann die Stelle hinter meinem Ohr.

193

Ich bewege meine Hand, die ihn hält, auf und ab, und er vergräbt sein Gesicht in meinem Nacken. Er stöhnt immer lauter. Mein Griff wird fester, da seine Erregung immer mehr wächst. Er umfasst wieder mein Kinn und zwingt mich, ihm in die Augen zu sehen. Er bewegt sich immer schneller in meiner Hand. Seine Augen sind weit geöffnet und in seinem Blick erkenne ich das Erstaunen und seine Gefühle für mich. Er sieht mich an, als wäre ich alles für ihn. Und er ist alles für mich.

„Leana", flüstert er und küsst mich. Wir behalten den Augenkontakt bei, als er seinem Höhepunkt immer schneller zusteuert. Schließlich stöhnt er auf und kneift die Augen zusammen. Ich spüre sein Zucken in meiner Hand und seinen heißen Samen auf meinem Bauch. Er sackt auf mir zusammen und ich fühle sein angenehmes Gewicht, das mich in die Matratze drückt. Sein Gesicht vergräbt er in meinen Haaren, während er sich auf seinen Ellenbogen abstützt, damit er nicht mit seinem ganzen Gewicht auf mir liegt. Ich streichle über seinen schweißfeuchten Rücken, bis sich sein Atem etwas beruhigt hat. Er zieht mich mit sich auf die Seite und ich liege auf ihm und in seinen Armen. Er streichelt sanft mein Gesicht und beobachtet mich mit einem leichten Lächeln. Er schließt die Augen, atmet tief ein und aus und küsst mich besitzergreifend.

„Was machst du nur mit mir?", seufzt er. Und dann gesteht er: „Ich weiß nicht für wie lange ich weg sein werde, aber ich bin jetzt schon süchtig nach dir."

Mein Gott ist der Mann heiß.

„Ich verspreche dir, dass wir uns bald wiedersehen", flüstere ich lächelnd. Meine Gedanken wandern zu meinem Plan. Ich werde nach Altra kommen und diesen Krieg beenden, hoffentlich noch bevor er wirklich angefangen hat.

Er zieht die Augenbrauen zusammen und mustert

mich kritisch.

„Du würdest es mir sagen, wenn du eine Lösung gefunden hättest, oder? Hast du eine Lösung gefunden?"

Der Mann kann Gedanken lesen oder meine Mimik besser deuten, als mir lieb ist.

Ich runzle die Stirn und küsse seinen angespannten Kiefer entlang. Er rückt etwas weiter von mir ab und mustert mich nun sehr eindringlich.

„Du würdest es mir sagen, richtig?", fragt er direkt.

Ich seufze. Das Letzte, was er jetzt braucht, ist mein etwas – etwas – waghalsiger Plan. Er braucht sich nicht noch mehr Sorgen zu machen. Eine kleine Notlüge schadet daher doch nicht, oder?

Oder?

„Ja", sage ich und bemühe mich um einen aufrichtigen Ton. „Ich weihe dich rechtzeitig in meine Pläne ein. Okay?"

„Ist ,rechtzeitig' jetzt? Und meinst du mit ,Ja' ja, du hast eine Lösung, sagst aber trotzdem nichts, oder ja, du sagst es mir, sobald du einen Plan hast?", fragt er nun ziemlich erbost.

Oh Mann, er steht Markus echt in nichts nach, was das Ausfragen angeht! Offenbar sind alle Männer dieser Familie Hellseher.

Ich richte mich etwas auf und sehe ihm tief in die Augen. „Du vergisst offenbar, dass Markus mich unter seiner Fuchtel hat. Wie könnte ich da etwas Dummes machen?", frage ich spöttisch. Hoffentlich bringe ich ihn dadurch davon ab, weiter nachzubohren.

„Hmm", kommt nur als Antwort, aber ich merke, wie sich unter mir sein Körper langsam entspannt.

„Bitte erzähl mir doch noch mehr von Dir, von der Erde, deiner Heimat", versuche ich ihn weiter von möglichen Plänen auf fremden Planeten abzulenken. Offenbar nicht sehr subtil, denn er lacht zunächst nur. Daher

195

bin ich dann doch überrascht, als er tatsächlich darauf eingeht.

Er legt sich entspannt auf den Rücken, sieht zur Decke und zieht mich fest an seine Seite.

„Ich liebe es, surfen zu gehen. Ich freue mich darauf, dich irgendwann auf ein Brett zu stellen. Das Meer ist mein zweites Zuhause", beginnt er malerisch und begeistert zu erzählen und ich bin glücklich, ihn so losgelöst und entspannt zu erleben. So sollte es für immer sein. Ohne Sorgen, nur wir beide.

Am frühen Morgen verabschiedet sich Damian von mir. Zärtlich und liebevoll, mit langen intensiven Küssen. Als er sich noch einmal über mich beugt, um mir einen letzten Kuss zu stehlen, hänge ich ihm mein Medaillon um den Hals. Er sieht mich überrascht an, öffnet es und sieht auf das Bild herab. Ich habe das Medaillon von meiner Mutter erhalten, damals war noch ein Bild von meinem Vater darin. Ich nahm es ab, als die Stille in die Beziehung zwischen mir und meinen Vater einkehrte. Jetzt ist ein Bild von mir darin, hinter dem ich einen winzig kleinen Kristallsplitter versteckt habe.

„Ich möchte, dass wenigstens etwas von mir immer bei dir ist", erkläre ich schüchtern.

Er schließt das Medaillon schweigend und steckt es unter sein Hemd. Er drückt es gegen sein Herz und sieht mich mit einem mit Liebe gefüllten Blick an. Es fällt ihm sichtlich schwer, zu gehen, und mir fällt es schwer, ihn gehen zu lassen. Aber letztendlich lösen wir uns voneinander und ich sehe ihm nach, lange nachdem sich die Tür hinter ihm geschlossen und er sich auf seine Mission begeben hat.

Ich ziehe mich gedankenverloren an. Die letzte Nacht war … der Wahnsinn! Ich muss über mich selbst lachen, als ich mein Spiegelbild betrachte. Meine Wangen sind leicht gerötet, meine Augen strahlen und ich grinse dümmlich. Aha, so sieht der Damian-Effekt also bei mir aus. Ich muss mich fast über mich selbst ärgern. Gott, ich grinse wie ein hormongesteuertes, dummes Mädchen – und die Umstände dafür könnten nicht schlimmer sein! Gleich muss ich auf der Aussichtsterrasse stehen und mich von den Männern verabschieden, die ich liebe. Ich muss zusehen, wie sie im Tor verschwinden, wie sich dieses hinter ihnen schließt, während ich am liebsten gleich mit ihnen gehen würde. Aber nein, das geht ja nicht! Die würden mich hier im Palast anketten, wenn sie wüssten, was ich vorhabe!

Also lass das gottverdammte, dümmliche Grinsen, Leana! Es liegt noch viel Arbeit vor dir!

Markus hat alles für unsere unbemerkte Abreise vorbereitet. Wir werden von Lord Eros' Schiff auf dem Plateau der heiligen Stätte abgeholt. Dann machen wir uns mit unseren Waffen und den Kristallen auf den Weg nach Altra, wo wir uns mit den Kriegerinnen der Rosen zusammenschließen werden, die Tijana in meiner Abwesenheit anführt. Meine Rosen! Und ich ziehe in den Krieg, um die Erzfeinde meines Vaters zu retten. Sie von der Dunkelheit zu befreien und gleichzeitig die Männer, die ich liebe, vor dieser zu schützen.

Ich gehe ins Wohnzimmer, wo Maja und Markus bereits auf mich warten. Maja zwinkert mir wissend zu und flüstert, als ich an ihr vorbeigehe: „War wohl eine lange Nacht, hmm?"

Markus' Gesichtsausdruck verfinstert sich augenblicklich.

„Was soll das bitte heißen?", grollt er.

„Nichts, alles ist gut", erwidere ich augenrollend und schenke Maja einen bösen Blick. Vielen Dank auch, du

Verräterin! Sie lacht aber nur.

Wir treten gemeinsam den Weg zur Aussichtsplattform, die an den großen Ballsaal grenzt, an. Der Blick hinunter ist irgendwie grausam ehrfürchtig. Etwa dreitausend Männer stehen unten in Reih und Glied und warten auf das Eintreffen ihres Königs. Vor der ersten Reihe thront Damian auf einem Pferd und sieht konzentriert und mit Stolz geschwollener Brust auf seine Männer herab. Christians Brigade hat sich ebenfalls aufgestellt, um ihrem König und ihrem Heerführer die Ehre zu erweisen. Damian reitet auf Christian zu und spricht mit ihm. Offenbar die letzten Befehle, wenn man von Christians Haltung ausgeht. Ich trete an das Geländer, ganz nah und beobachte die Szene interessiert. Christian nickt und sieht zu mir auf. Damian dreht sich auch um und sein Blick trifft meinen. Ich lächle ihm zu, um ihm seine Anspannung zu nehmen. Ich will nicht, dass er sich Sorgen um mich macht. Sein Blick ist intensiv und spiegelt meine Gefühlswelt. Damian richtet seine Aufmerksamkeit wieder auf Christian und dieser nickt erneut. Ich hätte jetzt gern Mäuschen gespielt und gewusst, was er ihm gesagt hat! Verdammt!

Mein Vater erscheint auf seinem Pferd und positioniert sich mittig vor seinen Männern. Damian erscheint neben ihm und nun sehen alle zu uns hinauf. Meine Augen füllen sich mit Tränen, denn ich sehe auf die zwei wichtigsten Männer in meinem Leben hinunter.

Reiß dich zusammen, Leana!

Mein Vater hebt sein Schwert. „Für das Licht!"

Die Männer greifen zu ihren Schwertern und versenken diese vor ihren Füßen, während sie mit gesenkten Köpfen ehrfurchtsvoll vor der Aussichtsplattform das Knie beugen. Ich kann nicht anders, als mich in die Luft zu erheben. Ich sehe teils erschrockene Gesichter; für sie muss ich wie ein Engel aus den Sagen der Erde aussehen. „Kämpft! Kämpft für eure Freiheit, für eure Liebsten und eure Familien. Für Frieden!", rufe ich laut, sodass mich auch die Männer in den letzten Reihen hören. Das Erstaunen über meine Kräfte ist ihnen ins Gesicht gemeißelt, aber sie erheben sich aus ihrer Haltung und Damian richtet sein Schwert in die Luft und schreit laut: „Für unsere Königin! Für das Licht!"

Sollte es nicht heißen „für unseren König"?

Doch seine Männer stimmen augenblicklich laut mit ein. Eine Gänsehaut überzieht meinen Körper.

Damian sieht noch einmal zu mir hinauf, und als er merkt, dass auch ich ihn beobachte, zieht er mein Medaillon hervor und küsst es, ohne auch nur eine Sekunde den Blick von mir zu wenden.

Mein Vater beobachtet das Ganze mit großen Augen und nickt mir dann wissend zu. Offensichtlich hat er verstanden. Genauso wie alle anderen Anwesenden. Es fühlt sich überraschend … richtig an. Nicht besitzergreifend. Nicht übergriffig. Stattdessen kann ich nicht aufhören zu grinsen.

König Leander lenkt sein Pferd in die Richtung des Tores. Die Männer öffnen einen Weg in der Mitte für ihn und Damian. Und so reiten meine beiden Männer mit ihren Kriegern im Rücken in Richtung Krieg.

Ich sehe sie absteigen und im Tor verschwinden. Die ganze Truppe folgt ihnen, ohne zu zögern. Bis nichts als beklemmende Stille verbleibt.

Tränen machen mich fast blind, als ich mich wieder gen Aussichtsterrasse herabsenke. Und plötzlich geht ganz in der Nähe ein Gebäude in die Luft. Die Detonation reißt mich hart zu Boden. Markus ist augenblicklich bei mir, schirmt meinen Körper mit seinem ab und starrt auf die Stadt herab. Dicke Rauchschwaden erscheinen und Leute laufen schreiend auf den Palast zu. Nein, sie fliehen!

Aber nicht vor dem Feuer. Vor was dann?

Eine Wand voller Emotionen überrollt mich. Und dann ist da nur noch ... Dunkelheit.

Mächtig und schwelend. Aber es sind keine Retsen, die sie zu uns tragen. Diese könnten sich auf keinen Fall so unbemerkt auf Lichthof aufhalten. Offensichtlich haben sie gewusst, wann das Heer Lichthof vollständig verlassen haben würde.

Meine Starre löst sich, als Markus mich packt.

„Verdammt! Wir werden angegriffen! Los doch, komm schon!" Er flucht laut los, hebt mich in seine Arme, damit ich ihm nicht entwischen kann, und rennt wie vom Teufel verfolgt in den Palast hinein.

Ich sehe nur noch, wie Christians Brigade sich aufteilt und in die Stadt eilt.

Doch was mir wirklich Sorgen macht, ist die fast überwältigende Kraft der Dunkelheit. So intensiv habe ich sie bisher noch nie gespürt.

Markus trägt mich immer noch, offenbar mit dem Ziel, zur Stätte zu gelangen.

„Markus, lass mich runter. Ich kann laufen!"

„Vergiss es! Nachher stellst du noch was Dummes an und läufst ihnen zum Beispiel entgegen!", schnauft er verächtlich. Ich verdrehe die Augen und schüttle den Kopf.

„Markus! LASS MICH SOFORT RUNTER!"

Ich versuche, mich aus seinem Klammergriff zu befreien, aber ich habe fast keine Chance, ohne meine Kräfte an ihm einzusetzen. Und ich weiß, er würde mir die Hölle heiß machen, wenn ich das in dieser Situation wagen würde.

Zum Glück sind wir bald darauf da und er lässt mich hinunter, sodass ich die Stufen zum Plateau selbst

200

hinauflaufen kann. Markus zögert nur kurz, bevor er mir auf die Treppe folgt, dieses Mal ohne Probleme. Ganz anders sieht es bei den Kriegern aus, die uns zu unserem Schutz gefolgt sind. Sie prallen am Schutzschild ab, fluchen und formieren sich dann davor.

Oben angekommen, packe ich mein Kampfanzug, den wir hier für unseren geplanten Aufbruch deponiert hatten, und ziehe mich in Windeseile um. Ich laufe zum Rand der Plattform und versuche, etwas zwischen den Rauchschwaden zu erkennen. Markus steht neben mir und beobachtet ebenfalls das Bild, das sich uns offenbart.

Mehrere Gebäude stehen in Flammen. Inzwischen sind keine Menschen mehr auf den Straßen. Sie müssen in die Häuser oder zum Palast geflüchtet sein.

Ich will gerade erleichtert aufatmen, als eine weitere Explosion die Stadt erschüttert!

„Die Bibliothek brennt!", schallt es zu uns hinauf.

Mehrere Männer stürmen das benachbarte Gebäude. Sind das unsere Krieger?

Ich sehe zu Markus rüber. Auch er mustert die Kämpfer. Christians Brigade trifft soeben auf die Männer und es kommt zu einem Kampf.

Ich verfolge das Blutbad mit schreckgeweiteten Augen. Unsere Männer haben keine Chance! Obwohl sie ihnen zahlenmäßig überlegen sind, schlachten die neun fremden Männer gnadenlos einen nach dem anderen ab.

„Das sind Lord Cians Männer!", zischt Markus plötzlich. „Der vorne, das ist sein Hauptmann! Ich kenne ihn!"

WAS ZUR HÖLLE ...

Ich erinnere mich an den kleinen Anteil Dunkelheit, den ich bei Lord Cian gesehen habe. Wie konnte er damit so viele seiner Männer derartig manipulieren?

„Ich muss da runter, Markus. Wir müssen ihnen helfen! Sie werden gnadenlos abgeschlachtet!"

„Auf keinen Fall! Ich bringe dich hier weg."

„Nein! Die sind bis zum Anschlag vollgepumpt mit Dunkelheit. Sie werden Christians Brigade bis zum letzten Mann abschlachten und dann bei der normalen Bevölkerung weitermachen. So ist die Dunkelheit. Sie. Hört. Nicht. Auf. Das kann ich nicht zulassen!" Er beißt sich auf die Lippen und sieht mich mit zusammengekniffenem Blick an. Er weiß, dass ich recht habe. Nur will er in der Situation das Richtige tun. Und das wäre aus seiner Sicht, mich zu beschützen und so weit wie möglich von den Kämpfen fernzuhalten.

„Markus, wir haben die Splitter! Es wird funktionieren. Wir müssen sie nur dazu bekommen, sich auf einen Ort zu konzentrieren. Dann kreisen wir sie mit den Kristallen ein und ich überflute sie mit meiner Energie. Sieh es als Generalprobe, okay? Wer weiß, ob nicht die Retsen inzwischen auch so stark geworden sind. Wenn ja, wird das Heer rein gar nichts bewirken können. Bitte", flehe ich nun verzweifelt. „Wenn wir hier verlieren, dann ist auch Damian verloren. Und mein Vater. Und Ty."

Ich sehe, dass sich sein Pflichtverständnis mit seiner Liebe zu Ty und seinem Bruder duelliert. „Verdammt, Leana!", knurrt er schließlich und fährt sich fahrig durch die Haare. „Also schön … rein hypothetisch … wie willst du es anstellen, dass sie sich nur auf eine Stelle konzentrieren?"

„Hiermit." Ich erzeuge eine Energiekugel auf meiner Hand. Die letzten Abende habe ich es immer und immer wieder trainiert, wenn ich gerade alleine war. „Ich locke sie damit an, während du mit den anderen einen Kreis um sie ziehst. Wenn sie eingekesselt sind, setzte ich meine Energie frei."

Na gut … soweit die Theorie. Ich mache mir nichts vor: Die Realität wird wahrscheinlich anders aussehen. Ich schlucke meine Ängste herunter. Reiß dich zusammen! Hier geht es um viele Menschenleben.

Markus sieht aus, als würde er gleich durchdrehen. Da ertönt eine körperlose weibliche Stimme: „Hauptmann Christian bittet um Einlass zur Stätte."

Aha ... so funktioniert das also.

„Dieser sei ihm einmalig gewährt", antworte ich der ominösen Stimme hastig. Kurz darauf erscheint Christian total verdreckt und verschwitzt auf dem Plateau. Blut klebt an seinen Händen und bedeckt seinen ganzen Kampfanzug. Er sieht aus, als käme er geradewegs aus der Hölle.

„Prinzessin, wir müssen Euch evakuieren. Sofort!", tönt er in einem herrischen Ton und packt mich am Handgelenk, als habe er vor, mich so zur Treppe zu schleifen.

Ich stemme mich gegen ihn. „Stopp. Nein, lass mich los. Ich kann helfen! Deine Männer werden wie Tiere abgeschlachtet und den anderen Menschen auf Lichthof wird es danach nicht anders ergehen." Mit einem Ruck mache ich mich von ihm los und er sieht mich überrascht an.

„Hör dir an, was ich zu sagen habe."

Sein Blick wandert zu meinem Hüter, unsicher, was das Protokoll besagt.

„Ich würde sie anhören, wenn ich du wäre", meint Markus. „Sie macht eh, was sie will. Und so wirst du gleich wenigstens nicht von ihr verdroschen, was definitiv passieren wird, wenn du dich ihr in den Weg stellst."

Christians Blick huscht unruhig hin und her. Er sieht aus, wie ein gehetztes Tier, weg ist die Ausbildung, die antrainierte Ruhe. Kein bisschen mehr von „für das Licht".

„Wie? Wie willst du helfen können? Wir sind ausgebildete Soldaten und noch nicht mal wir haben eine Chance gegen diese Tiere. Also wie? Wie willst du helfen?"

„Hiermit", sage ich und lass erneut eine Energiekugel

203

wachsen, feuere sie aber noch nicht ab. Dann werfe ich ihm den Sack voller Kristalle zu, richte mich zu meiner vollen Größe auf und sage kühl: „Ich bin das Licht. Ich bin eure Prinzessin. In Abwesenheit meines Vaters bin ich eure Regentin. Und ich sage, ich kann helfen. Ich bin das Licht, ich bin mächtiger als die Dunkelheit, mächtiger als diese Krieger dort unten. Ich weiß, wie wir sie aufhalten können. Sie zu töten wird schier unmöglich sein. Also – hör mir zu und folge meinen Anweisungen."

Sein Blick ist durchdringend. Aber ich lasse mich nicht kleinkriegen. Ich starre zurück und kann förmlich sehen, wann er seine starre Haltung aufgibt und sich meiner Befehlsgewalt unterwirft.

Er schnauft laut und fährt sich grob durch die kurzen Haare.

„In Ordnung. Wie willst du … Was habt Ihr vor mit … dem da?" Er zeigte auf die Scherben.

„Dies sind die Bruchstücke des Kristalls der Erleuchtung. Sie sind Anker. So wie Gott seine Energie für die Erschaffung des Universums mithilfe der Anker verteilt hat, kann ich diese ebenso für meine Energie nutzen. Ich muss die Befallenen nicht selbst berühren, um sie von der Dunkelheit zu befreien. Sie müssen lediglich in dem Energiefeld zwischen den Kristallen und mir stehen. Wir kesseln sie ein, deine Soldaten bekommen die Bruchstücke und markieren den Rand des Energiefelds damit und sobald sie fertig sind, setze ich meine Energie frei, um die Befallenen auszuschalten."

Ich finde, mein Plan klingt gut.

Er sieht mich fassungslos an.

„Ich soll zulassen, dass Ihr Euch von diesen Monstern umzingeln lasst – freiwillig! –, während ich mit einem Stein in der Hand am Rand des Geschehens stehe und zusehen darf, wie sie Euch abschlachten? Tut mir leid, Eure Majestät, aber das klingt nach einem furchtbaren

204

Plan!"
Er packt mich erneut, um mich zu den Treppen zu ziehen.
Genervt erzeuge ich eine kleine Energiekugel auf meiner Hand, berühre ihn ganz leicht mit ihr. Er fällt um und krümmt sich vor Schmerz zusammen. Ich sehe zu ihm herab und ziehe die Energie wieder aus seinem Körper. Er hört auf zu schreien, atmet schwer und starrt mich an.
„Ich habs dir doch gesagt, Mann", meint Markus hinter mir kopfschüttelnd.
Ich muss mir ein Grinsen verkneifen. Wenigstens weiß Markus, wann er mich machen lassen muss. Ganz anders, als dieser Kerl hier. „Es tut mir leid. Ich wollte dir nicht weh tun. Ich wollte dir nur demonstrieren, dass ich mich sehr gut zu verteidigen weiß. Also? Was sagst du?"
Er schließt die Augen und lässt den Kopf auf den Boden zurückfallen. „Verflucht … macht das bloß nie wieder! Ich kann nicht glauben, dass ich das wirklich frage, aber: Was soll ich tun?"

So kommt es, dass ich hier mit zwei extrem schlecht gelaunten Männern an meiner Seite stehe. Einen Plan haben wir. Mal sehen, was daraus wird! Mit gezogenen Schwertern beobachten wir die Umgebung. Wir haben uns auf dem Übungsplatz des Heeres versammelt. Er ist weiträumig einsehbar. Die Soldaten mit den Kristallen sind gut versteckt und stehen bereit, um die Angreifer zu umzingeln.
Wichtig ist, dass wir erst dann handeln, wenn alle Befallenen vollständig anwesend sind. Bis dahin müssen wir diejenigen, die sich schon hierher verirrt haben, irgendwie in Schach halten.
Irgendwann habe ich genug von Markus' Gefluche und dem gemurmelten „Das ist eine so schlechte Idee,

eine so schlechte" von Christian. Also erzeuge ich eine Energiekugel und feuere sie in den Himmel über uns ab und kassiere direkt zwei böse Blicke.

Ich zucke mit den Schultern. Was? Wollten sie hier bis übermorgen warten, bis sich die bösen Buben freiwillig um mich scharren?

Vor uns tut sich etwas! Lord Cians Hauptmann betritt, gefolgt von ein paar seiner Männer, den Platz. Die Gesichter sind zu Fratzen verzerrt. Sie verströmen Dunkelheit aus jeder Pore. Sie sind regelrecht in einen Blutrausch verfallen und sehen uns gierig an. Ein eiskalter Schauer fährt mir über den Körper. Nerven behalten!

„Was für ein Mist", murmelt Christian. „Hoffentlich funktioniert Euer Plan auch."

Ich nicke. „Das hoffe ich auch."

„Was?"

Ich ignoriere ihn und trete einen Schritt vor, was Markus wiederum mit einem Knurren quittiert.

„Legt die Waffen nieder!", fordere ich laut und mit fester Stimme. Ja, ich kann auch einschüchternd klingen!

Die Männer starren mich weiterhin an, aber ihr Hauptmann bricht in lautes Gelächter aus. Er … lacht mich aus. Hmm … Okay. Also nicht. Na, dann eben auf die harte Tour.

Ich knie mich hin und berühre die Erde. Ein leichtes Beben rollt auf die Männer zu. Es schüttelt sie durch und einige fallen sogar zu Boden. Ziemlich verunsichert werfen sie ihrem Hauptmann Blicke zu.

„Leana", warnt Markus neben mir.

„Was denn? Wir wollen doch, dass die anderen auch kommen. Also … lass mich ein bisschen demonstrieren."

Es erscheinen noch ein paar Befallene. Sie verharren am Eingang zum Platz. Offensichtlich erwarten sie irgendeine Art von Falle. Na ja, ganz so falsch, liegen sie damit ja nicht. Zu dumm nur, dass sie schon darin stehen.

„Waren das alle?", frage ich Christian.

Er fasst sich unauffällig in die Haare und berührt rein zufällig sein im Ohr implantiertes Kommunikationsgerät. Er schüttelt nur den Kopf. Aha. Also warten wir noch auf Gäste. Offensichtlich muss ich meine Einladung schmackhafter machen.

Ich springe hoch und erhebe mich in die Luft, lasse eine Energiekugel auf meiner Handfläche erscheinen und feuere sie direkt auf den Hauptmann.

Also, wenn das nicht zieht, dann weiß ich auch nicht. Die Retsen wären an der Stelle schon über mich hergefallen, aber unsere Soldaten haben anscheinend von ihrer eingetrichterten Militärausbildung noch nicht alles verloren.

Die Energiekugel trifft ihn und zwingt ihn in die Knie. In Ordnung, jetzt sieht er wütend aus.

Ich lächle abfällig und da stürmt er auf uns zu. Seine Männer setzen sich ebenfalls in Bewegung. Von meinem Aussichtspunkt sehe ich noch fünf weitere Gestalten auf den Platz rennen. Ich sehe zu Christian und er nickt. Er gibt das Zeichen an seine Männer. Jedoch überrascht uns die Geschwindigkeit der zustürmenden Meute. Sie werden jede Sekunde auf Markus und Christian treffen. Die beiden haben bereits Kampfhaltung eingenommen und Markus schreit mir zu, dass ich ja oben bleiben soll …

Jaja, ich sehe zu, wie sie euch zerfleischen! Ich erzeuge ein größeres Energiefeld auf meiner Hand und schleudere es den Herannahenden entgegen. Einige fallen um und bleiben regungslos liegen, andere sind benommen, aber machen sich wieder auf den Weg zu meinen Freunden. Ich lande auf dem Boden und ziehe mein Schwert. Markus und Christian stehen augenblicklich neben mir.

„Gottverflucht, Leana! Kannst du nicht einmal auf mich hören!" Markus legt sein Schutzschild um mich, aber ich lasse mich davon nicht abhalten. Ich trete hinaus und schon trifft meine Klinge auf die des Hauptmanns, während die anderen beiden sich die anderen Betroffenen vom Leib zu halten versuchen.

Da schreit Christian: „JETZT!" Seine Männer sind in Position! Ich wehre den Hauptmann mit einer weiteren Energiekugel ab und schließe die Augen.

Ich lasse die Energie fließen und spüre meine Ankerpunkte. Als ich die Augen öffne, trifft das Licht, das aus mir herausbricht, wie eine Welle die kämpfenden Männer. Sie erstarren augenblicklich und fallen dann in sich zusammen. Das Licht hat sie alle erreicht und lasse das Licht abebben. Markus und Christian sinken erschöpft auf die Knie und beobachten mit verkniffenen Gesichtern das Feld vor uns.

Vor uns beginnt sich der Hauptmann zuerst zu regen. Ich erstarre. Noch immer spüre ich die Dunkelheit in ihm. Verdammt! Wieso ist sie noch nicht gewichen?

Ich gehe auf ihn zu und sehe, wie er sich aufrichtet, keuchend und stöhnend. Er hat offensichtlich Schmerzen.

Sein Blick fällt auf mich und ein bösartiges Knurren erklingt aus seiner Kehle.

„Leana, NICHT!", schreit Markus hinter mir und richtet sich mühsam auf.

Der Hauptmann ergreift seine Klinge und greift mich frontal an. Ich weiche nicht zurück, sondern setzte ihm alles, was ich habe, entgegen. Er drückt mich mit ganzer Kraft zu Boden. Ich berühre mit meiner Hand den Boden und lasse ihn unter uns erzittern. Der Stand des Hauptmanns ist fest, dennoch lässt der Mann sich für eine Sekunde ablenken. Ich nutze es aus und rolle mich seitlich aus seinem Klammergriff. Eine Sekunde später bin ich auf den Beinen und setze ihm mein Schwert an die Kehle. Er erstarrt.

„Ergib dich! Lass dein Schwert fallen!", herrsche ich ihn an.

„Nein. Du wirst mich schon töten müssen, Prinzesschen. Ich werde mich niemals ergeben! Du musst STERBEN!", knurrt er.

„Warum ist die Dunkelheit in dir nicht gewichen?", frage ich keuchend.

Er lacht erneut dreckig auf. „Ich habe sie freiwillig gewählt, Mädchen. Er ist mein Herr! Ich werde niemals aufhören, für ihn zu töten."

Er greift in meine Klinge, das Blut tropft augenblicklich an seiner Hand entlang auf dem Boden. Er versucht, mich an sich zu ziehen. Verflucht! Ich will das nicht tun, aber mir bleibt keine andere Wahl. Ich springe zurück und lege alle Kraft in den Schwerthieb ...

Sein Kopf rollt ihm von den Schultern. Sein Körper sackt in sich zusammen. Blut strömt aus dem Halsstumpf heraus.

Die Bilder machen mir mehr zu schaffen, als ich dachte. Sie wirklich zu erleben – und sie nicht nur in Erinnerungen anderer Rosen zu sehen –, ist doch noch mal etwas anderes.

Ich sehe traurig hinab. Ich wollte niemanden töten, doch ich kann es, wenn ich muss.

Als ich hochsehe, starren mich Markus und Christian mit überraschtem Blick an. Christian räuspert sich und nickt mir zu.

Markus geht auf mich zu und nimmt mir mein Schwert aus der Hand. Säubert es schnell an der Kleidung des Hauptmanns und steckt es zurück in die Scheide an meinem Gürtel.

Erst als er meine Hand in seine nimmt, fällt mir auf, wie sehr sie zittert. Er tritt ganz nah an mich heran und hält mich an der Schulter fest, bis sich das Zittern einigermaßen wieder gelegt hat. Mein Herz rast so sehr, dass ich Angst habe, dass es aus meiner Brust springt.

„Atme, Leana. Dein Körper muss das Adrenalin abbauen. Es war richtig. Nicht alle können gerettet werden. Er hat seinen Weg selbst gewählt. Das … war sehr mutig", flüstert er mir beruhigend ins Ohr. Seine Hand an meiner Schulter wärmt meinen Körper, der gerade zu verarbeiten versucht, was passiert ist.

„Ich weiß", flüstere ich heiser zurück … und übergebe mich im nächsten Moment vor meine Füße. NA GANZ TOLL.

Markus hält mir liebevoll die Haare aus dem Gesicht und tätschelt mitfühlend meinen Rücken.

Christian geht an uns vorbei und mustert die vor uns liegenden Männer. Seine Soldaten kommen aus ihren Verstecken auf den Platz, geben die Scherben wieder zurück und er ordert sie, sich der Gegner anzunehmen und in Gewahrsam zu nehmen oder medizinisch zu betreuen. Er warnt noch vor der Möglichkeit, dass ein weiterer echter Gläubiger wie der Hauptmann dabei sein könnte, dann kommt er zu mir und Markus zurück.

Er sieht zu mir herunter. „Schon gut, wir alle mussten beim ersten Mal kotzen. Ihr wart verdammt mutig und … dämlich zugleich." Will er mich aufmuntern oder wird das eine Strafpredigt?

„Das war nicht das erste Mal. Ich habe schon mal jemanden sterben sehen", erkläre ich leise.

„Aber es war das erste Mal durch deine eigene Hand, hmm?" Er deutet auf den Geköpften. „Es braucht viel Kraft, einem Mann wie dem da den Kopf mit einem Hieb vom Hals zu trennen. Erinnere mich bitte daran, mich nie mit einer Rose anzulegen, ja?", sagt er halb scherzend, halb ernst und klopft dann Markus auf die Schulter.

Christian lässt uns allein. Der Platz ist außer Markus und mir und dem Toten plötzlich wieder leer.

210

Meine Knie geben nach und ich setze mich kurz hin. Mein Körper brennt. Das Freisetzen meiner Kräfte hat mich ziemlich geschafft.

Markus' Blick ist besorgt. Aber ich will es nicht hören.

„Markus, das Schiff wartet auf uns. Wir müssen los", flüstere ich ihm heiser zu.

„Es wird auf uns warten. Willst du dich nicht vorher ausruhen? Du bist total blass, Leana."

Ein bisschen Ruhe könnte ich tatsächlich vertragen, aber die Zeit haben wir nicht. Wenn die Retsen nur ansatzweise so stark sind wie diese Exemplare hier, dann werden sie das Heer einfach überrollen. Und allen voran Damian und meinen Vater.

„Ich kann mich auf dem Schiff ausruhen. Wir müssen gehen."

Er nickt widerstrebend und ich versuche, mich aufzurichten, merke aber, wie sehr ich schwanke. Markus hebt mich augenblicklich auf seine Arme und trägt mich zurück zum Palast. Dieses Mal protestiere ich nicht.

„Christian, ich übertrage dir die Verantwortung für Lichthof", erkläre ich ihm, als wir an ihm vorbeigehen, gerade mal so laut, dass er mich versteht. Denn zu mehr fehlt mir einfach die Kraft.

Christians Blick wandert von meiner erschöpften Gestalt zu Markus und zu dem Sack mit Scherben, den ich an mich gedrückt trage. Dann scheint er zu verstehen. Er nickt, aber er sieht sauer darüber aus, dass ich mich direkt wieder in Gefahr begeben möchte. Aber er sagt nichts ... Offenbar weiß er jetzt, dass mich nichts von meinen Plänen abbringen kann.

Und dann fallen meine Augen zu. VERDAMMT.

211

Kapitel 9
Auf den Weg

MEIN GANZER Körper tut weh. Ich spüre jeden verdammten Muskel. Selbst meine Augenlider schmerzen. Ich öffne sie leicht und bin ziemlich orientierungslos. Ich richte mich etwas auf und sehe mich um. Ich liege in einer kleinen Kabine auf einer einfachen Liege. Und es brummt.

Es brummt. Warum brummt es? Wo bin ich? Das letzte, woran ich mich erinnere, ist, wie Markus mich in den Palast getragen hat. Das hier ist offensichtlich nicht meine Suite im Palast. Ich stehe auf und kämpfe mit meinem Kreislauf. Ich stütze mich an der gegenüberliegenden Wand ab und atme tief ein und aus. Der Schwindel lässt etwas nach. Verdammt, ich habe nicht erwartet, dass es mich so viel Kraft kostet, das Licht auf die anderen zu übertragen. Ich werde mit meinen Kräften haushalten müssen, wenn ich auf Altra bin. Das, was ich dort vorhabe, wird tausendfach mehr Kraft kosten. Ich laufe auf die Metalltür zu, die aus diesem Raum zu führen scheint. Doch bevor ich sie öffnen kann, nimmt mir das schon jemand von der anderen Seite aus ab und Markus tritt herein. Mit Kristen. Was macht der denn hier?

„Hey Schlafmütze, wie fühlst du dich?", fragt Markus besorgt.

„Geht schon wieder. Wo sind wir?", krächze ich.

HERRGOTT, selbst meine Stimmbänder tun weh. Markus zieht zweifelnd die Augenbrauen hoch, beantwortet aber meine Frage: „Wir sind auf dem Transportschiff von Lord Eros und auf dem Weg nach Altra. In etwa zehn Stunden erreichen wir unser Ziel."

Ich sehe zu Kristen, der mich besorgt mustert.

„Was machst du hier?", frage ich und zumindest hat sich nun meine Stimme ein klein wenig gefangen.

Kristen lacht auf und schüttelt den Kopf. Und schenkt mir ein strahlendes Lächeln. Ich liebe die Grübchen in seinem Gesicht, wenn er so lächelt, aber an Damian kommt er einfach nicht heran.

„Jetzt guck doch nicht so! Glaubst du, ich kann eins und eins nicht zusammenzählen? Hast du vergessen, dass sich das Tor zu Olympäa auf Meeran befindet? In den letzten zwei Tagen haben über fünfhundert Rosen das Portal durchquert. Wer, außer ihrer Anführerin, kann sie in dieser Zahl rufen, hmm?", fragt er schmunzelnd.

„Okay, das erklärt, warum du kommen wolltest, aber nicht, wie du auf dieses Schiff gekommen bist."

„Ich bin gestern auf Lichthof eingetroffen. Ich hatte schon immer Pech, was so was angeht: Bin direkt in den Kampf geraten. Als dann so plötzlich alles vorbei war, bin ich zum Palast gestürmt und habe dort Markus gefunden. Na ja ... und jetzt bin ich hier."

„Wieso erinnere ich mich nicht daran? Wo war ich, als ihr euer Wiedersehen gefeiert habt?"

„Bewusstlos in Markus' Armen. Ich wollte nichts sagen, dachte, das ist dir vielleicht peinlich."

Ich verdrehe die Augen, lass es dann aber ganz schnell sein. „Das war gestern?", frage ich verdutzt. „Wie lange habe ich denn geschlafen?"

„Es ist nach Mitternacht. Du hast dreizehn Stunden geschlafen wie eine Tote", erklärt Markus. „Hast du Hunger?"

213

Als Antwort knurrt mein Magen.

Die Männer lachen schallend und Kristen legt seinen Arm um mich, um mich zu stützen. „Na los, komm mit. Bevor du uns noch verhungerst."

Wir gehen durch die vielen Gänge und gelangen zum Gemeinschaftsraum des Schiffes, das an eine geräumige Küche anschließt. Markus holt ein paar fertige Speisen aus den Vorratsschränken und lässt sie warm werden. Wir setzen uns an einen Tisch, wobei sich Kristen mir gegenüber und Markus sich ans Tischende setzt. Kristen verzieht das Gesicht, da das, was er hat, undefinierbar ist. Es ist braun, aber mehr auch nicht. Ich bin zufrieden, in meiner Schale sind Reis und Gemüse und es sieht auch einigermaßen essbar aus. Markus hat ein Chili erwischt und freut sich sichtlich, nachdem er den ersten Löffel probiert hat.

Nach einigen Minuten spüre ich förmlich wieder Kristens Blick auf mich gerichtet.

„Was?"

„Bist du dem gewachsen?"

„Was meinst du?"

„Schaffst du das? Schaffst du es, alle von der Dunkelheit zu befreien, ohne dich selbst dabei umzubringen?"

„Warum fragst du das?"

„Du siehst fertig aus, Leana. Und das waren nur dreißig Männer. Auf Altra warten hunderttausend."

Ich schlucke. Ja ich bin mir dessen bewusst, dass es mich an meine körperliche Grenze bringen wird, aber ich denke, dass es trotzdem machbar ist.

„Ja. Ich denke schon. Auf Lichthof habe ich alles gegeben. Das war viel zu viel. Es hat sie ja auch gleich gefällt. Ich denke nicht, dass ich mehr Kraft aufwenden muss, um eine ganze Armee zu erreichen."

Beide starren mich fassungslos an.

„Na kommt schon, ihr müsst mir schon vertrauen. Ihr

214

müsst dafür sorgen, dass ich danach wieder so schnell wie möglich nach Lichthof komme. Lichthof erlischt, wenn ich nicht innerhalb von sieben Tagen wiederkehre."

„Was?", schreien beide unisono auf.

Oh, hatte ich vergessen, das zu erwähnen?

„Lichthofs Energie kommt aus dem Kristall der Erleuchtung", erkläre ich. „Und da ich ziemlich viele Splitter davon habe, ist die Energiequelle nun sehr klein. Und da die Energiequelle an mich gebunden ist, braucht sie mich, um sich zu regenerieren."

„Verfluchter Mist. Wir haben ja sonst nichts zu tun. Hat sich eigentlich alles gegen uns verschworen?", flucht Markus laut auf und schmeißt seine Gabel ins Essen. „Gibt es noch irgendwas, das wir wissen sollten?", knurrt er mich an.

„Ähm, nein ... ich glaube nicht", sage ich kleinlaut.

„Na schön. Dann leg ich mich jetzt hin." Markus steht auf und fährt sich mit beiden Händen durchs Haar. „Hier kannst du wenigstens keinen Blödsinn machen. Kristen hat ein Auge auf dich."

„Ich kann mich auch selbst beschäftigen. Ich bin keine zehn mehr!", stichele ich.

„Komisch, manchmal merke ich da keinen Unterschied."

Ich bin sehr versucht, ihm Kristens braunes Etwas hinterherzupfeffern.

„Du hast mir meine Tänze vorenthalten", sagt Kristen so plötzlich in die Stille hinein, dass ich kurz zusammenzucke.

„Entschuldige", sage ich dann halbherzig. „Der Ball lief nicht ganz nach ... Plan."

Das ist die Untertreibung des Jahres, wenn man bedenkt, was alles passiert ist.

„Nein, wohl eher nicht", gibt er leicht zynisch von sich.

215

Ich mustere ihn, normalerweise ist Kristen das blühende Leben. Jetzt gerade wirkt er ... müde. Und traurig. „Ist das was Ernstes zwischen dir und Damian?", fragt er und wir starren uns kurz an, bis er seinen Blick abwendet.

„Ist dir je in den Sinn gekommen, dass ich ...", beginnt er und bricht dann doch ab.

„Dass du was?" Er sieht mir wieder in die Augen, ziemlich entschlossen diesmal, und greift nach meiner Hand. Okay ... was wird das?

„Weißt du noch, da warst du vierzehn und wir sahen uns das erste Mal auf dem Ball der Rosen. Du bist auf diesen Baum geklettert, damit du einen besseren Blick auf die Bühne hattest."

„Du meinst, als ich ziemlich ungeschickt vom Baum gefallen und du mich aufgefangen hast? Ich kann mich vage erinnern", sage ich leicht beschämt. Tatsächlich kann ich mich noch ganz genau daran erinnern. Ich wollte unbedingt die neuen Rosen von Nahem sehen, aber Oxana hat uns jungen Anwärterinnen unter fünfzehn Jahren verboten, auf dem Ball zu erscheinen. Ich habe mich rausgeschlichen und bin dann auf dem Baum geklettert und mitten in die Arme von Kristen gefallen.

Mir war das peinlich. Er fand es anscheinend charmant. So unterschiedlich kann man die gleiche Situation interpretieren. Wenn das nicht mal das perfekte Beispiel für unsere Beziehung ist.

Er war damals schon süß und kurzzeitig war ich auch echt verknallt in ihn, aber dann wurde er mein Freund, einer meiner besten Freunde. Ich meine, Kristen ist wahnsinnig hübsch. Aristokratische, kantige Gesichtszüge, wunderschöne warme braune Augen, ein schönes Lächeln und lockiges Haar. Er hat die Figur eines Kriegers und die Zunge eines Diplomaten, ist sehr klug

216

und gebildet, zuvorkommend und sehr einfühlsam. Ein Prachtexemplar eines Mannes, der Traum vieler Frauen. Nur eben nicht meiner. Mein Traum hat sich in Damian manifestiert. Ich habe mich in einem Mann verliebt, der mir Paroli bieten kann – und wird –, wenn ich wieder mal verrückt spiele. Der das gleiche lodernde Feuer in sich trägt. Und der mir mit diesem Feuer die Hölle heiß machen wird, wenn er mich auf Altra antrifft.

Kristen räuspert sich und ich schrecke aus meinen Gedanken auf. „Weißt du, was ich dir damit sagen wollte, ist … dass du seit acht Jahren die einzige Frau in meinen Gedanken bist. Ich meine, du warst so wahnsinnig süß und unschuldig. Aber selbst damals hattest du bereits dieses Feuer in dir. Hör zu, ich weiß, du siehst nicht mehr als einen Freund in mir – und wir sind Freunde und werden es immer sein. Ich bitte dich einfach, mal darüber nachzudenken, wie es vielleicht wäre, wenn du mehr zulassen würdest."

Er zieht mich noch näher zu sich hin. Hoppla … Und ich … habe definitiv nicht erwartet, was er als Nächstes sagt: „Leana, ich liebe dich! Ich will dich für mich. Du bist alles, was ich mir je gewünscht habe. Denk darüber nach, bitte."

Ich bin in eine Art Schockstarre gefallen und bekomme Gänsehaut bei seinen Worten. Seine andere Hand umfasst mein Gesicht und gräbt sich in mein Haar. Wir starren uns an. Er sieht aus, als ob er gleich über mich herfallen wird, und ich … bin total überrumpelt.

Ich höre noch, wie er ein „Ach was soll's" zischt, und schon pressen sich seine weichen Lippen auf meine. Er küsst mich erbarmungslos und knabbert im nächsten Moment leicht an meiner Unterlippe. Als ich versuche, Luft zu holen, um zu protestieren, spüre ich seine Zunge in meinem Mund.

Oh nein, oh nein, oh nein, oh nein!

217

Ich erwidere seinen Kuss nicht, bemühe mich aber, ihn nicht total von mir zu stoßen, um ihn nicht zu verletzen. Ganz sanft schiebe ich also meine Hand an seine Brust und drücke seinen Oberkörper von mir weg. Er gibt schließlich auf, einen toten Fisch zu küssen, und lehnt seine Stirn an meine.

Ich lehne mich zurück. „Kristen. Ich mag dich, sehr sogar, aber nicht so, wie du mich. Ich kann verstehen, warum du denkst, dass wir eine gute Partie wären, aber …" Ich rücke noch weiter von ihm ab. „Aber mein Herz gehört Damian."

Er starrt mich an, scheint das Gesagte zu verarbeiten. Er scheint gefasst, doch dann knurrt er: „Du magst mich. Du magst ihn vielleicht gerade mehr, aber damit kann ich was anfangen. Ich hoffe, der Bastard passt gut auf dein Herz auf, bis es mir gehört." Er steht auf und lässt mich einfach so stehen. Oder sitzen.

Okay, das ist … neu. Er hat mich noch nie stehengelassen, geschweige denn angeknurrt.

Und irgendwie habe ich das Gefühl, dass er mir ab „Ich mag dich sehr" nicht mehr zugehört hat.

Am liebsten würde ich ihn zurückrufen und die ganze Sache klar und deutlich beenden. Aber ich habe gerade ganz andere Probleme. Ich muss mich erden, muss mit mir und meiner Kraft im Einklang sein, damit ich das Potenzial meiner Kräfte voll ausnutzen kann.

Wie die Rosen es mich gelehrt haben, gehe ich auf die Knie. Gut, es ist vielleicht nicht der ideale Ort für so was, hier ist nichts natürlich, womit ich mich erden und mich mit mir selbst verbinden kann, aber jetzt muss der kalte Stahl unter meinen Beinen ausreichen. Ich berühre mit meinen Fingerspitzen den Boden und schließe die Augen, konzentriere mich auf meine Atmung und versuche, zu mir selbst zu finden und dort alle möglichen Blockaden zu überwinden. Bilder schießen hoch.

Damians Lächeln, als er mich zärtlich geküsst hat. In meinem Bett.

Vaters Kuss auf die Stirn und sein Versuch, sein seltsames Verhalten zu entschuldigen.

Das blinde Vertrauen in Tijanas Augen und ihre Treue. Das sorgenvolle Gesicht von Markus.

Der rollende Kopf des Hauptmanns und das viele Blut auf mir und an meinen Händen.

Die Dunkelheit.

„Schläft sie?", fragt Kristen leise.

„Nein. Sie meditiert und mobilisiert ihre Kräfte. Die Rosen erden sich vor einem wichtigen Kampf. Sie wird wieder ansprechbar sein, wenn sie so weit ist. Sie schieben alles von sich und konzentrieren sich auf die ihnen gestellte Aufgabe. Sehr effektiv. Leider konnte ich das nicht erlernen. Das ist eine Besonderheit, die es nur bei den Rosen gibt. Sie sind danach vollkommen gelöst", erklärt Markus bewundernd.

„Wann wacht sie auf? Wir sind fast da."

Es kommt keine Antwort, daher glaube ich, dass Markus wieder einmal nur sein berühmtes Schulterzucken zum Antworten benutzt hat.

Ich höre, wie Kristen sein Gewicht verlagert und Markus sich am Arm kratzt.

„Hört auf, mich anzustarren. Nur weil ich die Augen geschlossen habe, heißt es nicht, dass ich eure Blicke nicht spüre", sage ich leise und öffne dann doch die Augen.

Und grinse sie an. Markus wirft mir einen tadelnden Blick zu. Jaja, jetzt bitte keine Predigt. Ich bin grade sowas von geerdet.

„Also, wie fühlst du dich? Bist du dem gewachsen?", fragt Markus statt einer Predigt.

„Ich fühle mich großartig. Und ja, ich denke schon."

Natürlich reicht das meinem Hüter noch nicht. „Was heißt denn bitte schön ‚du denkst schon‘?"

„Markus, schon gut. Du siehst es nicht, aber ich glühe förmlich vor Energie und bin davon überzeugt, dass mein Plan aufgehen wird. Und jetzt hör auf Panik zu schieben." Beim letzten Satz schüttele ich ihn an den Schultern. Er verzieht die Mundwinkel zu einem Lächeln, sieht mich danach aber wieder ernst an. Ich starre zurück, bis er nickt und sich abwendet. Offenbar hat er in meinem Blick gefunden, wonach er gesucht hat.

„Schluss mit dem Geplänkel." Ich lockere meine Schultern. „Wir sind fast da?"

„Ja, wir sind im Landeanflug auf Altra, ein gutes Stück weg vom Kriegsschauplatz. Schließlich wollen wir ja unbemerkt ankommen. Wobei das nicht möglich ist, die Kriegsschiffe Lichthofs haben sich in einem größeren Radius verteilt als geplant. Sie werden unsere Ankunft bemerken."

Ich zucke die Schultern. „Jetzt ist es eh zu spät. Die Rosen sollten inzwischen am Treffpunkt angekommen sein. Wenn wir uns mit ihnen zusammengetan haben, kann es losgehen."

„Ja, und was genau wäre das?", will Kristen mit erhobenen Augenbrauen wissen.

Ich zucke mit den Schultern. „Dasselbe wie auf Lichthof, nehme ich an. Die genauen Details werden wir sehen, wenn wir erst mal auf Altra sind. Lasst uns alles Weitere mit den Rosen beraten. Vielleicht erfahren wir etwas Neues von ihnen. Und danach planen wir unsere nächsten Schritte", erkläre ich.

Die Männer stöhnen beide auf. Offenbar haben sie schon damit gerechnet, dass dieser Punkt des Plans noch nicht ganz ausgereift ist.

220

Als wir uns von der Crew verabschieden, sichert uns der Captain zu, in der Nähe von Altra zu bleiben, um uns in Notfall evakuieren zu können, falls wir Probleme bekommen sollten, eins unserer Kriegsschiffe zu erreichen. „Viel Glück", wünscht er uns noch, bevor wir von Bord gehen.

Aus dem einfachen Treffpunkt haben die Rosen inzwischen einen richtigen Stützpunkt aus Zelten erbaut. Viele sind bereits gestern eingetroffen oder wurden von Lord Eros' Schiffen hergebracht. Ich frage mich, wie er das unbemerkt von den Kriegsschiffen schaffen konnte. Der Mann hat definitiv Schleusertalente. Oder sie haben ihn gewähren lassen, weil … na ja, was soll er denn hier schon groß machen können?

Hier ist nichts weiter als Wüste. Die Kolonien liegen in den Flussgebieten von Altra. Hier kann es sehr heiß werden, aber uns Rosen macht die Hitze nicht so viel aus. Wir sind es von Olympäa gewohnt. Das Schlachtfeld liegt in einem Flussdelta, jedoch weit genug von den Städten entfernt, um hoffentlich nicht noch größeren Schaden anzurichten. Die Retsen haben sich hier schon mehr als genug in ihrem Wahn ausgetobt. Das Hauptfeld der Armee ist vor dem Tor nach Lichthof platziert. Wenn sie es da durchschaffen, haben sie Zugang zu ganz Lichthof und damit auch zu mir – wenn ich denn mal auf Lichthof wäre. Aber außer mir leben noch viele wehrlose Menschen auf meinem Heimatplaneten. Sie haben es nicht verdient, dass ihr Planet von Dunkelheit überrollt wird.

Tijana sowie Oxana und vier weitere Größen der Rosen erwarten uns bereits. Ich habe Anna, Sae, Tanja und Mya seit dem Ball der Rosen nicht mehr gesehen und freue mich ehrlich, dass sie meinem Ruf gefolgt sind. Ich bin überwältigt, als ich sehe, wie viele Schwestern hier sind. Ich schätze, das in etwa tausend Rosen vor mir stehen. Selbst bei Feierlichkeiten auf Olympäa sind selten so viele versammelt gewesen.

Ich hebe meine Hand in die Höhe und zeige meinen Respekt für meine Schwestern. Sie erwidern den Gruß schweigend, danach zerstreut sich die Menge wieder, die Frauen gehen in die Zelte, setzen sich zusammen oder bereiten Essen vor.

Tijana fällt mir um den Hals und küsst meine Wange. Ich ziehe sie ganz nah zu mir. Sie hat mir so gefehlt. Oxana nimmt ihren Platz ein, sobald Ty von mir ablässt.

„Schön dich zu sehen, wobei ich mir wirklich andere Umstände gewünscht hätte", begrüßt sie mich.

„Ja, das wünschte ich auch. Aber manchmal sind die Dinge einfach so, wie sie sind. Nicht wahr?", erwidere ich lachend. Diesen Satz habe ich in meiner Ausbildung von ihr ungefähr gefühlt eine Million Male gehört.

„Okay. Ich brauche einen Lagebericht. Habt ihr euch schon ein Bild von den Stützpunkten gemacht?", frage ich auf dem Weg zum Hauptzelt. Hier ist bereits ein Tisch für die Holographien aufgebaut, in dem die Karte von Altra inklusive der markierten Stützpunkte in Live dargestellt wird. Hut ab, in der kurzen Zeit! Meine Schwestern waren wirklich sehr akribisch. Die Karte umfasst wirklich sämtliche Winkel.

„Ja, die Armee Lichthofs verlagert ihre Kräfte vors Tor und genau aufs Flussdelta. Es sind nur wenige Kompanien außerhalb stationiert. Das heißt, König Leander geht aufs Ganze, will alles auf einer Front spielen lassen. Die Retsen dagegen sind nicht ganz so zentral aufgestellt, jedoch formieren sie sich immer weiter zusammen, um gegen die geballte Kraft Lichthofs halten zu können", erklärt Sae.

„Die Retsen haben sich verändert, Leana. Die Dunkelheit und die Kraft, die sie ausstrahlen, werden von Stunde zu Stunde größer. Es ist, als ob sie geradezu aufgeputscht werden. Die Energie strahlt inzwischen bis hierher", sagt Anna deutlich beunruhigt.

„Ich weiß. Wenn sie so stark sind, wie die Krieger, die uns auf Lichthof angegriffen haben, sind sie für die Armee nicht zu halten. Einer ist so stark wie zehn Männer und dabei fast nicht zu töten, außer man schlägt ihnen den Kopf ab."

Die Gesichter meiner Schwestern sind bei meinen Worten erstarrt.

„Du wurdest angegriffen? Wann?", fragt Oxana entsetzt, während Ty nach dem „Wer?" und „Wo" fragt.

„Es waren Lord Cians Männer", nimmt Markus den Faden auf. „Der Hauptmann muss mit einem Schiff und Verstärkung eingetroffen sein, als die letzte Kompanie zusammen mit König Leander und dem Heerführer Lichthof verlassen hat."

Ich mustere ihn. Keine Ahnung was in ihn gerade gefahren ist, aber so nüchtern, wie er den Bericht hält, kenne ich ihn nicht. Er und Tijana haben sich auch noch nicht wie sonst liebevoll begrüßt. Ist er noch sauer auf sie, dass sie ihm nichts verraten hat und meinem Befehl gefolgt ist?

Ich wünsche, ich könnte meinen besten Freunden helfen, aber gerade geht meine ganze Kraft ins Planen unseres Angriffs.

Mein Blick wandert über die Gesichter meiner Schwestern. Sie sind hochkonzentriert, wirken in sich gekehrt. Jede scheint sich dem Ausmaß des Ganzen erst jetzt richtig bewusst zu werden. Hier geht es nun nicht mehr nur um das Volk der Retsen. Die Dunkelheit bedroht uns alle und sie lässt nichts unversucht. Es wird Zeit, ein Zeichen zu setzen und der brodelnden Gewalt Einhalt zu bieten. Und das wird mir nur mit der Hilfe meiner Schwestern gelingen.

Wir rufen alle Rosen zusammen und drängen uns um

die Altra-Karte.

„Meine Rosen!", rufe ich laut, um mir Gehör zu verschaffen. „Hier gilt es nun, keine Zeit mehr zu verlieren. Wir müssen ein Zeichen setzen. Die Dunkelheit weitet sich mehr und mehr aus. Ich weiß, dass meine Abwesenheit von Lichthof dazu beigetragen hat und die Politik meines Vaters den Nährboden vergrößert hat. Aber wir müssen handeln. Wir müssen der Armee von Lichthof beistehen, die Retsen aufhalten und versuchen, sie zu retten. Jedes Leben zählt", beschwöre ich sie und lege den Sack mit den Steinen auf dem Holotisch ab. Ich öffne ihn und platziere die Steine schwebend in der dreidimensionalen Karte, sodass sie die einzunehmenden Positionen markieren.

Die Rosen studieren die Karte genau.

„Die Reichweite pro Stein ist groß. Jedoch müssen sie relativ nah beieinander liegen, sonst gibt es Lücken. Je mehr Lücken, desto weniger erfolgreich wird unser Vorhaben sein", erkläre ich.

„Wo wirst du stehen?", fragt Markus auf einmal verwirrt.

Die Rosen sehen ihn kurz verwirrt an. Für meine Schwestern ist es offensichtlich. Markus müsste es theoretisch auch sehen, aber vielleicht will er es auch einfach nicht wahrhaben.

Ich räuspere mich und markiere die Position mit einem roten Pin auf der Karte. Ich lasse ihn nicht aus den Augen, als ihm klar wird, wo ich stehen werde. Blankes Entsetzen ersetzt seine Verwirrung.

„Nein", tönt er wütend. „Wie zum Teufel willst du dort hinkommen? Ich meine ... verflucht, Leana, das ist Selbstmord!"

Bevor ich meinen Standort erklären kann, zerrt er mich aus der Gruppe und aus dem Zelt, wo er dann auch schon weiter zetert: „Du wirst nicht an der vordersten

224

Front stehen! Nicht inmitten der Retsen! Bist du denn total verrückt geworden?"

Ich hebe meine Augenbrauen und sehe ihn ungläubig an.

„Wo dachtest du, werde ich stehen?", frage ich unwirsch. Warum kann er mich nicht unterstützen? Er flucht weiter vor sich hin, da kommt Tijana aus dem Zelt und auf ihn zu gestürmt.

„Meine Güte, Markus!", schnauzt sie ihn an. „Du kannst auch wieder aufhören, das Kindermädchen zu spielen. Sie ist doch kein Kleinkind, das du rumkommandieren kannst. Leana hat eine Aufgabe zu erfüllen und wir sollten alles dafür tun, dass sie diese unbeschadet übersteht. Glaubst du, ich würde sie ohne Schutz dorthin lassen? Aber seien wir mal ehrlich: Sie braucht nicht wirklich Schutz! Leana ist stärker, als alle Krieger der Armee des Lichts zusammen. Allein ihre Aura hat sich, seitdem sie Lichthof betreten hat, total verändert. Sie hat eine Anziehung und eine Kraft wie eine Sonne. Fehlt nur noch, dass sie Funken sprüht. Also bitte, lass diese theatralischen Ausbrüche und hör zu! Es ist wichtig, dass vor allem du weißt, wo du zu sein hast, um sie zu schützen, falls es notwendig sein sollte. Sieh es ein, du kannst sie hier nicht raushalten. Wir alle haben einen Beitrag zu leisten, auch du, auch Leana. Wir müssen alle unser Schicksal erfüllen und an ihrer Seite kämpfen!"

Nach ihrem Ausbruch dreht Tijana sich um und verschwindet wieder im Zelt, während Markus ihr nachschaut, als ob sie ihn persönlich verraten hätte.

Dieser Hornochse! Ich drehe mich zu ihm und ziehe mit meiner Hand sein Kinn in meine Richtung. Sein Blick ist kalt und mit Wut erfüllt. Er sieht mich an und seine Nasenlöcher blähen sich auf, um so viel Luft wie möglich in seine Lungen zu pumpen.

„Tijana liebt dich mehr als ihr Leben. Sei wütend auf

mich, aber nicht auf sie. Sie hat nur erkannt, dass sie mich nicht aufhalten kann und mir lieber beistehen als gegen mich kämpfen möchte."

Er schlägt meine Hand beiseite, dreht sich um und stampft wütend davon.

Ich beschließe, ihm etwas Abstand zu geben, und schleiche mich zurück ins Zelt, wo Oxana uns wieder auf Kurs bringt und wir die nächsten Schritte besprechen. Als alle wissen, was zu tun ist, verlassen Tijana und ich das Zelt, um Markus zu suchen.

Ty hält mich am Arm fest. „Lass mal. Ich mache das schon, okay? Ruh dich aus. In einigen Stunden müssen wir unsere Plätze einnehmen und das wird nicht einfach werden, besonders für dich. Außerdem ist er sauer auf mich, nicht auf dich."

Ich nicke wortlos und lasse sie alleine von dannen ziehen. Ich suche mir ein Quartier und lege mich noch mal hin, denn ich muss mich sammeln und weiter meine Kräfte mobilisieren. Jedes einzelne Quäntchen werde ich gut gebrauchen können.

Meine Gedanken driften wieder in meine Bilder und Emotionen ab und immer wieder fliegen sie zu Damian. Wie er wohl reagieren wird, wenn er mich dort entdeckt? Wird er mir verzeihen können, dass ich ihm nichts gesagt habe, obwohl ich es versprochen hatte? Muss ich ihn in meine Pläne einweihen? Er ist der Heerführer meiner Armee. Er muss mir auch Folge leisten, auch wenn ich noch nicht den Thron innehabe. Oder? Ich stöhne laut auf und stehe wieder auf. Ich sehe lieber nach Tijana und Markus und lasse mich von ihnen von meinen Gedanken ablenken.

Ich finde beide abseits des Feldes, in dem das Lager aufgeschlagen worden ist. Markus sitzt auf einem großen Felsen mit herunterhängendem Kopf und verschränkten Armen. Tijana kniet vor ihm und redet offenbar auf ihn

226

ein. Sie hat ihre Hände auf seine zur Faust verschränkten Hände gelegt und sieht ihn liebevoll an. Er hebt seinen Kopf und sie starren sich einige Zeit nur an. Bis er seine Hände auf ihre Wangen legt und sie leidenschaftlich an sich zieht und küsst. Der Kuss ist ... alles.

Liebe, Verzweiflung, Wut und so viel mehr.

Ich muss lächeln und wende meinen Blick von diesem intimen Moment ab, die beiden sollten die Zeit, die sie noch haben, miteinander verbringen. Wer weiß, was morgen passieren wird.

Es ist so unendlich erleichternd, dass sie sich wieder vertragen haben. Ihre Liebe ist rein und intensiv. Ich möchte kein Keil dazwischen treiben. Mit Oxana muss ich nun über den morgigen Tag sprechen. Ich blicke mich um und gehe in Richtung des Hauptzelts. Sie wird wahrscheinlich über der Karte hocken und die Entwicklung beobachten.

Felis läuft auf mich zu.

„Leana, eine Truppe der Armee nähert sich uns. Komm mit!"

Wir laufen ins Zelt hinein und mein Blick fällt auf die Karte. Anscheinend hat Damian Noah mit einigen Männern geschickt. Wir werden sie vor dem Lager erwarten.

„Na los, gehen wir unsere Freunde begrüßen", seufze ich.

„Na, hoffentlich geht dein Plan auf, Leana!", schmunzelt Oxana.

Ja, das hoffe ich auch. Sonst bin ich sehr bald einen Kopf kürzer.

Wir gehen ihnen entgegen und Noah sieht nicht überrascht aus. Eher sauer. Ziemlich sauer.

Die anderen Männer sehen schockiert aus. Ich weiß, manche Männer vergleichen uns Rosen mit Sirenen. Sie vergessen ganz gerne, dass wir, wenn überhaupt, bis auf die Zähne bewaffnete und furchteinflößende Sirenen sind.

Ich lege den Kopf zur Seite, räuspere mich angesäuert und strafe sie mit einem finsteren Blick. Und es hilft, ein wenig. Die Zungen fahren wie bei braven kleinen Hündchen augenblicklich ein und sie ringen um Fassung.

Noah wirft seinen Männern ebenfalls wütende Blicke zu, darum bemüht, seine Kompanie zur Räson zu bringen.

Er wendet sich wieder mir zu und sein Blick wird nicht unbedingt weicher. Er verneigt sich und holt tief Luft, offenbar, um seine Wut zu kontrollieren.

Es ist sein gutes Recht, wütend zu sein. Wäre ich auch. Ich habe ihn ausgenutzt, um mir die Informationen zu verschaffen, die ich brauchte, um meinen Aufenthalt hier planen zu können. Ich habe ihm nur von den Rosen erzählt und nicht, dass ich ebenfalls dabei sein werde. So gesehen, habe ich ihn eigentlich nicht belogen. Nur … ach, was solls. Auf seine Befindlichkeiten kann ich jetzt keine Rücksicht nehmen.

„Es tut mir aufrichtig leid, Noah", sage ich trotzdem. „Ich habe dein Vertrauen ausgenutzt. Ich habe dir verschwiegen, dass ich selbst hier sein werde. Wirklich, ich habe keine andere Lösung für das hier gefunden. Bitte verzeih mir."

Seine Miene wird nun endlich weicher und er fährt sich durch die Haare. Kopfschüttelnd sieht er mich an und murmelt irgendwas von „Damian wird mir den Kopf abreißen".

Dann räuspert er sich und sagt mit fester Stimme: „Eure Majestät, ich bin angewiesen worden, die Versammlung der Rosen hier aufzulösen. Wenn sie sich weigern, muss ich sie mit ins Lager nehmen …"

„Gut, wir begleiten euch ins Lager", erwidere ich freudig und überrumple ihn damit völlig. „Ihr dürft uns beim

Abbau helfen."

Noah seufzt und schüttelt frustriert den Kopf.

„Ihr habt die Prinzessin gehört. Helft, das Lager aufzulösen", knurrt er seine Männer an, nachdem sich zunächst keiner rührt.

Ich drehe mich zu Oxana um und nicke ihr zu. Sie nickt mir zu und tippt mit ihrer Hand unauffällig auf den Sack mit den Scherben. Sie wird die anderen Rosen um das Schlachtfeld herumführen und kontrollieren, dass auch alle dort sind, wo sie gebraucht werden. Sie wird ihre Aufgabe erfüllen, so wie die anderen auch, da bin ich mir sicher. Es zählt jetzt nur noch, mich auf das Schlachtfeld zu bringen, und das könnte, gelinde gesagt, etwas schwierig werden.

Das Lager ist rasch aufgelöst und die Mehrheit der Rosen folgt mir und Noahs Kompanie. Die anderen folgen Oxana, angeblich auf dem Rückweg nach Olympäa. Noah hat sehr widerstrebend zugestimmt. Er traut mir nicht mehr, aber da sie sich tatsächlich auf dem Weg in Richtung Tor machen, lässt er die anderen Rosen mit Oxana ziehen.

Tijana und Markus schließen sich uns schweigend an. Noah winkt Markus zu sich heran und sie gehen etwas abseits. Noah mustert Markus zornig und stößt ihn dann in die Rippen.

„Ich hatte erwartet, dass sie dich ausgeknockt hat, nicht, dass du mitmachst", ruft er ungläubig. „Mann, der König wird dich von deiner Pflicht entbinden und ganz ehrlich … vollkommen zu Recht! Wie konntest du das nur zulassen? Du bist ihr Hüter!"

„Wenn es nach mir gehen würde, wäre sie jetzt nicht hier. Aber ich kann sie nicht aufhalten. Daher stehe ich ihr lieber zur Seite, als sie schutzlos kämpfen zu lassen!", zischt Markus ihm etwas leiser entgegen.

„Was heißt denn, wenn du gekonnt hättest? Du bist

der Einzige, der sie festsetzen kann!"

„Eben nicht. Nicht mehr. Wenn Sie meinen Schutz nicht will, kann sie die Hülle verlassen. Du unterschätzt sie. So wie wir alle offenbar."

Noah schweigt daraufhin schockiert. Beide schauen zu mir zurück und ich beeile mich, so zu tun, als hätte ich nicht gelauscht. Ihre Blicke sind wie Pfeile. Oh man, das kann ja was werden. Die Reaktionen von Vater und Damian werden sehr wahrscheinlich noch um einiges heftiger ausfallen.

Wir gehen auf das kleine Transportschiff der Armee zu und steigen alle ein. Die Stimmung ist angespannt. Es liegt ein Kribbeln in der Luft und viele sind mit ihren eigenen Gedanken beschäftigt. Alle denken an die bevorstehende Schlacht. Na ja, bis auf einen vielleicht. Ein junger Soldat hat sich neben Felis gesetzt und gräbt sie nun ununterbrochen an.

„... ich meine, so eine kleine, zierliche Frau, die zudem so hübsch ist, muss doch wahnsinnige Angst haben. Aber sei beruhigt. Ich werde da sein, um dich zu beschützen", sagt er gerade überaus enthusiastisch und lässt seine Muskeln tanzen. Dass es sich bei seiner Angebeteten um eine Rose handelt, scheint er vollkommen ausgeblendet zu haben, oder er weiß einfach nicht um unsere Fähigkeiten. Ich kichere leise und Tijana hält sich schon den Mund zu, um ihn nicht zurechtzuweisen.

Felis sucht den Augenkontakt mit mir und sieht mich eindringlich an. Ich zucke leicht mit den Schultern und sehe Noah an, der genervt die Augenbrauen zusammen zieht. Er winkt ab, was ich als Zustimmung deute. Ich sehe Felis vielversprechend an. Sie verzieht nur ganz kurz die Lippen nach oben und schlägt dem Kerl ganz beiläufig voll auf die Nase.

Er schreit auf und fasst sich panisch ins Gesicht. Er flucht und stöhnt auf.

230

„Verflucht, du hast mir die Nase gebrochen!"
Ich habe nichts knacken gehört, also so fest war es nun wirklich nicht. Tijana und ich sowie viele andere Rosen und auch einige Männer fangen an zu lachen.

Felis sieht ihn selbstbewusst an. „Wenn du mich noch einmal als ‚kleine, zierliche Frau' betitelst, breche ich sie dir wirklich", sagt sie ganz gelassen und drückt ihm mit dem Finger auf die Nase.

Während die anderen erneut in Gelächter ausbrechen, zieht Noah meine Aufmerksamkeit auf sich. Er unterhält sich gerade über sein Headset mit jemandem.

„Ja. Wir haben das Lager geräumt. Ein Teil davon begleitet uns zum Heereslager ... Ohne Widerstand ... Ich nehme an, es war geplant ... Hmmm, das wird nicht nötig sein. Sie ist hier." Und dabei blickt er mich ziemlich angespannt an.

Offenbar wird das Gespräch gleich darauf beendet.

„Damian?", frage ich, nach außen hin gelassen, obwohl es in mir ganz anders aussieht. Ich könnte sein Vertrauen verlieren, ihn verlieren.

„Nein", unterbricht Noah meine Gedanken. „Euer Vater."

Na gut, eine Ohrfeige habe ich schon bekommen. Wie viel wütender kann er denn noch werden?

Obwohl ... die Frage will ich eigentlich nicht beantwortet bekommen.

„Er war sehr gefasst, wenn Euch das beruhigt."

Ich schüttle meinen Kopf und zucke mit den Schultern.

„Die Dinge sind, wie sie sind. Ich kann nichts mehr daran ändern", gebe ich leise zurück.

„Hmm", macht Noah.

Ja ... Hmm.

Kurze Zeit später landen wir im Lager der weißen Armee, und als wir aussteigen, sehen wir uns den Blicken einer neugierigen Schar Soldaten ausgesetzt.

Ich gehe mit Noah und Markus voran und meine Rosen folgen mir auf den Fuß. Die Stimmung im Lager ist mehr als bedrückend. Und unser Erscheinen löst eine Welle von Fassungslosigkeit aus. Mein Vater stürmt aus einem der Zelte, gefolgt von einigen Männern, doch Damian ist nicht unter ihnen. Ich sehe mich um, doch ich kann ihn nirgends in der Menge finden. Markus spannt seinen Schutz um mich. Nicht, weil er mich darin zu halten versucht; offenbar befürchtet er, dass mein Vater wieder einmal die Beherrschung verlieren könnte. Ich verdrehe die Augen über seinen Versuch, mich zu beschützen, vor meinem eigenen Vater wohlgemerkt.

„Markus, bitte. Lass das", sage ich leicht genervt.

„Deine Entscheidung. Ich wollte nur helfen", gibt er spöttisch zurück, wofür er einen heftigen Stoß mit dem Ellenbogen in die Rippen von Tijana bekommt. Wenigstens ist bei den beiden wieder alles beim Alten.

Mein Vater mustert zuerst mit wutverzerrtem Gesicht die Rosen, dann landet sein Blick auf mir. Eiskalt und wütend.

Ich atme tief ein und versuche, mich zu wappnen, denn das, was ich tun muss, wird nicht einfach werden. Für keinen von uns.

Hinter mir wappnen sich auch Tijana, Roxana, Alice und Hannah auf das Eintreffen der Männer. Offenbar erwarten sie keinen freundlichen Empfang. Gut, ich auch nicht. Ich gebe ihnen mit einem Handzeichen zu verstehen, sich ruhig zu verhalten.

Mein Vater baut sich einige Schritte vor mir auf und ringt um seine Fassung.

„Leana, was wird hier gespielt?"

„Wir kommen, um zu helfen. Ihr könnt die Betroffenen nicht aufhalten. Sie werden euch überrennen, Vater. Hat Christian euch die Aufnahmen geschickt?"

232

„Meinst du die Aufnahmen, auf denen du leichtfertig dein Leben aufs Spiel gesetzt hast? Ja diese Aufnahmen habe ich gesehen."

„Es war nicht leichtfertig und mein Leben stand nicht auf dem Spiel. Ich kenne meine Stärken und weiß um die Schwächen meiner Gegner. Ich musste eingreifen. Zweiundzwanzig Männer ließen ihr Leben, ohne auch nur einem einzigen Angreifer einen Kratzer zuzufügen", knurre ich nun zurück.

„Und da ist dir nichts Besseres eingefallen, als dich gleich in die erste Reihe zu stellen und zu kämpfen?", fragt er nun spöttisch. Autsch. Ich schließe kurz die Augen und versuche, nicht emotional zu werden. Nicht so leicht, bei seinem eigenen Vater.

Sein Blick wandert zu Markus.

„Und du! Du bist verhaftet und von deinen Pflichten entbunden. Du wirst von Lichthof verbannt. Nehmt ihn fest, Männer!", befiehlt er.

Tijana greift bereits zum Schwert, um Markus zu verteidigen, aber ich halte sie zurück. Ihr Blick ist verzweifelt.

„Führt ihn ab!"

„Lasst ihn!", fordere ich mit fester Stimme. Nun, ich wollte kein öffentliches Kräftemessen, aber mein Vater legt es wirklich darauf an.

Die Männer drehen sich fragend zu meinem Vater um, der ihnen zunickt. Ich ergreife mein Schwert und halte es vor Markus' Brust, um sie aufzuhalten. Er gehört zu mir. Das Schicksal hat uns verknüpft, nicht die Entscheidung meines Vaters. Hierüber hat er keine Entscheidungsgewalt. Die Soldaten legen Markus Handfesseln um, während mein Vater und ich uns gegenseitig anstarren. Markus lässt alles mit sich geschehen.

„Wollt ihr meinen Befehl nicht befolgen?", frage ich die Männer nun direkt. Sie sehen fragend zu mir auf.

233

„Prinzessin", meldet sich der Hauptmann zu Wort, „Euer Vater ist der König. Es tut uns leid, aber wir müssen Folge leisten." Er zieht Markus mit sich.

„Müsst ihr nicht", sage ich energisch. Er hält in den Schritten inne. „Ihr brecht keinen Schwur, wenn ihr seinen Befehl verweigert. Ihr habt mir Folge zu leisten. Und nur mir! Nicht meinem Vater."

„Was wird das, Leana?", fragt mein Vater.

„Es tut mir leid, Vater!" Es kommt mir als ein Wispern über die Lippen. Um uns herum verstummen nach und nach alle Krieger und Rosen, als sie meine nächsten Worte hören.

„Mein Leben, meine Treue und mein Gehorsam gehören dem Licht. Bis zum letzten Atemzug werde ich als treuer Krieger ihr Leben verteidigen, ihr folgen, bis die Dunkelheit hereinbricht und mein Leben erlischt."

Die Männer ringsherum stimmen mit ein und wiederholen meine Worte. Es werden immer mehr und die Worte erklingen bald in einem dunklen Kanon. Als die letzten Worte verstummen, knien die Männer nieder und legen ihre Schwerter vor ihren Füßen ab. Als Zeichen ihres Respekts und ihrer Treue.

Mir gegenüber.

Mein Vater steht entgeistert vor mir und blickt sich um. Offenbar ist ihm das erste Mal wirklich bewusst geworden, dass ich nicht nur seine Tochter bin, sondern auch das Licht, dem auch er die Treue geschworen hat, vor nicht allzu langer Zeit, als er selbst ein Soldat und der Heerführer der Armee war.

„Bitte, schließ dich mir an, Vater. Ich will das nicht allein tun!", flehe ich ihn förmlich an.

Er schenkt mir ein trauriges Lächeln. „Du hast es schon getan. Du hast soeben sehr eindrucksvoll meine Armee übernommen."

„Bitte!"

„Nein, ich kann nicht. Es tut mir leid. Ich werde gehen", erklärt er vollkommen gefasst.

Nun bin ich vollends verwirrt. Sein Verhalten, seine Raserei, von gerade eben passt eindeutig nicht zu seinen jetzigen Worten. Das war eindeutig zu einfach. Was hat er vor?

„Vater, bitte ... du musst nicht gehen. Ich brauche dich an meiner Seite!"

Er geht auf mich zu und legt eine Hand an meine Wange.

„Du hast deine Wahl getroffen und ich nun meine", flüstert er mir zu, dreht sich um und geht in sein Zelt.

Er lässt mich einfach so stehen? Ich hatte erwartet, dass sein Kopf vor Wut raucht, dass er schreit und tobt, mich vom Schlachtfeld zerrt ... aber DAS?

Mein Vater würde niemals auf einen Kampf mit Lord Veh verzichten, wenn er die Möglichkeit dazu bekäme.

Ich drehe mich zu meinen Rosen um und ernte misstrauische Blicke. Wir haben den gleichen Gedanken. Ich wende mich schließlich Felis zu.

„Felis! Finde heraus, was das gerade sollte."

Sie nickt und verschwindet in der Menge.

„Wo ist der Heerführer?", frage ich nun die verbliebene Spitze meiner Armee.

„Er führt persönlich ein Kommando an, um die verbliebenen feindlichen Gruppen südlich der Hauptstadt zu dem Hauptheer der Retsen zu treiben. Ihr könnt den Einsatz im Hauptzelt verfolgen, wenn Ihr wünscht", erklärt mir Julien, Damians erster Hauptmann.

Ich nicke und folge ihm wortlos ins Zelt. Ich berühre mein Zeichen am Oberschenkel und lasse die anderen wissen, dass sie unser Zelt und das Equipment so schnell wie möglich aufstellen sollen. Ich muss wissen, wie weit Oxana ist, und die Position der anderen Rosen kennen. Sie folgen meinem Befehl, ohne zu zögern, während

Tijana mit Markus, Roxana, Hannah und Alice meine Flanken bildet.

Wir betreten das Zelt und treffen auf mehrere Soldaten, die Informationen und Positionen durchsagen, die dem Kommando von Damian behilflich sein können. Wir gehen auf den riesigen Holotisch zu und machen uns ein Bild von der momentanen Situation. Sie stehen unmittelbar vor dem Zugriff auf die letzte Gruppierung der Retsen vor der Stadt. Offenbar sollten sie eine Nachschubroute offenlassen und notfalls auf die Stadt zugreifen. Ich erkenne sehr schnell, dass Damian sehr organisiert vorgeht und hundertprozentige Kontrolle über seine Männer hat. Und sie wiederum vertrauen ihm blind.

„Wie viele Retsen sind es?", frage ich Julien.

„Sechshundertdreißig, Eure Hoheit", antwortet er im militärischen Drill. Ich sehe ihn kurz erstaunt an, habe mich aber wieder schnell im Griff. Hätte ich ja fast vergessen, jetzt bin ich offiziell die Befehlshaberin der Armee, da gehört ein neuer Titel dazu. Ich verkneife mir ein Schmunzeln über meine eigene Verwirrtheit. Markus und Tijana haben es gemerkt und ich sehe ihre leicht belustigten Blicke. Ich konzentriere mich wieder auf die Bilder vor mir. Sie zeigen deutlich die Stellungen der Retsen sowie die Positionen unserer Männer. Damian hat aber deutlich weniger Soldaten mitgenommen, als gegnerische Retsen vorhanden sind. Denkt er etwa, dass er ihnen kräftemäßig überlegen ist?

„Wie viele Männer begleiten das Kommando? Dreihundert?", frage ich entsetzt.

„Ja, Herrin", antwortet Julien knapp.

„Hat Damian die Aufnahmen gesehen?"

„Nein, der Heerführer war bereits auf Mission, als uns die Aufnahmen erreichten."

„Habt ihr ihn über die veränderten Kräfte der Retsen informiert?", frage ich leise.

236

„Ja, Herrin. Aber der Heerführer geht davon aus, dass diese Männer eine Spezialeinheit waren. Die Retsen verfügen nicht über solche Kräfte." Julien klingt äußerst selbstsicher. Schon klar, er vertraut den Fähigkeiten seines Heerführers. Ich atme tief ein und seufze laut. „Wie schnell könnten wir im Notfall eingreifen?" „Mit den Sprintern in weniger als sieben Minuten. Jedoch nur mit maximal hundert Mann." Damian meldet das Funkende und den unmittelbaren Zugriff. Ich lege nun selbst Hand an die Bilder und vergößere das Bild der fast unsichtbaren Drohnen, die überall in der Luft schwirren. Mein Atem geht ruhig und auch im Zelt ist es nun so ruhig, dass man seinen eigenen Atem hören kann. Alle blicken auf die Projizierung. Im Lager der Retsen ist es auch außergewöhnlich ruhig. Was niemandem aufgefallen zu sein scheint. Seltsame Bilder … Was stimmt nicht?

Sie wissen, dass sie angegriffen werden!

„Sie erwarten sie schon! Die Retsen sind auf den Angriff vorbereitet. Brecht das Kommando ab!", fahre ich Julien an.

Er sieht mich entsetzt an, als ihm klar wird, was ich gesehen habe.

„Das geht nicht! Es herrscht Funkstille beim Erstkontakt." „Verdammter Mist", ruft Tijana für mich. Danke. Ja. Es war verdammter Mist! Hilflos sehen wir zu, wie Damians Männer angreifen, aber unmittelbar umstellt werden. Sie sind eingekesselt …

„Sie werden niedergemetzelt – zu den Sprintern! Julien, fünfzehn Sanitäter und Ärzte nehmen wir mit. Ich gehe mit meinen Rosen. Schwestern", gebe ich dann lautlos den Befehl weiter, „die fünfundachtzig Besten zu den Sprintern. Sofort!"

Wir rennen zu den Fahrzeugen, Julien läuft mit und flucht seinen Männern förmlich Befehle entgegen. Meine

237

Rosen stehen bereit und stürmen die Sprinter.

Ich wende mich kurz an Julien, der mir wortlos ein Kommunikationsheadset hinhält.

„Lagebericht. Minütlich", befehle ich beim Einsteigen.

„Ja, Herrin!"

Ich höre im Ohr die Aktualisierung der Verletzten und Toten und bete, dass dieser Sprinter die Strecke doch noch unter sieben Minuten schafft.

Ich weise kurz meine Rosen ein.

„Verhindert Tote. Ich will sie zum Hauptheer treiben. Mit allen Mitteln. Und passt auf euch auf. Ich will keine Schwester verlieren."

Allgemeines Abnicken. Sie haben verstanden und brauchen nicht mehr Worte als diese.

Genau sechs Minuten und siebenunddreißig Sekunden später landen wir.

Vierundfünfzig Tote.

Einhundertzwanzig verletzt.

Und damit habe ich nur die Zahlen meiner Soldaten.

So einen verheerenden Schaden können in dieser kurzen Zeit keine normalen Retsen anrichten, selbst dann nicht, wenn sie haushoch in der Überzahl sind.

So viel zu Damians These ...

Wir wappnen uns innerlich. Ich lege eine Strategie fest. Erst müssen wir die eingekesselten Soldaten befreien. Und dann die Gegner, die noch übrig sind, in Richtung des Hauptfelds treiben.

Die Tore der Sprinter öffnen sich. Ich höre Juliens Stimme in meinem Ohr, ignoriere ihn aber weitestgehend. Vielmehr vertraue ich auf die Stimmen in meinem Kopf, den Stimmen meiner Schwestern, mit denen ich mich koordiniere. Wir teilen uns in fünf Reihen auf und greifen die Flanke der Retsen an. Wir brauchen einen Weg zu den Soldaten, um sie an der Frontlinie verteidigen zu können, während wir die anderen von der Seite zusammenzutreiben. Markus' Präsenz in meinem Rücken ist wohltuend. Er erdet mich, während alle Eindrücke in Bruchteilen von Sekunden auf mich einstürzen.

Ich hatte recht. Die Männer werden tatsächlich niedergemetzelt. Das vor mir liegende Schlachtfeld ist furchteinflößend. Und Damian steht an der Spitze der sich verteidigenden Gruppe von Männern und ist sichtlich mitgenommen. Die Retsen hier sind bis zu den Haarspitzen mit Dunkelheit aufgepumpt. Wir verschaffen uns erstmal ein klein wenig Platz und rücken die Truppen etwas auseinander, um besser mit unseren Kräften arbeiten zu können. Ich grabe meine Faust in den sandigen Boden und sehe, wie Roxana, Tijana und zwei andere Rosen sich neben mir in dieselbe Position begeben. Die Erde erzittert und ein tiefer Graben zieht sich plötzlich durch die Truppen hindurch. Ich weise drei der Rosengruppen an, sich der abgeschnittenen Retsen anzunehmen.

„Treibt sie zurück. Mit allen Mitteln!", rufe ich ihnen zu.

Tijana und Roxana sowie Markus und die anderen zwei Rosengruppen folgen mir und springen über den Graben zu unseren eigenen eingekesselten Männern. Mithilfe der Elemente treiben wir die Gegner immer weiter weg, sodass sich uns ein kleiner Weg zu unseren Soldaten öffnet. Und zum ersten Mal höre ich auch Damian über mein Headset.

„Verflucht! Verschwinde!"

„Nein." Ich belasse es dabei und greife zu meinem Schwert. Die Retsen lächeln mir mit verzerrten, leeren Gesichtern entgegen. Diesmal kann ich sie nicht erlösen. Ich muss erstmal meine Rosen in Stellung bringen und die Soldaten schützen. Und dann werden wir weitersehen.

Mein Schwert liegt mir leicht in der Hand, und als das

erste Klirren der Klingen erklingt, konzentriere ich mich ausschließlich auf meinen Gegner vor mir. Ich nehme Anlauf und schlage ihm mit einem kraftvollen Hieb den Kopf ab. Meine Schwestern sehen kurz auf und handhaben es mit ihren Gegnern genauso. Wir nutzen unsere Verbindung mit den Elementen, um das Feld vor uns immer mehr mit Wind und Wasser zu füllen. Die Erde erzittert vereinzelt und Gegner fallen kopflos zu unseren Füßen nieder. Die Soldaten sehen, wie wir vorankommen, schöpfen nochmals die letzten Kraftreserven und versuchen, den Feinden vor ihnen Herr zu werden. Die Retsen merken, dass sich die Lage geändert hat, und erwidern den Kampf nun mit voller Kraft. Die Kämpfe werden länger, aber meine Rosen sind tapfer und nutzen alles an Arsenal, was sie haben. Und das ist auch nötig. Ich stoße mich vor bis zu Damian und stelle mich ihm zur Seite, Markus direkt neben mir.

„Du bist verletzt. Tritt zurück!", fordere ich ihn auf.

„Niemals!", knurrt er mir entgegen, während er einem Retsen das Knie in den Magen bohrt und ihn kurzerhand köpft. Als er sein blutiges Schwert kurz an dem Lederwams des Retsen abwischt, rutscht das Medaillon aus dem Kragen von Damians Kampfanzug.

Der Kristallsplitter!

Ich könnte ihn als Anker nutzen.

Ich springe hoch und überblicke das Schlachtfeld. Sie sind noch viel zu weit auseinander. So kann ich keine Linie ablaufen, um sie zu erlösen! Verdammt!

Tijana erhebt sich ebenfalls und sieht zu mir herüber.

„Hast du noch einen Stein?"

„Damian. In der Halskette, die ich ihm geschenkt habe."

Sie blickt nochmal über das Schlachtfeld und nickt dann zur Westseite.

„Ich und Roxanna schlagen einen Graben und treiben

sie auf euch zu."

Ich nicke. „Seid vorsichtig!"

Tijana schnellt auf Damian zu und reißt ihm die Kette vom Hals. Er sieht sie verwirrt an, während sie den Splitter aus dem Medaillon nimmt und es ihm wieder zuwirft. Roxanna und Tijana schwingen sich in die Luft und rauschen auf die Westseite zu. Damian schließt zu mir auf.

„Was wird das?", fährt er mich an.

„Wir erlösen sie", ist alles, was ich antworte. Wieder bebt die Erde, ich höre das Gestein knacken und die Retsen strömen regelrecht in unsere Richtung. Ich sehe zu Markus.

„Spann den Schutz über mich und dann zieht ihr euch so weit wie möglich zurück", befehle ich. Markus sieht mich total entgeistert an. Er sieht mitgenommen aus. Sein Gesicht ist überströmt mit fremdem Blut. Schließlich nickt er und spannt seinen Schutz über mich. Die Soldaten weichen zurück und ich werde fast eingekesselt. Ich höre Tijanas Stimme in mir, die ganz deutlich „Jetzt!" schreit.

Ich trete aus dem Schutz und lass meine Kräfte los. Ich versinke im Licht und sehe förmlich, wie eine Welle des Lichts dem Weg des Kristalls folgt. Tijana läuft die Linie genau ab und um mich herum verstummt alles. Die Retsen fallen wie Dominosteine in eine Starre und brechen augenblicklich zusammen. Bis keiner von ihnen mehr steht.

Tijana kommt mit Roxanna auf mich zu und blickt sich um. Eine geisterhafte Stille überspannt das Schlachtfeld. Die Retsen liegen wie Puppen zu meinen Füßen. Damian und Markus treten neben mich.

„Das war verflucht knapp", flüstert Markus mir zu und wir schlucken beide beim Anblick der vielen Toten. Die Anspannung will nicht aus meinem Körper

241

weichen. Ich muss erst sehen, wie es den anderen Truppen ergangen ist, und greife mir Tijana und Roxanna. Wir springen gleichzeitig hoch, um die Lage aus der Luft zu überblicken. Die restlichen Retsen ziehen sich in Richtung des Hauptfelds zurück. Ich habe keine Schwester verloren. Jedoch sechsundachtzig Soldaten. Und zweihundertvierzehn Retsen.

Ich sehe von oben, wie die Sanitäter und Ärzte die Verletzten versorgen und andere Soldaten ihre Brüder zu den gerade eintreffenden Transportern tragen. Plötzlich weicht alle Kraft aus meinen Gliedern und ich spüre Feuchtigkeit über mein Gesicht rinnen. Was ist das? Bin ich verletzt?

Ich fasse in mein Gesicht und sehe mir meine Hände an. Nein, es ist kein Blut. Es sind Tränen.

Aber ... wenn ich weine, warum fühle ich mich dann so ... abgestumpft?

Plötzlich wird alles schwarz.

Kapitel 10
Licht und Dunkelheit

ES IST DUNKEL und ich bin allein.

Bin ich wach? Nein, ich spüre irgendwie nichts.

Bin ich tot? Nein.

Oder vielleicht doch?

Was ist passiert?

„Du bist nicht tot", antwortet eine tiefe, männliche Stimme.

Wer ist das? Wo kommt das her?

„Ich bin in deinem Bewusstsein. Ich bin dein Gegenstück, Licht."

Ich schlucke. Die Dunkelheit spricht mit mir. Er spricht mit mir? Wie ist das möglich?

„Ja, es ist möglich, weil du dein Bewusstsein verloren hast. Wir waren einst Eins. Wenn wir wirklich wollen, können wir uns verbinden. Und ich war diesmal einfach schrecklich neugierig. Du bist so anders!"

Was? Wieso?

Ich will ihn sehen. Ich will wissen, wie er aussieht. Ich muss sein Gesicht sehen.

„Nein, das geht leider nicht. Aber ich verspreche, wir werden uns noch sehen. Ich freue mich schon sehr darauf, deine wunderschönen Augen wiederzusehen. Aber bitte beantworte mir doch die eine Frage, die mir auf meiner dunklen Seele brennt: Wieso versuchst du, die

Retsen zu retten?" Er klingt leicht amüsiert. Was ist denn das für eine Frage? Es ist doch klar, warum, oder?

„Nein, so klar ist es nicht. Du führst ein privilegiertes Leben, bist schön, intelligent und unfassbar reich. Du müsstest nur ein neues Leben zeugen und deine Aufgabe wäre erfüllt. Warum tust du es nicht? Warum kämpfst du gegen mich? Ich will es verstehen, bitte!"

Hmm ... ja, es könnte so einfach sein. Aber in welche Welt würde ich meine Tochter entlassen? In eine, in der sie zusieht, wie andere für ihre Sicherheit sterben. Ihr Leben bedroht wird und auch das ihrer Tochter. Ich möchte Ruhe.

Frieden.

Für alle.

Ich möchte eine sicherere Welt hinterlassen. Auch für die Retsen. Sie sollen alle eine Chance auf eine Zukunft haben. Ich möchte auch eine Zukunft für mich. Möchte mein Kind aufwachsen sehen. Alt werden.

„Hmm ... Warum bist du dann eine Rose geworden? Rosen kämpfen, sie bringen keinen Frieden. War es der Hass auf mich?"

Er hat eine monotone, tiefe Stimme.

Ich wollte nicht warten, bis er irgendwann zu mir kommt und mich holt. Es liegt in meinem Blut, zu kämpfen, und das werde ich tun. Und eine Rose zu werden ist mehr als nur das Kämpfen. Es ist eine Ehre. Es ist eine unweigerliche Bestimmung.

„Hmm ... So schön ... so stolz. Ich wüsste nur zu gern, wie du schmeckst ... ich würde gern deine weiche Haut berühren", raunt er nun lüstern.

Seine Worte schrecken mich auf. Eiskalte Schauer jagen über meinen Körper. Alles in mir schreit, wegzulaufen.

Er begehrt mich!

244

„Keine Sorge. Ich kann dir hier nichts tun. Aber bald, meine schöne Prinzessin, werden wir uns gegenüberstehen. Und ich werde dich nicht gleich töten. Nein, nein! Vorher will ich dich besitzen und dir deinen verdammten Stolz austreiben, bis du gebrochen vor mir daliegst und mich anbettelst, dich und das gesamte Lichtreich in die Dunkelheit zu führen. Dich zu töten und zu erlösen. Ja … erlösen. Ist es nicht das, was du mit meinen Männern machst? Du erlöst sie aus meinen Klauen? Du dummes Mädchen. Ich werde meinen Spaß mit dir haben. Ja, ich glaube, das wird mir gefallen.“

Ich kann seine Hände auf mir spüren und mir bleibt die Luft weg …

Ich schrecke auf und öffne meine Augen. Draußen ist es dunkel. Ich bin in einem mit Kerzenlicht beleuchteten Zelt. Einem sehr großen Zelt. Und ich liege auf einem Bett. Plötzlich wird der Zelteingang aufgeschoben und Damian stürmt herein. Er sieht sehr besorgt aus, und als er sieht, dass ich im Bett aufsitze, atmet er sichtlich auf.

„Ist alles in Ordnung?“, fragt er heiser – und wendet sofort seinen Blick ab. Er räuspert sich. Ich runzle die Stirn und sehe auf mich herunter. Oh mein Gott! Ich habe nichts an!

Warum zum Teufel habe ich nichts an?

Ich ziehe schnell die Decke hoch und bedecke meine Blöße.

Er sieht immer noch betreten zur Seite, aber ich kann den Ansatz eines dümmlichen Grinsens auf seinem Gesicht erkennen.

„Was ist passiert? Wie lange war ich weggetreten?“, frage ich leise und mein Kopf muss wie eine Tomate aussehen. Ich spüre die Hitze meiner Wangen bis in die Zehenspitzen. „Du kannst jetzt gucken.“

Damian sieht kurz auf und vergewissert sich, dass ich

245

mich ihm nicht mehr nackt präsentiere. Meine Güte, man sollte meinen, er würde mich so sehen wollen! Ich ringe um Fassung und bemerke zum ersten Mal die Verbände an meinen Armen.

„Du bist in Ohnmacht gefallen. Die Ärzte vermuten, dass du einfach vor Erschöpfung umgefallen bist. Die Hämatome und Wunden an deinem Körper können wir uns nicht erklären. Sie stammen nicht vom Kampf. Sie sind erst während deiner Bewusstlosigkeit aufgetaucht."

Das war er! Ein eiskalter Schauer lässt meinen Körper zittern.

Er hat mich doch richtig berühren können. Wie ist das möglich?

Ich kauere mich zusammen und ziehe die Decke ganz hoch.

Damian mustert mich besorgt und kommt näher an das Bett, bis er unmittelbar vor der Bettkante steht. Eine unangenehme Stille breitet sich zwischen uns aus.

„Na los. Sag schon, was du sagen möchtest", seufze ich. „Ich spüre deine Wut sehr deutlich. Auf mich. Auf meine Anwesenheit hier. Also … bitte, sprich."

„Ist das ein Befehl, Herrin?", knurrt er nun sichtlich wütend über meinen kalten Ton. Aber wie soll ich ihm erklären, was in mir vorgeht, ohne ihn noch mehr zu belasten?

Gott, bitte bring es einfach hinter dich. Sag nun endlich, dass du mich nicht mehr willst, dass du kein Vertrauen mehr in mich hast …

„Ja, ist es. Ich warte, Heerführer", stoße ich erschöpft aus.

Damian nimmt sofort Haltung an. „Ich habe die Bedrohung völlig unterschätzt. Ich trage die volle Verantwortung für die vielen Toten. Bitte verzeiht mir, Herrin. Ohne die Rosen … ohne Euch … wären wir verloren gewesen. Ihr könnt über mein Leben verfügen, meine

Königin."

So niedergeschlagen und demütig, mein Damian. Er hätte es nicht verhindern können, selbst wenn er mit tausend Männern aufmarschiert wäre. Aber er gibt sich die Schuld am Tod jedes einzelnen. Oh, mein lieber Damian. Er zieht sein Schwert und legt es vor mir aufs Bett, kniet nieder und senkt seinen Kopf. Er erwartet meinen Schuldspruch.

„Es war nicht deine Schuld, Damian. Die Armee hatte hier keine Chance. Du wusstest nicht, wie stark sie geworden sind. Aber du kannst mir helfen, meine Aufgabe hier zu erfüllen. Jedes einzelne ausgehauchte Leben muss nicht sinnlos vergeudet sein. Ich brauche einen starken Heerführer an meiner Seite, der mir vertraut und folgt. Kannst du das noch, Damian? Vertraust du mir noch?" Ich halte ihm meine Hand entgegen und will, hoffe, dass er sie ergreift. Dass er mir diese Chance gibt und auf meiner Seite ist.

Er reibt sich fahrig übers Gesicht. Er sieht mich nicht an, nimmt aber meine Hand in seine und setzt sich auf die Bettkante. Damian ringt sichtlich um Fassung und atmet schwer aus.

„Was geht denn nur in deinem Kopf vor?", haucht er kaum hörbar. „Ich bin so … wütend auf dich. Du hattest mir versprochen, mit mir zu sprechen! Mich nicht im Unklaren zu lassen, wenn sich deine Pläne ändern. Es macht mich wütend, dass du es nicht getan hast! Dass du plötzlich mit mir auf dem Schlachtfeld stehst, obwohl du mir versprochen hast, dich nicht in Gefahr zu begeben. Du weißt, ich hätte das niemals zugelassen. Ich nehme an, deswegen hast du es mir verschwiegen?" Er nickt, als ich schuldbewusst zusammenzucke. „Ich verstehe, warum du so gehandelt hast. Ich habe dich dazu gebracht, es zu müssen. Hätte ich mich anders verhalten, wäre die Situation vielleicht eine andere. Ich traue gerade meinen

247

eigenen Entscheidungen nicht mehr." Es ist klar, dass er bis auf die Knochen erschöpft ist. Und nun gibt er sich auch noch die Schuld daran, dass ich ihm nicht alles anvertraut habe. Das muss aufhören. „Schau mich an, Damian", fordere ich. Er drückt meine Hand fester und sieht auf. Sein Gesicht ist schmerzverzerrt und traurig. „Hör auf damit! Nichts davon war deine Schuld. Ich würde auch hier stehen, selbst wenn du es nicht würdest. MEIN Schicksal ist es, hier zu sein. Kein Wort, keine Handlung, NICHTS hätte das je verhindern können. Ich bin es meinem Volk schuldig, zu kämpfen. Für sie und mein Leben zu kämpfen. Der Dunkelheit Einhalt zu gebieten. Also bitte, bitte, steh mir bei. Ich vertraue dir! Ich glaube, dass wir es gemeinsam schaffen werden … Bitte, ich brauche dich", flehe ich ihn an.

„Ich weiß das alles, nur mein Instinkt ist bei dir so ausgeprägt, dass ich dich gern über meine Schulter werfen und am liebsten an einen unbekannten und unbewohnten Planeten verfrachten würde. Nur um zu wissen, dass du in Sicherheit bist. Ich würde dich niemals in Stich lassen. Aber womit ich nicht leben kann, ist, wenn du Dinge, die dich und deine Sicherheit betreffen, einfach verschweigst. Ich will keine Geheimnisse zwischen uns. Keine zwischen dem Heerführer und seiner Königin. Keine zwischen dir und mir. Ich will nicht geschont werden, noch Überraschungen wie diese erleben müssen. Ich will alles wissen. Alles! Kannst du das?"

Wir sehen uns tief in die Augen und ich kann in seinem Blick alles erkennen. Liebe, Vertrauen, Angst, Entschlossenheit, Mut.

Ich nicke leicht und schlucke den Kloß, der sich in meinem Hals gebildet hat, hinunter. Damian packt plötzlich mein Gesicht und zieht mich zu sich heran. Er überwältigt mich mit seiner Leidenschaft und ich spüre seine

248

wütenden Lippen, die besitzergreifend an meinen saugen, beißen, ziehen. Seine Hand umschließt hart mein Haar und zieht meinen Kopf zurück. Er keucht und ringt um seine Beherrschung.

„Woher kommen die Flecken auf deinem Körper? Ist das eine Reaktion auf das, was du getan hast?", fragt er streng.

Ich schüttle den Kopf und versuche, mich seiner Musterung zu entziehen.

Er zieht fester an meinem Haar, sodass ich ihn ansehen muss.

„Sprich!", fordert er hart. „Du hast gesagt: keine Geheimnisse!"

„Die Dunkelheit, er war in meinem Bewusstsein. Ich weiß nicht, wie er mir die blauen Flecke zufügen konnte, aber ich habe seine Hände auf mir gespürt."

„Was? Wie?", fragt er entsetzt.

„Ich weiß nicht, wie es möglich ist. Aber offenbar war er neugierig und wollte ein paar Dinge von mir erfahren."

Wieder mustert er mich argwöhnisch. „Das ist nicht alles, oder? Ich will alles wissen, Leana. Ich muss alles wissen! Warum hat er dich angefasst?", fragt er aufgebracht.

„Er will mich nicht sofort töten. Er will mich besitzen, Damian", hauche ich und sehe den Horror in seinem Gesicht.

Seine dunklen Augen, die vorher noch grün schimmerten, funkeln jetzt bedrohlich schwarz. Er löst seine Hände aus meinem Haar, steht auf, entfernt sich einige Schritte vom Bett und geht auf den Schreibtisch zu. Damian greift sich in die Haare und ich sehe, wie sein ganzer Körper vor Anspannung zittert. Sein durchtrainierter Rücken ist angespannt. Sein Trizeps spannt bedrohlich. Mit einem Ruck und einem beängstigenden Gebrüll, fliegt alles vom Schreibtisch und eine Sekunde später auch der Schreibtisch an das andere Ende des Zeltes. Ich sehe mir stumm an, wie seine Wut sich ein Ventil sucht. Ein plötzliches Stimmengewirr vor dem Zelteingang entsteht und die davor platzierte Wache schickt sich an, hereinzustürmen.

Ich springe auf, so nackt ich auch bin, und auch Damians Kopf dreht sich im selben Augenblick zum Zelteingang.

„RAUS!", brüllen wir beide gleichzeitig und im selben Moment, wie die Wache eingetreten ist, so ist sie auch wieder hinausgestolpert. Kurz darauf höre ich, Markus auflachen, belustigt über den abrupten Abgang der Wache. Er tritt an den Eingang heran und fügt belustigt durch den Stoff hinzu: „Leute, regelt das bitte leiser. Leana, sag Bescheid, wenn du meine Hilfe brauchst. Ich haue ihm gerne eine rein."

Damian schnauft laut und schüttelt den Kopf.

„Sie kann mir sehr wohl selbst eine reinhauen und jetzt mach einen Abgang, du Rabenbruder!", giftet er leicht amüsiert hinterher.

Er geht zum Eingang und schickt auch die Wachen weg. Um uns herum wird es still. Ich sehe zu, wie er, ohne mich anzusehen, zu einer Truhe in einer Ecke geht und seine Waffen sowie seine Schutzausrüstung ablegt. Als er sein Hemd über den Kopf streift, atme ich scharf ein. Ich liebe das Muskelspiel seines Rückens und seiner Arme. Für mich gibt es nichts Schöneres. Erst jetzt wird mir bewusst, dass ich die ganze Zeit die Luft angehalten habe und völlig nackt im Zelt rumstehe, ohne einen Gedanken daran zu verschwenden, mir vielleicht mal etwas überzuziehen. Ich lege meine Arme um mich, um meine Brüste zu bedecken. Er macht sich an seinem Gürtel zu schaffen, noch immer mit dem Rücken zu mir gewandt, und ich überlege tatsächlich, einen Vollsprint zum Bett zu machen. Aber das wäre mehr als peinlich. Also stehe ich weiter mit nun hochrotem Kopf und verschränkten Armen mitten im Zelt und sehe Damian beim Ausziehen zu. Was macht er da? Mein Herz pocht mittlerweile so laut und so schnell, dass das jeder im Umkreis von hundert Metern hören müsste. Genauso wie Damian. Er dreht sich zu mir um und ich sehe ihn mit großen Augen an. Was hat er vor? Seine Hose ist geöffnet und rutscht ihm leicht über die Hüften. Ich bewundere seinen gemeißelten Körper und sehe an ihm herunter. Und mein Blick bleibt am ausgeprägten V unter seinen Bauchmuskeln hängen.

Verdammt! Der Mann trägt keine Unterwäsche unter der Hose und alles, was die Hose noch hält, ist seine riesige Beule! Ich schlucke hart, als er sich mir wie ein lauernder Panther nähert, der seine Beute nicht verschrecken möchte. Seine Augen sind noch immer dunkel, aber diesmal funkeln sie vor reiner Begierde. Er steht vor mir, groß und breit und wunderschön. Ich nehme die Arme langsam runter, und das, obwohl ich mir sehr entblößt vorkomme, und senke leicht meinen Kopf.

Als er nur noch eine Handbreit von mir entfernt steht, spielt mein Körper verrückt. Meine Brustwarzen stellen sich auf und betteln um seine Aufmerksamkeit. Meinen ganzen Körper überzieht eine Gänsehaut, dabei sieht er mich lediglich mit diesem Raubtierblick an, ohne mich zu berühren. Zwischen meinen Beinen wird die Wärme zu einer unerträglichen Hitze und ich reibe meine Schenkel aneinander. Seine Lippen formen sich zu einem wissenden Lächeln und ich beiße auf meinen herum. Er zieht mit seinem Daumen meine malträtierte Lippe hervor und leckt über seine. Sein Blick ist hypnotisierend und ich keuche auf. Himmel, der Mann hat noch nichts getan und ich bin völlig neben der Spur.

„Hier sind nur noch du und ich. Keiner, der stört und uns dazwischenfunken kann. Ich will keine Geheimnisse

251

mehr. Gibt es noch irgendwas, was du mir sagen willst?"
Seine herrische Art rührt etwas tief in mir.

„Ich muss in fünf Tagen wieder zurück auf Lichthof sein, sonst gibt es da nichts mehr, zu dem man zurückkehren könnte", hauche ich zurück. Er sieht mich besorgt an.

„Okay. Darüber sprechen wir später. Noch etwas?"
Ich schüttle den Kopf. Da packt er mich und hebt mich hoch, ich schlinge meine Beine um seine Hüfte und spüre seine Härte an meiner Mitte. Ich schlucke hart auf und lege meine Hände um seinen Nacken. Er legt mich auf dem Bett ab, wie ein Jäger seine Beute, und bleibt über mir gelehnt stehen. Damian hebt mein Kinn an, sodass ich ihn direkt ansehen muss.

„Wem gehörst du?", will er wissen. Hart und unnachgiebig.

„Dir. Ich gehöre dir!", japse ich.
Damian erstürmt meinen Mund und ich halte verzweifelt dagegen. Unsere Zungen duellieren sich, verschmelzen zu einer Einheit und ich werde feucht. Damian drückt sich an mich und ich kann sein hartes Glied an meinem Oberschenkel spüren. Seine Hände wandern an meinem Körper herunter und umschließen meine Brust. Er drückt meinen Busen zusammen, der prickelnde Schmerz erregt mich und ich stöhne in seinen Mund. Sein Blick bohrt sich in mich. Jede kleinste Regung nimmt er wahr und saugt sie in sich auf. Er nimmt eine meiner Brustwarzen zwischen Zeigefinger und Daumen und reibt sie anfangs ganz leicht. Ich keuche auf und bin völlig versunken in sein Spiel.

„Wem gehörst du, Leana?" Seine Finger reiben stärker.
„Ahhh ... Dir!"
„Wem?" Er senkt den Kopf und umschließt mit seinen Lippen die geschundene Brustwarze. Mein Unterleib pocht inzwischen aufs Schmerzlichste, was noch

verschärft wird, als Damian seinen Körper dagegen reibt. Ich will endlich Erlösung, das Laken unter mir muss inzwischen nass vom Schweiß und von meiner Erregung sein. Damian sieht zu mir auf, umkreist meine Knospe mit der Zunge und fragt noch einmal: „Wem gehörst du, Liebste?" Er beißt noch einmal fest zu.

„DIR!", schreie ich laut auf und komme wie noch nie im meinem Leben. Er beobachtet jedes Zucken, jede Regung und nimmt sie in sich auf.

Mit einem Ruck befreit er sich von seiner Hose und zieht mein Gesicht ganz nah an seins.

„Du gehörst mir und ich gehöre dir. Gott, du bist so schön!" Er stöhnt auf, als er sich gegen meinen Oberschenkel drückt. Auf seiner Stirn hat sich Schweiß gebildet. Fasziniert schaue ich zu, wie ein Tropfen davon an seinem markanten Gesicht entlang rinnt.

„Ich liebe dich. Ich will dich, Leana. Ich muss dich haben." Er sucht Augenkontakt und in seinem Blick sehe ich die Frage, die er sich brennend stellt. Berühren, Küssen ist ihm nicht mehr genug. Er muss besitzen und nehmen, geben und einnehmen.

Er wartet auf meine Antwort, sucht meinen Blick nach Unsicherheiten ab. Ich lache auf und mein Herz zerspringt vor Glück. Ich drücke meine Lippen fest auf seine und beiße seine Unterlippe spielerisch.

„Ich liebe dich. Und ich will dich so sehr, Damian. Ich will nicht länger warten", erkläre ich energisch und mehr als ungeduldig. Er grinst mich an und drückt seinen Mund an meine Kehle, meine Schulter. Tiefer. Ich stöhne auf, als seine Hand weiter nach unten wandert, zwischen meine Beine, und er meine Mitte liebkost. Ich zittere und winde mich unter seinen geschickten Fingern und er küsst sich den Weg weiter an meinem Bauch entlang. Seine Zunge versenkt sich in meinem Bauchnabel und ich kann nicht mehr anders, als mich ihm ganz hinzugeben. Ich kapituliere, lege den Kopf zurück und genieße sein Spiel, das mich immer näher zu meinem nächsten Höhepunkt treibt. Ich stöhne laut auf, als ich zuerst seine Lippen und dann seine Zunge an meiner empfindsamsten Stelle spüre. Ich kralle meine Hände in seine Haare und kratze mit meinen Nägeln über seine Kopfhaut, als er mich mit seiner Zunge quält. Ich stehe kurz davor, mein ganzer Körper zittert und ich keuche laut.

„Du schmeckst göttlich …"

Seine Worte lassen mich explodieren. Meine Hüften drücken sich ihm entgegen, doch er hält mich fest, ohne mit seinen Liebkosungen aufzuhören. Seine Finger in mir bewegen sich schnell, um meinen Orgasmus zu verlängern. Ich stöhne so laut, dass das ganze Heer mich gehört haben muss.

Damian haucht beruhigende Küsse gegen meinen Schenkel und setzt sich auf. Er hält meine Schenkel auseinander und ich schlucke hart. Sein Blick lässt mich vergessen zu atmen. Er fixiert mich und ich sehe Begierde, Liebe und Verehrung in seinen Augen.

„Du kannst immer noch nein sagen, Liebste." Er lässt mich keine Sekunde aus den Augen, auch nicht, als ich mich leicht aufrichte, mit meinen Fingern über seine vollen Lippen streiche und ihn dann an mich ziehe.

Ich schüttle den Kopf. „Ich will dich. Ich habe keine Angst. Nicht vor dir. Nicht vor dem hier", hauche ich ihm entgegen und meine Hand wandert von seiner Hüfte zu seiner harten Männlichkeit.

Ich streiche zwei, drei Mal über seine samtig seidige Haut und Damian stöhnt auf, lässt seinen Kopf zurückfallen und genießt meine Berührung. Kurz darauf knurrt er, zieht meine Hand fort und drückt mich in die Matratze. Mit einer Hand pinnt er meinen Arm über meinem Kopf fest. Sein Gesicht ist meinem ganz nah

254

und ich atme seinen köstlichen Duft ein. Haut an Haut. Alles, was ich höre, ist mein Herz, das im Einklang mit seinem schlägt.

„Du kostest mich meine ganze Selbstbeherrschung, weißt du das?", stöhnt er. „Ich würde nichts lieber tun, als dich jetzt auf der Stelle zu nehmen, um endlich wieder klar denken zu können. Aber gleichzeitig will ich, dass es dir gut geht. Ich will dich verwöhnen, dir alles geben, was du willst. Was du brauchst."

Sein Blick ist dunkel. Ich spüre ihn an meiner pochenden Mitte und halte bei dem Gefühl die Luft an. Er bewegt sich ganz leicht und reibt sich dabei an mir und ich fühle, wie sich meine Feuchtigkeit auf seiner Länge verteilt. Es fühlt sich so mächtig und erregend an, dass ich zittere. Er stöhnt auf, als meine freie Hand seinen Rücken entlang streicht und fest seinen perfekten Hintern packt. Damian hält inne und mustert mich, küsst mich sanft und lässt seine andere Hand nach unten wandern, zwischen uns, streichelt mich. Als er ganz langsam in mich eindringt, schließe ich die Augen und gebe mich dem Gefühl hin, während ich mich gleichzeitig stähle und auf den Schmerz warte.

Damian gibt meine Hand frei und umfasst mein Gesicht. Er küsst mich besitzergreifend und intensiv, versucht mich von dem abzulenken, was gleich geschieht. Er lässt von meinen Lippen ab und streicht mit seinem Daumen über sie.

„Öffne deine Augen. Sieh mich an", fordert er. Und meine Augen flackern auf. Er lächelt mich an und steckt seine Daumenspitze leicht in meinen Mund. Ich fahre mit meiner Zunge darüber, sauge leicht daran.

„Verdammt", stöhnt Damian und stößt seine Länge in mich. Er spürt den Widerstand und ich das darauffolgende, leicht schmerzhafte Reißen meiner Unschuld. Ich atme tief ein, um mich an das ungewohnte Gefühl der Fülle zu gewöhnen. Er schiebt sich noch tiefer in mich und ich keuche auf. Der Schmerz gepaart mit der Lust ist der Wahnsinn! So ausgefüllt zu werden, ihn ganz nah in mir und an mir zu spüren und in seinen Augen seine Bewunderung und Liebe zu lesen ist das Schönste, was ich jemals erlebt habe. Manche Dinge muss man offensichtlich selbst erleben, um die ganze Tragweite an Gefühlen dahinter zu verstehen, erkenne ich.

„Alles okay?", fragt er atemlos. Ich merke, wie er vor Anspannung zittert. Er bewegt sich nicht in mir, um mir Zeit zu lassen, und ich weiß, dass ihm das alles abverlangt.

„Ja", stoße ich aus. „Bitte ... mach weiter!"

Er schenkt mir ein Lächeln und bewegt sich behutsam in mir. Stützt sich auf seinen Ellenbogen und Armen ab, um nicht schwer auf mir zu liegen. Ich dränge ihn regelrecht, tiefer in mich einzudringen, und wir stöhnen beide auf.

„Noch nie habe ich so etwas gefühlt", keucht er. „Bitte sag, dass du mir gehörst."

„Ich gehöre dir!", hauche ich an seinen Lippen. Er stöhnt wieder auf und schließt die Augen. Bewegt nun seine Hüften in einem kräftigen und intensiven Rhythmus und wir geben uns beide dem anderen hin. Der Schmerz ist vollständig verschwunden und die unbändige Lust tobt in meinem Körper. Ich stehe kurz vor einem weiteren Höhepunkt und auch Damian bewegt sich schneller, drängender und tiefer in mir. Seine Hand bearbeitet nun wieder zusätzlich zu den harten Stößen meine heiße Mitte und ich drohe gleich in alle Winkel des Universums zu explodieren.

„Damian", stöhne ich verzweifelt.

Er kreist mit der Hüfte und ich komme heftig und laut. Da reißt er die Augen auf, ich fühle ihn zittern, drücke ihn noch näher an mich und spüre ihn in mir pulsieren.

Er knurrt auf, legt eine Hand an meine Wange, seine Stirn an meine und sackt auf mir zusammen.

Ich genieße seine starke Form auf mir und protestiere leise, als er sich schließlich auf einer Hand abstützt, um mir ins Gesicht sehen zu können.

„Wie geht es dir? Habe ich dir wehgetan?", fragt er besorgt.

Ich schüttle den Kopf und küsse ihn sanft. Er sinkt neben mir nieder und zieht mich mit sich, sodass wir Nasenspitze an Nasenspitze zueinander liegen.

„Das war ... unglaublich. Wenn ich dich nicht schon lieben würde, dann wäre ich dir nach dem hier auf ewig verfallen", lacht er und haucht sanfte Küsse auf meine Schulter und meinen Nacken.

Ich dagegen bin sprachlos. Das war viel mehr, als ich mir je vorgestellt habe. Intensiver als jede Erinnerung, die ich teilen durfte. So viel mehr.

Wir tauschen sanfte Küsse, streicheln uns und genießen schweigend unsere Zweisamkeit. Unsere gemeinsame Zeit zerfließt wie Sand im Uhrglas, unaufhaltsam und viel zu schnell. Als er mich das nächste Mal liebt, ist es drängender und leidenschaftlicher. Er lässt mich auch dieses Mal nicht eine Sekunde aus den Augen, als ob er sich später an jede Regung erinnern wollte. Als ob unsere Zeit begrenzt ist ...

Irgendwann, viele Stunden später, schlafen wir ineinander verschlungen ein.

Ein Wispern in meinem Kopf weckt mich. Ich höre meinen Namen in meinen Gedanken hallen. Tijana?

„Leana, es ist so weit. Wir müssen uns vorbereiten."

„Ich komme."

Ich versuche, mich aus Damians starken Armen zu befreien. Seine Umarmung ist fest, als ob er meine Flucht aus seinem Bett geahnt hat. Es tut weh, mich von ihm lösen zu müssen, aber ich muss mich sammeln. Der Tag bricht bald an. Der Tag, an dem ich die Dunkelheit aufhalten muss. Und dafür muss ich mich mit meinen Schwestern erden. All meine Kräfte werden heute benötigt und die Verbindung zu meinen Schwestern wird mir helfen, diese zu mobilisieren.

Ich verharre noch einmal, betrachte Damians Gesicht. Es wirkt angespannt. Wie der Rest seines Körpers. Ich hauche einen letzten Kuss auf seine schönen Lippen. Er murmelt etwas, wacht aber nicht auf.

Ein Rascheln ertönt am Zelteingang und ich sehe auf. Tijana hat ihren Kopf reingesteckt und hält mir meinen Kampfanzug hin. Beinahe hab ich vergessen, dass ich nicht einmal mehr Unterwäsche trage und keine Ahnung habe, wo der Rest meiner Kleidung ist. Ich gehe zur Tür, schnappe mir den Anzug aus ihrer Hand und schlüpfe hinein.

Tijana erwartet mich mit verschränkten Armen vor dem Zelt. Ihr Gesicht spricht Bände. Ihr Grinsen geht von einem Ohr zum anderen und ihre Augen funkeln vor Belustigung. Ich sehe sie warnend an.

„Sag nichts!"

„Muss ich nicht, man konnte laut und deutlich hören, dass du letzte Nacht auf deine Kosten gekommen bist." Sie kichert und ich laufe rot an.

„Es muss dir nicht peinlich sein. Glaub mir, wir waren alle ziemlich neidisch! Es klang, als wisse Damian, was er tut."

Ich gebe ihr einen dezenten Klaps auf den Hinterkopf, kann ihr aber nicht lange böse sein. Lachend laufen wir in Richtung des Hauptzelts der Rosen.

„Wo ist Markus?", frage ich etwas verwundert, da ich ihn bislang noch nicht gesehen habe.

Tijana zeigt mit dem Kopf in Richtung Übungsplatz. „Er trainiert noch mit Kristen. Sie stoßen gleich zu uns."

Wir betreten das Hauptzelt, wo schon reges Treiben herrscht. Man begrüßt uns mit einem Nicken und geht dann wieder an die Arbeit. Am Holotisch gesellt sich Roxana zu uns. Ich checke die Karte und sehe, dass die Retsen sich auf uns zu bewegen, in weniger als zwei Stunden werden wir auf sie treffen. Oxana steht mit der anderen Gruppe von Rosen bereits in Position und folgt den Retsen im Verborgenen. Es läuft alles nach Plan. Bisher.

Hinter uns erscheinen Markus und Kristen. Sie sehen nicht sehr glücklich aus, um es mal mild auszudrücken. Tatsächlich streifen beide mich mit einem wütenden Blick. Ich mustere die beiden verwirrt. Tijana lehnt sich zu mir rüber.

„Männer und ihr Ego!", flüstert sie mir zu und verdreht die Augen. Als ich sie weiterhin fragend anstarre, seufzt sie und erklärt mir in Gedanke: „ Darf ich vorstellen: Eifersucht und Wut. Der Eine wäre gern an Damians Stelle gewesen und der Andere ist sauer, weil seine ‚kleine Schwester' nicht mehr ganz so unschuldig ..."

„Woher wissen sie ... wissen etwa alle davon?", frage ich entsetzt.

„Du warst in seinem Zelt, Schätzchen. Keiner geht davon aus, dass dort drinnen eine Lagebesprechung unter vier Augen stattgefunden hat. Wir können uns alle denken, was ihr die ganze Nacht getrieben habt. Nicht, dass das laute Gestöhne viel der Fantasie überlassen hat", spottet sie.

Mein Gesicht läuft wieder puterrot an und ich starre den Boden an. Tijana boxt mich in die Seite und schüttelt den Kopf. „Nichts, worüber du dich schämen müsstest."

Ich nicke und wende mich wieder dem Holotisch zu. Wir haben wahrlich andere Dinge zu tun, als über mein Liebesleben zu tratschen.

„Komm, gehen wir uns erden", fordere ich sie auf.

Roxana hat sich bisher diskret zurückgehalten, wahrscheinlich hat sie erkannt, dass wir uns gedanklich ausgetauscht haben. Doch nun sieht sie auf und kommt auf uns zu.

„Ich gehe mit euch. Außerdem muss ich dir noch etwas anlegen, Leana."

Wir gehen hinaus auf den Übungsplatz, bilden einen Kreis und lassen uns im Schneidersitz nieder. Die Soldaten, die so früh die Grenzen des Lagers patrouillieren, mustern uns verwundert. Wir ignorieren sie.

Ich schließe die Augen und spüre, wie mein Körper sich sichtlich entspannt. Ich spüre die Erde unter mir, die Luft um mich, die Pflanzen, die atmen, und das Wasser, das unter der Erde und in den Flüssen fließt. Feuer, das heiß und lodernd brennt und einen Neuanfang und das Ende symbolisiert. Ich spüre die Verbindung zu meinen Schwestern. Immer mehr verbinden sich in der Meditation mit mir und ich habe das Gefühl, ein Teil von etwas ganz Großem zu sein. Ich fühle Liebe, Leidenschaft, Glückseligkeit und Freude, Leid und Trauer, Wut und Hass, Angst und Verantwortungsbewusstsein. Alle Emotionen, die uns ausmachen und die uns auch zu Rosen berufen.

Wir atmen im Gleichklang und ich spüre die immense Energie, die wir zusammen teilen. Ich öffne die Augen und beginne, mit den Elementen zu spielen. Über mir bildet sich ein kleiner Wirbelsturm, aus diesem sprenge ich Wassertropfen, die uns aber nicht erreichen, da ich sie mit Hitze und Feuer verdampfen lasse.

Nach einiger Zeit richtet Roxana sich auf und kniet sich vor mich. Sie hält zwei dicke Lederarmbänder in der Hand, die sie nun um meine Handgelenke legt. Ich betrachte sie genauer und entdecke das mir eintätowierte Zeichen der Anführerin, das in das Leder geprägt ist. Das Leder fühlt sich butterweich an. Es muss alt sein. Ich sehe

Roxana fragend an und sie lächelt mich an.

„Oberin Oxana hat sie mir gegeben, um sie dir anzulegen. Das sind die Ledermanschetten der ersten Anführerin der Rosen. Sie sind nun über zweitausend Jahre alt und nur sehr wenige durften sie bis jetzt anlegen. Also gib gut acht auf sie."

Ich nicke ergriffen und streiche nochmal sanft über das Leder. Ich stehe auf und bin erstaunt, dass wir drei nicht mehr alleine sind. Alle Rosen haben sich zum Erden zu uns gesellt und haben einen Kreis um uns gebildet. Wir sind bereit für die große Schlacht und alle sind vorbereitet. In einiger Entfernung erkenne ich Markus und Damian. Die beide stehen Schulter an Schulter, die Arme vor der Brust verschränkt, in voller Kampfmontur gekleidet. Ihr Gebaren macht klar: Sie wollen mich nicht hier haben.

Pech, damit werden sie nun leben müssen. Ich bin ein Schwert, kein Lichthauch. Ich kämpfe mit ihnen, egal, was passiert. Vor allem aber werde ich nicht zulassen, dass sie sterben. Die Dunkelheit kann mich mal.

Einige Rosen folgen mir ins Hauptzelt der weißen Armee, die anderen versammeln sich auf dem Hauptplatz und schließen sich der Armee an, um auf weitere Befehle zu warten.

Markus und Damian gehen nochmals die genauen Positionen der Rosen durch. Roxana hat den Chip aus unserem Holotisch mitgebracht und ergänzt die vorhandene Karte mit den Daten, die Damian zur Verfügung standen.

Dieser überblickt die aktualisierte Karte, sein Körper angespannt, sein Gesichtsausdruck unlesbar.

Ich stelle mich neben ihn und drücke seine Hand. Doch er reagiert nicht.

„Also ... was genau ist der Plan?", fragt Markus und

deutet auf die Karte. Er deutet mit dem Kopf auf die umstehenden Männer, die unseren Überlegungen wohl noch nicht ganz folgen können.

Ich drehe mich um und deute auf die Karte.

„Unser wichtigstes Ziel ist, mich in die Mitte der Retsen zu bekommen. Wir bleiben bei der Strategie von Damian, indem wir sie anfangs frontal angreifen und versuchen, durch ihre Mitte zu brechen. Angeführt wird der Angriff von den Rosen und weiteren fünfhundert Mann. Der Rest der Armee zieht sich zurück, sobald der Durchbruch geschehen ist. Wir haben danach nicht sonderlich viel Zeit und es muss so aussehen, als ob unsere Flucht nicht geplant war."

„Die Flucht?", höre ich einen jungen Soldaten murmeln.

„Wir wollen, dass sie diese Gruppe hier einkesseln", erkläre ich und deute auf das Hologramm und eine markierte Gruppe. „Erst dann habe ich die Möglichkeit, die umliegenden Ankerpunkte zu erreichen und die Armee der Retsen vollständig unschädlich zu machen. Ich weiß, wie gefährlich es sein wird bei ihrer aktuellen Stärke. Aber wir Rosen sind ihnen dennoch überlegen – wir können noch zusätzliche Barrieren aufbauen, um einen Schutzkreis zu bilden. Die Männer, die uns hierhin folgen, sollten sich dennoch bewusst sein, dass sie sich in große Gefahr begeben. Wir werden nicht alle schützen können." Den letzten Part sage ich laut und deutlich, möchte, dass es alle hören. Die Männer hören konzentriert zu und hier und da wird genickt. Nur Damian steht noch nur da und hat, seitdem die Karte aktualisiert wurde, nicht mal mehr mit der Wimper gezuckt. Langsam mache ich mir Sorgen. Auch alle sehen ihren Heerführer erwartungsvoll an und warten auf eine Reaktion.

Als keine kommt, räuspert Noah sich und stößt ihm in die Seite.

262

„Damian. Wie lauten deine Befehle?"

Noch immer keine Reaktion.

„Bruder …"

Doch Damian gebietet seinem Bruder mit erhobener Hand zu schweigen. „Ihr habt die Prinzessin gehört. Es wird ihrem Befehl Folge geleistet. Noah, du folgst mir und der Gruppe der Rosen. Bring fünfhundert Mann aus deinem Bataillon. Nur die besten Männer. Die anderen Gruppen werden von Frederik angeführt und ziehen sich zurück, sobald uns der Durchbruch geglückt ist. Ein Bataillon, angeführt von Mat, sondert sich vom Rückzug ab und geht über die Flanke links rein, sollte der Plan der Prinzessin scheitern. Priorität hat das Leben des Lichts", knurrt er und schaut die umstehenden Männer an, als würde er sie herausfordern, diesen letzten Befehl zu hinterfragen. Keiner wagt es auch nur, allzu laut zu atmen.

„Lasst uns kurz allein", sagt er daraufhin. „Markus, Tijana, Noah, Frederik und Mat bleiben noch hier. Der Rest bereitet sich vor. Aufbruch ist in einer Stunde."

Alle anderen verlassen fluchtartig das Kommandozelt. Ich lehne mich entspannt an den Holotisch, denn ich kann mir vorstellen, was nun folgt. Markus und Damian sind sich in der Hinsicht doch sehr ähnlich. Sie brauchen ein Ablassventil für ihre Sorgen und Ängste.

„Zeig mir die Stabilität deines Schutzmantels!", fährt Damian Markus an. Der seufzt und errichtet den Schutz um mich. Ich lehne immer noch an dem Holotisch und lasse ihn mit verschränkten Armen gewähren.

Im nächsten Augenblick hat Damian schon sein Schwert gezogen und prescht auf mich zu. Er prallt am Schild ab, versucht es nochmal. Hieb folgt auf Hieb. Doch der Schild hält noch immer stand. Kein Flackern, keine Schwachstellen erkennbar.

Damian nickt Noah und Mat zu, die sich nun mit gezogenen Schwertern auf mich zu bewegen. Sie schlagen

263

ebenfalls wie Berserker zu, auch jetzt passiert nichts. Die Männer geraten schon ins Schwitzen, als Markus Damian auffordert, es doch nun endlich gut sein zu lassen. Damian dreht sich um und schlägt mit seinem Schwert nach seinem Bruder, der gerade noch seinen Hieb ausweichen kann. Bevor Damian erneut ausholen kann, hat Tijana ihn bereits mit einer Wand aus Luft zurückgedrängt.

Damian lacht auf, richtet seine Schwertspitze in die Luft und hält auch die andere Hand hoch, als würde er sich ergeben.

„Schon gut. Hab verstanden."

Tijana entlässt ihn aus ihrem Schild. Damian nutzt die Chance, holt mit seinem Schwert aus und schleudert es mir entgegen. Es wäre auch dieses Mal an der Schutzhülle abgeprallt, wenn ich nicht zuvor daraus hervorgetreten wäre. Jetzt lasse ich meine Hände hochschnellen und umfasse die Schwertklinge, Sekundenbruchteile, bevor sie sich in meine Brust bohren kann. In meinen Händen kribbelt es und ich lasse das Feuer aus mir. Die Klinge glüht und das Eisen beginnt, an der Spitze zu tropfen. Ich lasse ihn durch eine erzeugte Brise abkühlen und beobachte, wie die glühenden Funken in der Luft wie Asche herumgewirbelt werden.

Die Männer sind nun vollkommen erstarrt und beobachten die Szene entsetzt.

„Ich glaube, du brauchst ein neues Schwert", meine ich spöttisch und werfe Damian den Schwertgriff zu, das einzige Überbleibsel seines Schwerts. „Hör auf, dich verrückt zu machen. Ich kann mich verteidigen. Es wird alles gut gehen. Du hast versprochen, mir zu vertrauen. Was ist daraus geworden?", frage ich Damian nun eindringlich.

Damian sieht auf sein zerstörtes Schwert herunter und wirft es dann zur Seite.

„Das war nicht nötig. Ich mochte das Schwert", sagt er nun deutlich gelassener und zuckt mit den Schultern.

„Wir treffen uns in vierzig Minuten an der Spitze", erklärt er Mat, Noah und Frederik und deutet zur Tür. Sie gehen, gefolgt von Markus und Tijana, die das Zelt Hand in Hand verlassen. Tijana lächelt mir zuvor noch aufmunternd zu.

Nun stehen wir allein vor dem Holotisch mit den vielen blinkenden Punkten. Die Stimmung kippt und ich spüre die Anspannung in der Luft vibrieren.

Damian kommt auf mich zu und sieht mich eindringlich an. Er umschließt mein Gesicht mit seinen Händen, küsst mich sanft und zieht mich in seine Arme. Wir küssen uns leidenschaftlicher, drängender und vor allem ängstlicher, gönnen uns einen Moment der Schwäche.

Vielleicht ist dies unser letzter gemeinsamer Augenblick zusammen. Ich spüre Tränen über meine Wangen laufen. Damian küsst sich einen Weg von meinen Wangen über meinen Hals bis zu meinem Dekolleté. Dann kniet er sich vor mich. Meine Hände vergraben sich in seinem dicken, leicht gelockten Haar und ich sehe auf ihn herunter. Er lehnt seine Stirn an meinen Bauch und drückt mich an sich.

„Ich liebe dich", flüstert er leise.

„Und ich dich", flüstere ich zurück. „Es wird alles gut. Ich verspreche es."

Wir verharren noch eine ganze Zeit so, bis wir Hand in Hand das Zelt verlassen und vor dem gewaltigen Anblick einer Armee stehen, die augenblicklich Haltung annimmt. Hundertzwanzigtausend Krieger und siebenhundert Rosen sind ein ehrfürchtiger Anblick, der bei mir Gänsehaut auslöst.

Damian küsst meinen Handrücken.

„Auf in den Kampf, meine Königin."

Und so ziehen wir zusammen in den Krieg.

Kapitel 11

Der unvermeidbare Verlust

MEIN ATEM GEHT ruhig und regelmäßig und ich höre, wie mein Blut durch meine Venen rauscht. Ich gebe mich ganz diesem Geräusch hin. Blende wirklich alles um mich herum aus.

Selbst Damian, der seine Männer und auch meine Rosen auf die Schlacht einstimmt, dessen Gebaren so vor Macht, Kraft, Siegeswillen, Mut und Willen strotzt, erreicht mich nicht. Ich bin eingehüllt in Licht, die Kraft pocht durch meine Gefäße, Sehnen und Muskeln. Mein Kopf läuft auf Hochtouren, meine Sinne sind so sehr geschärft, dass selbst das feinste Staubkörnchen vor meinen Augen flackert. Das Pochen meines Herzens vibriert auch in meinen Augen.

Tijanas Hand in meiner katapultiert mich zurück in meinen Körper. Sie nimmt mein Gesicht in ihre Hände.

„Ich bin hier", flüstere ich ihr zu.

Sie seufzt erleichtert und küsst meine Stirn. „Ich dachte schon vorher, dass deine Aura mächtig ist. Ich habe mich geirrt. Du änderst noch die Gravitation dieses Planeten, wenn du noch mehr Kräfte mobilisiert. Kannst du damit umgehen?"

Sie mustert mich eingehend. Ich nicke, atme aus und ziehe mich einen Schritt zurück. In meinen Händen erscheint eine Lichtkugel purer Energie. Und so schnell sie

266

erschienen ist, so schnell ist sie wieder in meiner Handfläche verschwunden.

Ja, ich kann es kontrollieren.

Ich bin bereit.

Ich empfange jegliche positive Lebensenergie, von Pflanzen, Tieren, Menschen ... Aber auch alles Negative erreicht mich. Die Retsen bewegen sich wie eine dunkle Lawine auf uns zu. Die Energie, die sie ausstrahlen, ist gewaltig und ich habe wirklich Sorgen, ob wir der ersten Angriffswelle standhalten können. Ich brauche einen besseren Überblick!

Ich sehe Tijana an und sie versteht, was ich möchte. Ich sprinte nach vorn und schieße in die Höhe. Mein Blick schweift über die Landschaft und ich sehe die Retsen auf uns zumarschieren. Im Blutrausch bewegen sie sich mehr wie wild gewordene Tiere als Menschen. Sie sind noch gute vier Kilometer von uns entfernt.

Plötzlich sehe ich etwas blitzartig in die Höhe schießen, etwas, das im Licht der morgendlichen Sonne sonderlich bedrohlich wirkt. Die Aura ist schwarz und mächtig, hassverzehrt, böse. Die Gestalt dreht sich in meine Richtung und ich erkenne ihn sofort. Seine glatzköpfige Fratze, die wulstige Narbe, die sich quer über sein Gesicht zieht, und diese Augen, die wie kalte schwarze Murmeln aussehen.

Weg ist der schöne Lord von damals; Lord Veh sieht inzwischen wie das personifizierte Böse aus. Er mustert mich einen Moment, verzieht sein Gesicht zu einer grinsenden Fratze und heizt die Retsen mit einem beängstigenden Knurren in unsere Richtung. Ein Grollen geht durch ihre Reihen und sie bewegen sich noch schneller.

Tijana und ich sehen uns entschlossen an. Wir müssen Veh aufhalten und wir werden nichts unversucht lassen. Ich nicke meiner Freundin zu und deute auf die Felsvorsprünge. Wenn die Retsen in diesem Tempo auf uns

267

treffen sollten, werden sie uns einfach überrollen. Die Linie der Rosen muss halten. Wir müssen Barrieren bauen, und zwar schnell. Sehr schnell.

Tijana versteht mich wortlos. Ich rufe zwei Rosen zu mir; Roxana und eine weitere erheben sich augenblicklich und ich deute auf den Felsvorsprung, der das Flussdelta abgrenzt. Wir stürmen darauf zu. Tijana drischt auf die Erde ein und es knackt. Laut. Sehr laut. Knackend und krachend bildet sich ein Spalt, der eine Breite von knapp hundert Metern besitzt. Ich steige mit Roxana ins Wasser und leite es in die Richtung des Spalts. Damit mein Plan funktioniert, muss das Wasser es innerhalb weniger Minuten komplett fluten. Ich lenke meine Energie darauf und innerhalb weniger Augenblicke bildet sich eine meterhohe Flutwelle, die innerhalb kürzester Zeit das Areal überschwemmt.

Wir kehren so schnell wie möglich zur Angriffslinie zurück und positionieren uns dahinter. Die Spannung auf sein Eintreffen hinterlässt Gänsehaut auf meinem Körper. Ich bin nicht die Einzige, die die Barriere nicht aus den Augen lässt.

Ich atme auf, als die Retsen reichlich Tempo verlieren, als sie schwermütig durch das Wasser waten.

„Haltet stand!", rufe ich meinen Leuten zu. „Die Dunkelheit hat keine Macht über uns!"

Meine Rosen nehmen synchron ihre Kampfposition ein. Mit gezogenen Schwertern, angespannten Körpern und voller Konzentration warten wir auf unsere Feinde. Ich lasse meinen Blick noch einmal über meine Mitstreiterinnen schweifen. Sie sehen schaurig schön aus. Sirenen, die den Tod einleiten und damit auch für ihre Seelen die Freiheit vor der Dunkelheit. Markus steht neben mir und Damian ist nicht weit entfernt, hat mit seinen fünfhundert Männern hinter unserer Linie Stellung genommen. Die Armee nimmt nun endgültig Formation an. Es herrscht Totenstille.

„Lasst sie kommen", flüstert Tijana.

Und dann ist es so weit. Die ersten Retsen überwinden die Wasserbarriere. Es ertönt ein Warnsignal und die Rosen versuchen, die heranstürmenden Retsen mithilfe ihrer Gaben zu bremsen, doch es nützt nur sehr wenig, weil sie mit Dunkelheit bis zur Haarspitze aufgeputscht sind.

Damian ruft den Kriegern letzte Befehle zu. Unsere Blicke treffen sich. Einen flüchtigen Moment lang existieren nur wir zwei; dann sind die Retsen da.

Als die ersten auf unsere Verteidigungslinie treffen, machen wir kurzen Prozess mit ihnen. Wir müssen sie um jeden Preis einkesseln. Mein Körper reagiert nur noch. Einatmen. Ich köpfe einen Mann vor mir. Ausatmen. Meine Klinge hat bereits das nächste Opfer gefunden. Einatmen. Ich sehe kurz zu Tijana, die Seite an Seite mit mir und Markus steht. Wir atmen alle schwer, weil wir mit aller Kraft versuchen, die Linie zu halten. Einatmen. „Rosen, zu mir!"

Sie folgen meinem Ruf, drücken die heranstürmenden Retsen für einen kurzen Moment zurück, um zu mir zu kommen. Die Erde bebt, Winde wehen, der metallische Geruch von Blut verteilt sich über die gesamte Ebene und ich sehe nur Schwerter blitzen und Köpfe rollen. Meine Rosen und die wenigen auserwählten Männer schließen dichter zu mir auf und wir bilden einen Kreis, eine entschlossene Insel im wilden Meer der Retsen. Die übrigen Soldaten lassen sich wie vereinbart zurücktreiben, sodass wir in kurzer Zeit umschlossen sind.

Da! Eine Stimme! Sie dröhnt in meinen Ohren, ruft mich zu sich. Dunkel, verzerrt.

Ich springe kurz in die Luft, um zu sehen, woher der Ruf kam, und entdecke ihn. Lord Veh steht hinter seiner Armee, triumphierend, mit gezücktem Schwert. Vor ihm kniet eine geschundene Gestalt. Eine Hand hat er fest in ihren Haaren vergraben, die andere führt das Schwert an die Kehle des Mannes. Es dauert nur wenige Sekundenbruchteile, bis ich erkenne, wer dieser Mann ist. Die Zeit bleibt stehen. Die Emotionen erschlagen mich. Und ich schließe die Augen, als der brutale Schmerz dieses Anblicks mich überrollt, kann aber nicht lange weggucken.

Es ist mein Vater! Doch nichts erinnert mehr an den stählenden König, dem einst stolzen Heerführer.

Ich schlucke hart. In dem Moment sieht er kurz zu mir hoch und ich versuche zu lesen, was er mit seinen verquollenen, blutigen Lippen sagen will: „Ich liebe dich, verzeih mir!"

Lord Veh holt aus und schlägt mit einem Hieb den Kopf meines Vaters ab.

NEIN!

Und während ich das Nein aus meiner Seele herausschreie, zittert mein Körper vor Wut. Ich will schon nach vorne hechten, als sich zwei Paar Arme um mich schlingen wie zwei Stahlringe. Roxana und Tijana haben alles mit angesehen und halten mich in der Luft. Ich fixiere Lord Veh, der mich arrogant mit einem Fingerzeig zu sich ruft. Doch ich kann mich nicht bewegen.

Ty schiebt sich zwischen uns, sodass sie Lord Veh und die Gestalt am Boden verdeckt. Ich sehe, wie sie auf mich einredet und mich mit aller Kraft zu halten versucht. Doch ich höre sie nicht. Statt ihrer Worte und der Geräusche des Schlachtfelds höre ich ein Rauschen.

Ty umschließt mein Gesicht und bringt ihr Gesicht ganz nah an meins. „Atme", höre ich sie nun doch sagen. „Atme, Leana! Wut kann uns nicht beherrschen, wir wachsen daran. Atme, verdammt!"

Und … ich atme.

Wut kann mich nicht beherrschen.

Meine Kraft wächst aus meinen Emotionen.

Atmen.

Atmen.

Mit jedem Atemzug verwandle ich die alles verzehrende Wut in blendende Kraft und lasse für den Augenblick die Trauer und den Hass hinter mir. Ich darf mich nicht verlieren. Nicht verlieren, worum es hier geht. Um viele Väter, Brüder, Söhne ... Die Zeit zum Trauern wird kommen. Ich werde meinen Vater beweinen dürfen und auch die Zeit, die wir nicht hatten, die uns nun genommen wurde. Ich habe mich so weit im Griff und nicke Tijana zu, sodass Roxanas Griff sich lockert.

„Oxana und die anderen sind bereit. Wir stehen nun in der richtigen Position. Leana, du musst dich zusammenreißen, egal wie schwer es ist. Lass den Hass nicht zu, nutze die Wut, um deinem Licht die nötige Stärke zu geben." Ich nicke noch mal, noch unfähig, ein Wort zu sprechen. „Und dann kümmern wir uns um Veh. Ich verspreche es dir!", beschwört mich Tijana und streichelt mir sanft über die Wangen.

Mit einem Mal reißt der Vorhang. Das Rauschen verschwindet und schon prallt die Geräuschkulisse wieder auf mich ein.

Unter mir kämpfen meine Schwestern und meine Männer hart um ihr Leben. Ich darf sie nicht im Stich lassen und je mehr Zeit vergeht, desto mehr verlieren ihr Leben.

Ich löse mich von Tijana und erhebe mich noch höher in die Luft. Ich ertaste mit meinen Sinnen die Kristalle, drehe mich einmal im Kreis und erblicke die Rosen, die rings um das Schlachtfeld auf mein Kommando warten. Ich sehe, dass sie in der richtigen Position stehen, und löse meine Energie. Ich verbinde mich mit den Ankern.

Lord Veh steht noch mit seinen Schergen außerhalb des Kreises, mit dem Kopf meines Vaters in seinen Händen. Er visiert mich an und wirft mit geballter Kraft den blutgetränkten Kopf auf unsere Mitte. Mit Entsetzen lassen sich viele davon ablenken und die Retsen brechen durch unsere Linie. Nun ist der Zeitpunkt gekommen, mich zu beweisen. In dem ich diejenigen, die ich liebe, beschützen muss. Ich stürze mich in Richtung Boden und lenke den Lichtkreis auf die Armee. Wie ein Blitz trifft meine Energie auf die Retsen und sie fallen zu Boden, sobald die Energiewelle sie erreicht. Diese ergießt sich kreisförmig bis zu den Ankern und hinterlässt ein Meer aus bewusstlosen Körpern. Meine Leute – Rosen sowie Soldaten – atmen sichtlich auf. Mit Blut besudelt und völlig erschöpft lassen auch sie sich zu Boden fallen.

Ich berühre mein Zeichen und rufe die Rosen mit den Ankern zu mir. Sie kommen auf uns zu, zerren hier und da noch von Dunkelheit besessene Retsen mit sich. Mein Blick sucht Lord Veh und ich sehe, wie er mit seinen Schergen vom Schlachtfeld fliehen will. Tijana sieht es auch. Ich nicke ihr zu und sie macht sich mit fünf Rosen auf den Weg, um ihnen den Fluchtweg abzuschneiden.

„Leana, ist alles in Ordnung?", fragt Markus und umfasst meine Hand, die mein Schwert noch fest umklammert. „Es hat funktioniert, Leana. Leana?", fragt er nun noch besorgter, da ich nicht antworte.

Noch immer wabert die Energie in meinen Adern so deutlich, dass ich meinen Herzschlag im Ohr hören kann. Ich versuche, mich darauf zu konzentrieren, meine Umwelt wieder deutlicher wahrzunehmen.

Damian stellt sich vor mich und fixiert mich mit seinem sanften, aber besorgten Blick. Dankbarkeit, ihn unversehrt zu wissen, erfüllt mich. Er übernimmt meine Hand aus Markus' Griff und beginnt, meine krampfenden Finger vom Schwert zu lösen. Er streicht mir sanft übers Gesicht und redet leise auf mich ein. Doch irgendwie verstehe ich die Bedeutung seiner Worte nicht. Er nimmt mir das Schwert aus der Hand und zieht mich zu sich. Bis wir uns ganz nah gegenüberstehen und seine starken Hände mein Gesicht umrahmen.

Ich weiß nicht, wie viel Zeit vergeht, bis seine Worte auch zu mir durchdringen.

„Leana, es ist vorbei ... Hörst du, Liebste? Tijana und die anderen haben Lord Veh gestellt. Leana? Leana, es ist alles gut ... Komm schon, antworte mir! Leana, hörst du mich?"

Ich nicke vorsichtig. Markus und Damian atmen beide gleichzeitig auf und ein erleichtertes Lächeln schleicht sich auf Damians schönes Gesicht. Er gibt mir einen leichten, süßen Kuss auf den Mund und holt mich damit komplett aus meiner Starre heraus.

„Es tut mir so leid, dass ich dich davor nicht beschützen konnte", flüstert er mir ins Ohr. In seinen Augen spiegeln sich mein schmerzverzerrtes Gesicht und seine unendliche Sorge um mich.

„Sie haben ihn?", stoße ich atemlos aus und erkenne meine Stimme nicht wieder, so klein und zerstört klingt sie.

Beide nicken und ihre Blicke verfinstern sich sogleich. Markus deutet mit dem Kopf auf etwas hinter mir, und als ich mich umdrehe, sehe ich, wie Lord Veh am Boden kniet. Vier Rose halten ihn im Schach und beobachten ungerührt, wie er immer wieder an seinen Fesseln zerrt.

Auf die Mattheit folgt gerechter Zorn und lässt mich noch die letzte Kraft in meinem Körper mobilisieren. Ich will Vergeltung, ich lechze danach. Er darf nicht mehr atmen, nachdem er den letzten Atemzug meiner Eltern und vieler anderer verantworten muss. Ich gehe auf ihn zu und er sieht auf, fixiert mich mit seinem Blick, der von wutverzerrt auf amüsiert umschwenkt. Mit jedem Schritt wächst meine Entschlossenheit, seinem Leben ein Ende zu bereiten und der Dunkelheit ihren wichtigsten General zu nehmen. Ich hocke mich vor ihm hin, um dem Mann, der meine Familie zerstört und so viel Leid über uns alle gebracht hat, auf Augenhöhe zu begegnen, bevor ich ihn richte. Er lacht auf, es hat etwas von einem Knurren.

„Die Dunkelheit wird bald herrschen, mein Sonnenschein. Selbst wenn ich bis dahin zu Staub zerfalle, es wird nicht umsonst gewesen sein. DAS HIER war erst der ANFANG!", zischt er in seinem Wahnsinn. „Und du wirst bald seine HURE sein!"

Er verfällt in wahnsinniges Gelächter. Damian packt ihn mit einer Hand an der Kehle und zerrt ihn hoch. In diesem Moment wirkt er unbesiegbar, unmenschlich stark und schön. Er zittert vor Wut und umschließt immer fester Vehs Kehle, bis nur noch ein Würgen und ersticktes Schnaufen zu hören ist.

Ich lege meine Hand auf Damians Arm und die Wut weicht aus seinen Augen. Stattdessen leuchtet mir Liebe und Treue entgegen. Er würde wirklich alles für mich tun.

„Es ist genug, Damian. Es ist genug", sage ich sanft und er entlässt Lord Veh abrupt aus seinem tödlichen Griff.

Veh windet sich am Boden und giert nach jedem Atemzug. Aus dem Augenwinkel sehe ich einen Schatten an den Stiefeln von Veh vorbeihuschen, greife nach meinem Kurzschwert und halte es ihm an die Kehle.

Damian und Markus haben ebenso wie ich sofort reagiert und halten ihn mit gezogenen Schwertern auf Abstand. Damian verpasst ihm einen harten Schlag, sodass er nun aus dem Mund blutend vor mir steht. Ich ergreife die Chance, Antworten auf meine Frage nach dem Warum zu bekommen.

Warum er sich der Dunkelheit freiwillig anschloss.

Warum meine Mutter sterben musste.

Warum er das Licht so sehr hasst.

Ich lege meine Hände um seinen Kopf und versuche, in seine Gedanken einzudringen. Unmöglich, ihn auch von der Dunkelheit zu lösen, da er sie freiwillig angenommen hat. Ich sehe Bilder von meiner Mutter in seinen Gedanken, lachend, fröhlich, jung und bildschön. Ich sehe, wie er sie küsst, sie den Kuss jedoch beendet und betreten wegschaut. Wie sie sein Herz bricht. Wie sein Hass auf meinen Vater wächst, jede Minute, die sie mit ihm verbracht hat. Seine Entscheidung, die Dunkelheit zu suchen, um mit seiner Hilfe meine Mutter von sich zu überzeugen. Er liebte sie, und weil sie seine Gefühle nicht erwiderte, schloss er sich der Dunkelheit an. Er wollte eher alles in Schutt und Asche sehen, als sie einem anderen zu überlassen. Wie verzweifelt er war, als er von ihrer Schwangerschaft erfuhr ...

Seine Pläne nahmen immer mehr Form an. Er wollte Lichthof zerstören. Zum Schluss zwei Bilder: meine Mutter, blutend und büßend zu seinen Füßen, und ich, unverkennbar tot: das Ende seiner Schmach.

Ich löse meinen Griff und sehe ihn an.

„Es tut mir leid, dass sie sich nicht für Euch entschieden hat. Ihr wärt ihr ein guter Mann gewesen, doch dann habt Ihr, indem ihr sie getötet habt, alles zunichtegemacht und das letzte bisschen Gute in Euch zerstört. Sie liebte euch, ihr wart ihr ein treuer Freund", erkläre ich leise. Lord Veh sieht zu mir auf und kurz, nur für wenige Sekunden, weichen seine Gesichtszüge auf und ich sehe den Schmerz, den meine Worte verursachen.

Er fängt sich schnell und wird immer rasender vor Wut.

„Ich versprach dir seinen Kopf, meine Königin. Wie lautet dein Urteil?", fragt Damian hart. Offenbar hat er für mein Mitleid kein Verständnis.

Ich sehe zum Himmel und registriere, dass bereits die Sonne untergeht. Ein neues Kapitel muss anbrechen und das wird nur geschehen, wenn die Gerechtigkeit siegt.

„Bereut Ihr Eure Taten, Lord Veh?", frage ich ihn direkt.

Er sieht mich belustigt an. „Nein. Nicht eine! Nur, dass ich ihre Brut nicht auch noch töten konnte."

„Dann fälle ich nun mein Urteil: Ihr werdet wegen Hochverrats, dem Mord an meinen Eltern sowie vielen anderen und der Verschwörung mit der Dunkelheit zum Ziel der Vernichtung der Menschheit zum Tode verurteilt. Habt Ihr letzte Worte?"

Markus zerrt Veh vor mir auf die Knie, während Damian sein Schwert bereithält.

„Ich war nur der Bote. Der Herr wird kommen und herrschen", posaunt Veh höhnisch.

Damian nickt mir zu und wartet auf mein Signal, doch ich schüttle den Kopf. Er sieht mich verwirrt an, versteht nicht, worauf ich warte. Ich ziehe mein Schwert und trete an seine Seite.

„Ich war der Richter, also bin ich auch der Henker", erkläre ich leise und er tritt zurück.

Mit aller Kraft, die mir noch verblieben ist, schlage ich Veh mit einem Schlag den Kopf ab.

Sobald die Tat vollbracht ist, verschwimmt alles vor mir. Ich falle in die Arme von Damian, der mich mit weitaufgerissenen Augen auffängt.

„Bringt mich schnell nach Lichthof", bringe ich noch hervor, „bevor es verloren ist."

In meinem Kopf macht sich die Dunkelheit breit und ich höre jemanden schallend lachen.

„Jetzt gehörst du erstmal mir, Sonnenschein!"

276

Epilog
Damian

ICH ERTRAGE ES nicht mehr! Sie schläft nun bereits seit vier Wochen und schreit sich oft die Seele aus dem Leib. Hast du die vielen Wunden gesehen? Was zum Teufel passiert hier mit ihr? Wieso wacht sie nicht auf?", frage ich aufgebracht in die Runde.

Sowohl Markus, Tijana und Maja als auch der Priester sehen mich verzweifelt an. Auch sie wissen nicht weiter. Nachdem wir sie von Altra nach Lichthof gebracht haben, liegt sie im Koma. Sie leidet und keiner kann ihr helfen.

Ich weiß nicht mehr weiter. Der Hohepriester wälzt Bücher, Tijana versucht, in ihren Geist zu dringen, um zu sehen, was sie so quält ... aber nichts gelingt. Die Ärzte checken sie mehrmals täglich durch, aber es entstehen immer wieder neue Verletzungen, die wir uns nicht erklären können. Wenn sie nicht bald aufwacht, werde ich wahnsinnig vor Sorge.

Wir haben inzwischen alles geregelt. Die Retsen werden in Lagern medizinisch versorgt und zu ihren Heimatorten transportiert. Die Rosen und viele andere leisten Aufbauhilfe und die Leute sind sehr dankbar.

Leana hat sie alle gerettet. Und ich will nichts anderes, als dass sie endlich aufwacht, verdammt!

„Ich habe eine Vermutung, was mit ihr geschieht ...

Aber wirklich wissen, werden wir es erst, wenn sie wieder aufwacht", erklärt Thomas, der Hohepriester, zögerlich.

„Sprecht, verdammt nochmal!", fordere ich hart. Markus sieht mich streng an. „Reiß dich zusammen, Damian. Du bist nicht der Einzige, der sich Sorgen macht!".

„Ich denke, dass die Dunkelheit nicht vertrieben worden, sondern direkt in ihren Körper gefahren ist. Und dagegen kämpft sie nun an", erklärt Thomas weiter, ohne auf meinen Ausbruch einzugehen. Inzwischen haben sie sich wohl daran gewöhnt. Seit wir sie nicht mehr aufwecken konnten ... „Sie vertreibt die Dunkelheit in sich. Und da es viel Energie abverlangt hat, die Retsen zu retten, dauert es auch jetzt so lange – sie muss zu Kräften kommen."

Es klopft und ein Arzt tritt ein, blass und mit einem verwirrten Gesichtsausdruck. „Die Vitalzeichen bessern sich", beeilt er, sich zu sagen, als wir ihn alle abwartend anstarren. „Ich denke, dass sie bald erwacht. Jedoch ..."

„Sprecht!", knurrt Tijana ihn an, als er nicht weitersprechen will.

Der Arzt sieht uns alle mit ernster Miene an. „Die Königin ist schwanger ... Wir konnten zwei befruchtete Eier ausmachen. Jedoch sind sie unterschiedlich alt. Eins ist in etwa in der fünften Schwangerschaftswoche. Das andere in der dritten. Wir können uns das nicht erklären", fügt er völlig verzweifelt hinzu.

„Ein Fehler oder eine späte Teilung?", will Thomas wissen.

„Nein, ich weiß es nicht. Das Licht kann nur ein Kind gebären. So war es schon immer. Ich weiß es wirklich nicht ..."

Sie ist schwanger. Von mir! Und ... wir bekommen Zwillinge?

Alle sehen mich seltsam an, aber ich will nur zu ihr.

Ich schiebe mich an den anderen vorbei zur Tür. Kurz

darauf gehe ich auf das Bett zu, wo sie liegt, still und blass. Manchmal fühlt es sich an, als würde sie ewig so liegen bleiben. Als hätte ich sie schon verloren.

Ich setze mich zu ihr, nehme ihre Hand in meine und küsse sie ganz sanft. Trotz allem ist sie noch immer das schönste Wesen, das ich je in meinem Leben gesehen habe.

Ich bete zu Gott, dass er sie aus ihrem Schlaf erweckt und ich in ihre wunderschönen Augen sehen kann. Ich brauche sie wie die Luft zum Atmen.

„Liebste, wach auf! Bitte, Leana, komm zurück zu mir! Wir bekommen zwei Kinder. Das schaffe ich nicht ohne dich. Du siehst also, du musst einfach aufwachen." Ich stoße ein leises, bitteres Lachen aus.

Da spüre ich ihre Hand in meiner zucken und flehe, dass sie nicht noch weiter gequält wird. Ich sehe auf – und ihre Augen öffnen sich ganz leicht.

„Leana!"

Sie flüstert etwas, doch es ist zu schwach, ich verstehe es nicht. Ich beuge mich zu ihr hinunter. „Damian", sagt sie etwas stärker und drückt ganz leicht meine Hand.

„Kleines, verdammt! Du hast mich echt wahnsinnig gemacht!", rufe ich erleichtert und höre, wie meine Stimme bricht.

„Damian, es tut mir so … leid!", wimmert sie leise und Tränen rinnen über ihre Wangen.

„Weine nicht, Liebste! Es ist alles gut … Jetzt bist du wieder bei mir! Es ist alles gut", wiederhole ich wie ein Mantra. Als würde es wahr werden, wenn ich es nur oft genug wiederhole. Ich nehme ihr Gesicht vorsichtig in meine Hände. Ich streiche die Tränen fort und sie lächelt zaghaft.

„Wir bekommen ein Kind?", fragt sie vorsichtig.

Ich lächle sie an und nicke.

„Zwei sogar … und ich glaube, ich bin schon jetzt der

glücklichste Mann aller Welten!"

Meine Worte sollen sie beruhigen, doch sie erstarrt und schließt gequält die Augen.

„Es war kein Traum", wimmert sie. „Er hat es wirklich getan ..."

Und dann bricht sie in hysterische Tränen aus.

Danke schön

… an meinen Mann, für den Glauben an mich und mein Buch und seine unglaubliche Geduld ; -)

…an meine Besties: Kathrin, Nese, Sanja und Tanja für das viele Testlesen, Coverdurchschauen und und und!

… an Alex, der das perfekte Cover für meine Geschichte gezaubert hat.

… meine Bloggermädels, die für jede Aktion bereit stehen!

…an meine Lektorin Rabea, die dieses Buch lesbar gemacht!

… an Jasmin, die mit Adleraugen korrigiert hat.

… an Maxi, du bist und bleibst der Beste!

… und natürlich an meine LESER! Vielen, vielen Dank für eure Zeit! Ich hoffe, ihr konntet die Zeit mit meinen Lieblingen genießen!

Danke und bis bald,
eure Cassandra!

Über die Autorin

Schön, dass du hier „vorbei liest". Vielleicht hast du es dir schon gedacht: Cassandra Seven ist natürlich ein Pseudonym. Diesen hat die Autorin gewählt, weil ihr echter Vorname ähnlich klingt und ohnehin immer falsch geschrieben wird. Und weil die Zahl „sieben" einfach magisch ist – nicht nur in unserer westeuropäischen Kultur. Die Leidenschaft für fantastische Bücher ist schon seit Kindheit sehr ausgeprägt und der Drang zum Schreiben wurde unendlich groß bis in 2015 endlich die Idee zum Buch ausgereift ist.
Fantastische Bücher, die Spaß machen, mitreißen und großen Held:innen gewidmet sind, sind das Ziel von Cassandra Seven.

Wenn du weiterlesen möchtest, hier geht es zum zweiten Teil von „Das Schicksal der Rose".
https://www.amazon.de/Das-Schicksal-Rose-Licht-Dunkelheit-ebook/dp/B07ZY81W63

Alle Neuigkeiten erfährst du über:
www.cassandra-seven.de